文人伝

文人伝

孔子からバルトまで

ウィリアム・マルクス／本田貴久［訳］

水声社

目次

わが恩師たちへ
そしてわが恩師たちの恩師たちへ

「文学」とは（というのも、私の計画は結局のところ「文学的」なものなので）常に「生」を題材として作られるという、あの単純な、そしてつまるところ根強い考えに、もう一度立ち戻ってみよう。

――ロラン・バルト『小説の準備』

（一九七八年十二月十六日の講義）

「調教」（≠方法）としての文化という考え方は、私にとっては中心から広がっていく情報統御《ディスパッチング》システムのイメージを思い起こさせる：さまざまな知や味わいの切れ端、境界のあいだをよろめくこと。

――ロラン・バルト『いかにしてともに生きるか』

（一九七七年一月十二日の講義）

緒言

文人とはどのような人か。文人とは、その人のテクストや書物を通して、知的かつ物理的な実存である人生が秩序立てられるような人のことである。テクストや書物のなかに生き、それを糧とし、それに命を与えること、そしてとりわけそれを読むことに人生を費やすこと。

以上の定義から次の一連の帰結が立ち現れる。

文人の人生はものの秩序には属していない。レオパルディは、文学はまず文人でない人々のために作られていると主張することで、このことが正しいことだと気づかせてくれた(1)。文学という営為を人生の主要な目的とすることは多くの観点から見て、常軌を逸していることだし、あるいは病的でさえある。

それゆえに、たとえ博学で学才に恵まれていようとも、文人は賢人でも聖人でもない。文人は、むしろ狂人やペテン師、付き合いを避けるべき人々の範疇に属している。

文人が哲学者である必要はないし、作家である必要さえない。もちろん作家の文人は存在するが、だれもがそうであるわけではなく、同様に作家が必然的に文人であるわけでもない。これらのことを考え合わせると、文人は作者よりも読者の側にいるのだといえる。文人とは、他者の言葉を聞かせることに自身の人生を捧げる人のことなのだ。

*

文人は自分自身の時間のなかに生きていない。少なくとも、自身が生きている時間が、他に存在するさまざまな時間のひとつでしかないと考えているといえるだろう。それは重要な時間でもなく、おそらく歴史において中心的なものでもない。文人に影が差す憂鬱は、おそらくここに由来する。諸世紀の連なってきた末端にあって、地球上で生を送った群衆のなかで、しかるべき居場所を持てなかったという憂鬱。とるに足らないこの居場所の記憶は、のちに来る別の文人たちが彼の仕事を引き継ぎ、用い、引用し、脚註で彼の名前を引かないかぎり——それもわずかしか期待できないことであるが——永続しえないようなものである。文人の存在は、糸、あるいは一本の筆が頼りなのだ。

真の文人とは、知られざることに甘んじるのであり、それゆえに文人の伝記は逆説を帯びることになる。なぜなら伝記は、隠された秩序にあるものを明るみに出すからだ。

文明の継続性を保証するのだから、文人たちは文明の礎を形成する。それと同時に、彼らは破壊する存在者ともなる。文明の支えであると同時に、脅威でもある。すなわち、秩序の形成を可能にしつつ、それに対する異議申し立てにも参じるのだ。それというのも、過去のテクストがもつ力というのは、まさにかつてあったということに、つまり、（もはや）存在しないことに由来するからだ。そして、革命が、存在しているものを存在していないものによって置き換えることだとすれば、過去ほど革命的なものはない。現在から現れるものが過去を補強する。つまり現在は、過去の単なる展開なのだ。けれども、過去に属し、もはや存在しないものの本性に逆らった永続性は、歴史の通常の流れを変える。過去は、回帰することで現在を破壊するのだ。たとえ過去が現在を作り出したのだとしてもそうなのであって、そしてまさに過去が現在を作り出したからこそ、そうなのである。

＊

今日、文学の実践と教育がもつ本当の役割とは、次のことである。現実を表現すると同時に、この同じ現実から訣別することが可能だと考えられている文学がもつ、二重の公準を稼動させ続けること。また、わたしたちであると同時にわたしたちではない、わたしたちの世界を作り上げたテクスト群によって破壊されること、あるいは、結局同じことなのだが、それらを破壊すること。この世では否定に対して、門戸を開いたままにしておかなければならない。文化と娯楽《エンターテインメント》との差異は、まさにこのとき現れるのである。

＊

文人は、あらゆる権力に対抗して、真実の勝利を確立しようとする。文人のみが、原典の正確さ、テクストの権威、起源のコンテクストの一貫性を保証し、始原の意図をもっとも近くで把握する。それ以外の解釈や註釈も不可欠ではあるものの、それは後から行われるのであって、もし最初になすべき仕事が文人によって行われないなら、どれほど鮮やかな解釈であれ、無意味なものになるだろう。

拡大する宇宙では、銀河系群は互いに離れていくという。過去もまた、わたしたちから離れていくだろう。文献学的な仕事によって、文人は過去を馴らし、理解可能とし、開いてしまった距離を縮めるよう努力する。つまり、たとえ新しい形になろうとも過去を存在させること。時間が過ぎ去るたびに再開しなくてはならないというシシュフォスの徒労。

とはいえ、ひとつ注意していただきたいことがある。あらゆるものは解釈なのだから、文人による読書もまた解釈のひとつにすぎないということだ。しかしその解釈は、可能なかぎりテクストの背後に隠れるよう、解釈者が身を隠すための解釈である。別のいい方をすれば、文人による読書は、特殊な倫理の次元において、他の解釈とは区別されているのだ。解釈者の我が現れるのは卑しむべきことだと。テクストに究極の真実はないということは了解されている。しかし、真実の基準が存在し、その基準に従って、ある解釈が他の解釈よりもっともらしい、あるいは受け入れやすいと判断できると仮定することは重要なのだ。少なくとも文人はそう信じている。

本書を正当化するのはこの倫理的基準である。テクストに対するいかなるアプローチも、個々の実存がとる立ち位置と切っても切れないものである。読書は、読者の全存在を動員する。読書は、読者の存在を明るみに出し、読者の存在は、読書において顕現する。文人は、時間とテクストと自身との、特殊な関係において定義されるものなのだ。

*

ここに、文人に割り当てる役割をのぞけば、お互いに共通することのない文化や時代に現れるある特定の人々のことを、文人という名のもとに再編成する可能性が立ち現れる。それゆえに本書のアプローチは、超歴史的なものとなるだろう。

もちろん文人たちにふさわしい時代というのはあるのだろう。混乱した時期、ある世界が没落し別の時代が勃興する時代の継ぎ目、たとえばヘレニズム時代、ローマ共和国の没落期、教皇権が危機に瀕した十四世紀、宗教戦争の危機にさらされた十六世紀、十九世紀のモダニズムの危機、これらの時代に文人たちは現れる。けれどもこうした特殊な歴史的背景とは無関係に、文人たちは出てくるものなのである。

インターネットの到来によって文人たちが消滅することがないのと同様、変質を被るとはいえ、印刷術が発明されても文人たちは生き残ってきた。

かくして以下のページでは、文化、宗教、文明という違いを超えて共通する実存的立場というものを想定することになる。本書は、もっとも具体的な実存のなかに、文学研究というものを根づかせることをよしとする立場をとる。文学もまた、存在に関わる問題であるからだ。

*

以下全24章で明らかにしようとするのは、まさにこの実存による参画《アンガージュマン》である。それは、継続的にこの世に現れた文人たちを題材とした想像上の文人の人生、あるいは一日の道程となる。そして、古代エジプト文明やバビロニア文明の歴史を記録してきた書記にはじまり、今日の大学人へといたる、あるいは文明の起源の神話からエクリチュールへといたる道程でもある。

ここで調査の対象となる文書は、文学、伝記、証言、オブジェ、イメージと多様かつ多岐にわたる。あらゆるものが神話となる。

文学的フィクションは慎重に扱われることになるだろう。そこでは文人たちがしばしば滑稽な姿で登場することになる。ここで思い起こされるのは、アナトール・フランスのシルヴェストル・ボナールや、マルセル・プルーストのブリショ教授である。文学はときに、文人や博識を揶揄することを好む。それはライバルを排除するためなのか、あるいはその反対に芸術家を持ち上げるためなのか。ところで、文人の世界や他の人々との関係には、なにかしら重大で深遠なるものがある。それは文人に対してしばしば、単なる不注意以上に深刻な影響をもたらす。

ここに提示したいのは誠実な鏡である。あなた方読者は、時代や土地や文化を横断して現れるさまざまな文人の姿を、そしてあなた方自身の姿をそこに見出すだろう。

第1章 誕生

その文人は、紀元前五五一年、現在の山東省にあたる魯の国に生まれた。母親は丘の上で祈りをささげると、その後、彼を妊娠した。そのため、生まれた赤ん坊の頭のまわりはまるで塚のように奇妙なせり上がりをみせていたという[1]。

もうひとりの文人は、紀元前一〇六年一月三日、イタリアの地に生を受けた。プルタルコスによると、出産に際して母親は「痛みも苦しみもなかった[2]」という。亡霊が乳母のもとに現れ、ローマ人たちはこの子から多くの恩恵を受けることになるだろうと告げた。

奇妙そのものでないとしても、誕生にまつわるこの奇妙な話に共通するものはなにか。ふたつの出来事は、人物の類い稀な性質を告げる前兆に満ちている。孔子は生まれながらにして畸形であり、キケロには超自然的な存在が付き添う。どちらも母親が身ごもった時点で、すでに知と文人の資格を完全に備えたまったき文人として、あるいは少なくとも、間違いなくそうなるよう運命に導かれて生まれたかのようである。

さて、髪が金色なのか茶色なのか、背が高いのか低いのか、女の子なのか男の子なのか、なにも定かなことはないが、人は生まれるやいなやさまざまな属性を備えることになる。頭がふたつあったり、三本の足を持って生まれたりすることもありうる。どうであれ、生涯で蓄積する知識や知恵に必要なあらゆる能力に恵まれた、非凡で、才能ある人間として生まれることがあるのだ。しかし厳密にいえば、文人として生まれることはできない。人生のあらゆる局面で迫られる一連の選択における自由意志を否定しないかぎり、文人になるべく運命づけられることなどないのだ。

九カ月という期間は、文人になるには不十分である。文人の胚胎は生涯を通じて続く。「吾《われ》、十有五にして学に志す。三十にして立つ。四十にして惑わず。五十にして天命を知る。六十にして耳順《したが》う。七十にして心の欲する所に従いて矩《のり》を踰《こ》えず(3)」。ひとりの人間に教養が宿り、教養が第二の本性たりうるには、一生涯の時間でさえ多すぎることはない。文人として死ぬことはできるが、文人として生まれることはできないのだ。

誕生にまつわる先のふたつの挿話は、深いところでは、同じことを物語っている。リアルというより、野心に満ちた伝記というジャンルの境界にあって、明らかに架空のものといえる彼らの特徴は、これらの物語を文字通りに受け取らないようなうながしている。とくにこれらの物語は、文人の誕生を物語ることの不可能性を、より正確にいえば、戸籍に記された生の情報と折り合いをつけることの不可能性を示している。

しかし、こうした逸話が、敬虔なる聖人伝説のあらゆる特徴を掲げるのは、その話が不毛なものではないことを示すためだ。これらの逸話が示しているのは、まず、神々や英雄と同じように、文人は神話の対象たりうるということなのだ。彼らの誕生もまた、神々や英雄のそれと同様、奇跡たりうる権利がある。文人の人生そのものが、その出生譚を、一般的な誕生をはるかに超えたものへと引き上げる。その結果、この世への誕生に対して、さかのぼって輝きが与えられることになるのだ。

さて、この遡及的な性質そのものが、文学という営為の典型的なあり方に重なることになる。文学が扱う時間はひっくり返されている。文人は、さまざまな時代に橋を架け、過去を手で触ることのできるものとする。要望から過去を新たにとらえなおす。未来の世代に向けて記憶を伝達する。そして集合的な過去に新たな生を与えるために、文化そのものともいえる力学に従って、文人が過去に変更を加えることとは、彼自身の過去を変えることだといえるかもしれない。過去はつねに再創造されるのである。過去を現在に到来させせられるかどうかは文人に委ねられている。

このような事情のために、ヘブライの民の最初でもっとも偉大な書記官であったエズラに対して、アルタクセルクセス王は、エルサレム神殿における信仰の再建という使命を与えたのである。バビロンから上ってきたエズラは、律法の書を編纂し、モーセに続くユダヤ信仰の第二の創設者となった。七日の間、彼は集まった民の前で律法を読み、解き示した(4)。

テクストを保存し、理解し、解釈すること。これが文人の使命である。文人の誕生《ネサンス》はつねに再生《ルネサンス》とともにある。年代記作者も、エズラがこの世に誕生した様子を報告する必要性を感じなかったのだろう。文人は、大人として生まれるからだ。

しかし、文人はいつの時代にも等しく現れるものではない。それにふさわしい時代というものがあるのだ。すなわち危機の刻《とき》。孔子によれば春秋時代の幕開けである周の凋落期。あるいは破壊されたエルサレムへ帰還するとき、共和政ローマの終末期の混乱のとき。孔子、エズラ、キケロは、変わりゆく世界に、あるいは世界が崩壊する危機に直面していたのだ。孔子は古代の詩文に通じ、文化教養から人間の尊厳の必要性を説くことで政治に介入しようとする。エズラはユダヤ教聖書である神の律法《トーラー》のテクストを定着させ、彼の民にそれを知らしめる。キケロはギリシア思想の概念やその形式をローマに伝え、ローマ市民にあらゆる固定観念を覆す理想の人生のあり方を提示した。それは「尊厳のゆとり (le cum dignitate otium)(5)」、すなわちローマ市民のだれもがかかずらうような政治問題や権力闘争から離れて、なにがあっても名誉を重んじる人生を送る可能性のことである。

エズラがバビロンから帰還したように、文人はつねに、なんとかして帰還したいと望むものである。孔子は、彼がまるでその時代に生きていたかのように、周の勃興期、さらには殷や夏といった伝説の時代への言及をやめない。そしてその伝説の名において現状を批判する。(6)キケロには、ギリシア回帰という精神性が認められる。他の人々が判で押したように植民地や猛獣狩りへと赴く一方、キケロはギリシアの哲学者たちを豹や鰐であるかのように扱い、どうにかしてローマの地で彼ら猛獣を飼い馴らそうとする。しかし、キケロのおこなった時代横断の遍歴は、一時的なものでしかなかった。キケロは、のちに共和政ローマの歴史的偉人、大カトーやスキピオ家の人々をよみがえらせることに執心するだろう。

はるか後のことであるが、今度はルネサンスの人文主義者たちが、古典古代とのつながりを取り戻そうと模索する。前の世代の人々〔キリスト教中世〕によって古典古代とのつながりは断たれてしまったのだと、彼らはやや性急に信じ込んでいたのである。このように文人は、あらかじめ与えられた永遠のごとき伝統など存在しないということを、ときに悲劇的なまでに意識している。伝統はあらためて考案し、再創造していくものなのだ。過去はひとりでに伝達されるものではない。伝達するにはだれかの助けが必要なのだ。

孔子の伝記作者が、「彼の父親は、孔子が生まれたときに亡くなり、魯の都の東にある防山に葬られた」と記しているのはゆえなきことではない。「その後も母親が教えてくれなかったため、孔子は父親の墓の所在を知らぬままであった」という[7]。あらゆる学者の父である孔子が父親を知らず、埋葬された場所も知らなかったという事実はまさしく象徴的である。すなわち、喪に服すことの不可能性、本質的な不完全、もしくは原初的な欠落を象徴しているのだ。それゆえに文人は、知識や記憶のあらゆる欠落に敏感であって、それだけにいっそう、研究をしたり資料を渉猟したりする必要性が生じるのである。しかしそれは同時に、ところどころが欠けているような連続性でもある。文人はつねに身近な先祖よりもはるか遠く離れた先祖と結びつこうとする。彼は息子であるよりも孫や子孫たろうとする。ここでもさまよっているという自覚が一定の役割を果たしている。

このように文人は、歴史とともに、というより、過ぎ去った時間や歴史に対する意識とともに、誕生するのだ。人類史はこのとき一気に横断されるかのようだ。アジアの両端で、孔子とエズラはともにほとんど同時代に生きたのである。さらにもうひとりの人物を付け加えることもできよう。《歴史の父》[8]とキケロが呼んだヘロドトスは、ペルシャ帝国の攻勢に崩壊寸前となったギリシアに登場した。記憶に残る人々の名前は、世に現れた最初の文人の名前と同じなのだ。

少なくともわたしたちが記憶にとどめている、とりわけよく知られ奉られている最初の人々というのは文人であった。というのも彼らのなかに、あるいは彼らを経由することで、他のより古い知の伝承がごくわずかながらも永続し、変容するからである。ヘロドトスがエジプトを旅行し、エズラに対する王命があったからこそ、エジプトやバビロニアの文書記録の偉大な系譜は、生まれ変わり、他の文化へと広まり、至高な力を持つにいたったのだ。

人類の歴史において、書記の仕事から文人の仕事へと移行するとき、認識論的な跳躍が行われる。無名の存在でなくなることで、書記は自己省察という別の側面を獲得する。時間と弟子を作る必要に迫られると、文人は自分自身と、記録するという役割を自覚し、人々の歴史を語るとともに、自分自身の歴史を語ることになる。文人の名は、彼が執筆した年代記とともに伝わっていく。ここにようやく文人の神話が誕生し、文人に対する崇拝が形をとり、文人の人生がはじまることになる。

第2章　身体

エルンスト・カントロヴィチが、王の身体について、存在に対するあらゆる脅威にさらされている《自然的身体》と、不死で不滅の《政治的身体》とに区分して分析したことはよく知られている。(1)王と同じように、文人にもふたつの身体がある。限定された身体と延長された身体である。

限定された身体は物理的な秩序に属する。五感で感知でき、人生における日常の快楽や苦悩にかかわり、情熱や病気や死にさらされている身体のことである。あらゆる人間の身体と、少なくともアプリオリには、なにも違いはない。通常の人間の身体と文人の身体との違いは、より遠くで顕在化するだろう。

延長された身体に関しては、前者と共通するところは一切ない。物質とは関わりのない別の秩序に属する身体であり、文人の手による作品や文章の総体で構成され、時間の推移とともに、作品が増大していくリズムにあわせて大きくなる傾向のある身体のことだ。限定された身体とは比較のしようがないほど、その寿命は無限的である。とはいえ本にわく虫や、水、火、検閲といったものが延長された身体を損ない、衰弱させることがある。

文人の延長された身体は、限定された身体よりも前に崩壊することがある。こうしたことは、一般に思われているよりも頻繁に起こっている。執筆していた博士論文を投げ出し、原稿を倉庫で黴びるままにさせておく学生たちのように。彼らの限定された身体が健やかな健康を享受する一方で、延長された身体は埃にうずもれる。文人になろうとして挫折した者は数多くいるだろうが、延長された身体が失われているだけに、その例を挙げることは容易ではないだろう。

実際には、延長された身体は、文人自身が書くすべての文章によってのみ成長するのではなく、編集や校訂の過程を経て多かれ少なかれ直接的に産み出された文章や、その文章を引用したもの、そしてその引用を引用したもの、こうしたことが続いていくわけだが、こうしたものすべてによって成長する。延長された身体の展開は、世の終わりがおとずれないかぎり、あるいは図書館や人類が消滅しないかぎり、永久に続く潜在力がある。前ソクラテス期の哲学者がもつ非物質的な身体は、不完全な文、ときには単語の羅列といったわずかな断章しか残されていないのにもかかわらず、それら断章の途切れることのない出版やそれが引き起こす反応に応じて、規則的に延長し続けていくのである。

いくつかの公準を立てることができる。文人の延長された身体はその程度はさまざまではあるが、無限に成長していく傾向がある。その成長は、十年単位、一世紀単位、あるいは千年単位というある程度長い時間においては止まることがある。延長された身体が成長を止めると、拡大して成長し続ける延長された数多くの別の身体に埋もれて、ほとんど目立たないものとなってしまう。この停滞期は忘却と呼ばれるものに対応する。一般的に忘却は一時的なものだ。人はそれを煉獄と呼ぶ。

　可能性はほとんどないとはいえ、延長された身体にはすべて、いつの日か大きくなる可能性がある（先ほど触れた前ソクラテス期の哲学者の例を見よ）。反対に、状況次第で、延長された身体は完全に消えてしまうこともあり、このとき命を取り戻すいかなる試みも不可能となる。図書館の火事、戦争、文明の交代、言語の消滅、あるいは表記体系の消滅（文法や辞典や解読法などを残す努力をしなかった場合。ロゼッタストーンがその好例である）、人類の消滅、〔未来のいつの日かテクストを解読してくれる可能性のある〕地球外の知性のあらゆる形の消滅など、想定しうる事故の範囲は十分に多岐にわたっている。幸い、こうした事故は、少なくとも後半に挙げたものについては、まれにしか起こらない。これに関連するが、とるに足らない行為が、延長された身体に核戦争同様の被害をもたらすこともある。図書目録を書き損じたり本をしかるべく配架しなかったりすると、蔵書点検が行われるまで、数世紀にわたって延長された身体の成長は中断されてしまう。

　たとえ人物描写によって示そうとしても、限定された身体と延長された身体との間には、共通の尺度はない。この点からいえば、あらゆる文人の父に関する中国の伝承は、とりわけ誤解を生みやすい。歴史家の司馬遷によれば「孔子の背丈は九尺六寸あった」という。さらに「だれもが彼の大きさに驚き、彼を長人と呼んだ[2]」とある。これもゆえなきことではない。一尺が二十二・五センチだとすると、この賢人の身長は二一五センチということになるが、これはいまの時代から見てもかなり背が高い部類に入る。孔子の身長は、彼の伝記作者によっておそらく誇張されていると考えられる。より正確にいうならば、司馬遷は延長された身体の大きさに見合うように、巨大な限定された身体を仕立て上げたいという象徴的な目的をもっていたのだ。ルネサンス人文主義の典型的造形であるパンタグリュエルとガルガンチュア――彼らの知識欲に比肩するのは彼らの食欲だけであった――を創造したラブレーはこの点をわきまえている。

　かりに文人の限定された身体が、彼の延長された身体の実態を反映しているならば、図書館はバスケットボールや高跳びの一軍選手であふれかえるだろうが、そんなことはまったくない。典型的な愛書家はむしろ、読者もご存知の通り、ねずみのように小さいのだ。だからといって、幻視者である建築家が文人の延長された身体の規模で図書館を設計しないとはかぎらない。セーヌ川沿いに建てられたフランス国立図書館には、四つの塔と重い鉄扉とどこまでも長く続く周歩廊と二十七メートルの高さの天井があり、まるで巨人が作った巨石建造物のようである[3]。国立図書館の回廊を歩き回り、扉を開けた経験のある人なら、文人の延長された身体と限定された身体とが対立の関係で結びついていることを経験的に知っている。一方は力強く、もう一方は貧弱なのだ。このコントラストこそ文人の神話学が強調してやまないものなのだ。一世紀にはすでに、医者のケルススが「文学愛好者のほとんど」は「弱者」をなしていると述べていた[4]。文人でない人々の身体と比較したときにも、限定された身体〔小さいという意味にもなる〕という言葉は意味を持つのだ。

ケルススの次に、だれよりも一貫性をもって、文人にはふたつの身体があるという二元論を練り上げたのは、ジャコモ・レオパルディである。彼の理論は、個人的体験に裏打ちされている。虚弱で、猫背、弱視、数え切れないほどの病気にかかったという詩人は、ごく年少のときから研究に夢中になってしまったがゆえに、病苦にさいなまれることになったのだと確信していた。一八一八年、彼は「まだ成長中であった身体を鍛えるべき時期だったのに、七年もの間、わたしはとり憑かれたかのように研究に没頭してしまった。だからわたしの身体はむしばまれてしまったのだ」と述懐する。このときレオパルディは二十歳にさえなっていなかった。「不幸なことに、治療法もなく、わたしは自分の体を損なってしまったのだ。自分の外見を惨めな姿へと、大衆が唯一重視する外見を、完全に軽蔑の対象へと貶めてしまったのだ(5)」。

研究にまったく没頭せず、ラテン語、ギリシア語、ヘブライ語、現代語をまったく解しないレオパルディがいたとして、その人物は運動選手でありえただろうか、あるいは少なくとも、十分に健康な人間でありえただろうか。この推測ほど不確かなことはない。しかし本質的なのは、彼はその想定を信じており、信じつつ、このたしかな個人的現実の周囲と彼自身の実存とに意味を与えることのできる、文人の生き様の原理を打ちたてていたということである。レオパルディほどの力量のある魂は、たとえそれが不公平なものであれ、自分が偶然による運命の犠牲であるよりも、文人のこうむる一般法則に従っていると考えるほうを好むのである。彼にとっては知の秩序のほうが、運命のもたらす予想不能な鉄槌よりも受け入れ易いのだ。

そういうわけで、彼の日記は、身体論の体系を構築しようとする言及に充ち満ちている。「身体の活力は、知的能力を損ない、想像力に有利に作用する。その反対に薄弱な身体は思考力にきわめて有利に働くということはすでに指摘されている[6]」。さらに次のように述べる。

虚弱な身体はむしろ有益だろう。精神の諸能力の実践や発展は、とくに理性と関わる場合、身体的活力によって損なわれるからだ。その反対に、これら精神の諸能力は、身体の活力と健康を極度に損なうことになる。だからこそケルススは、病気と人類の弱体化の原因が研究にあると主張するのだ。このことは、実際に思想家や文人（studioso）が自身の身体の衰えを感じるなかで経験していることである[7]。

またさらに「研究は、もっとも疲れる仕事である[8]」と述べ、そのうえ「猫背の人は賢い[9]」とも付け加えている。

個人の苛酷な宿命を、人類の普遍的な悲劇の背後に無邪気に隠蔽しようとする、これら一般的価値を繰り返し述べるレオパルディの姿には、なにかしら心を打つものがある。自分が同様の病に苦しむ人々の共同体の一員であることを自覚し、なにがその原因であるのかをはっきりと名指すことができれば、文人はもはやそれほど不幸ではないのである。ここで名指されているのは、母なる自然以外のなにものでもない。自然というものはその計画において、知性の発展には居場所を与えず、すべてを身体のほうに賭けたのである。

実際、精神の働きほど非自然的なものはない。プラトンやキケロが生きていた悦ばしき時代は、おそらく、身体の活力が精神の働きとかみあう時期であったということは、レオパルディも認めるにやぶさかではない。その理由は明快だ。古典古代の時代、知は現在ほど発展していなかったのである。知を自在に使いこなすのにさほどの研究は必要なかった。現在ではそうはいかないだろう。[10] 自身が属している文化が、自然の秩序や身体が要求する単純な欲求に反抗して、慎重に作り出されてきたことを詩人は認めざるをえないのだ。

しかしルソーと違ってレオパルディは、そこから文明を批判する議論へと展開しようとはしない。彼が非難するのは自然のほうだ。断固として、自身の実存と人類の実存とを自然に従属させることを拒否する。文人は、天命の名の下、反自然（l'antiphysis）の側に立つ。文人は決然として、この世界にはいない。レオパルディは年齢が四十に届く前に病に斃れるのだから、この自由のために高い代償を支払うことになるだろう。これほどまでの激しい自然に対する非難に対して、自然はレオパルディに復讐を遂げたのだ。

現在は、数多くの文人が、まるで身体と精神の新しい結びつきを祝うかのように、スポーツジムに通い、毎週ジョギングをする。ところで、時代が進んだにもかかわらず、レオパルディは知識人の最初の犠牲者でも最後の犠牲者でもなかったのだ。復讐はさらに巧妙でひねくれたものとなっていく。なんということか！　ホルヘ・ルイス・ボルヘスは、一九五五年に、アルゼンチン国立図書館館長に任命されたとき、失明した。委ねられた八十万冊の書物が、ボルヘスのもとから取り上げられてしまったのだ。この名誉ある地位に就いたホセ・マルモルとポール・グルーサックも同じ命運をたどっていた。(11) この繰り返し起こる無慈悲な運命の皮肉に対して、ボルヘス自身がより偉大かつ誇り高い皮肉をもって応答した。失明こそが、彼自身の伝説を作り上げ、彼の詩業の霊感《インスピレーション》の源となったというのだ。

（ギリシアの史書の記述によれば）ある王は
噴泉と園庭に囲まれながら飢渇ゆえに死んだという。
わたしも当てどなく、この高く奥行き深い
盲目の図書館をさまようだけだ(12)

このように描写されるものこそ、どの時代であろうと、あらゆる文人の条件ではないだろうか。タンタロスの責め苦を受けるのに、もちろん失明する必要はない。眼の前に投げ出される広大な知を前にした学生は、すべて把握するためには身体能力に限界があることを痛感する。身体は覚醒を拒絶する。目は閉じられ、精神はぼやけ、腹は鳴り、手足はこわばる。「今日、このページを読み終わることはない」と彼の存在すべてが心の中で叫ぶのだ。それでも彼は読み続け、夜更けまでに次々と読み終えていくだろう。限定された身体を、延長された身体のために犠牲にすること。これこそが文人がもちうる勇気なのである。

第3章　性別

女性の文人は、幾世紀にわたってせいぜい幻の存在、悪くて笑い話の登場人物として、そうでなければ同時にそのふたつの観念を想起させるものだとみなされてきた。モリエールの場合、学者きどりの女たちは間違いなく喜劇的ではあるけれども、現実には学者でもないし女でもない。

男女の性にみられるこの不均衡の原因は、生物学的でも遺伝学的なものでもない。いまだに文人の遺伝子がY染色体の存在と深く関係していることは証明されていないし、たとえ証明されたとしても、文人という存在が、いかなる決定論であろうともそうした決定論との対立においてのみ想定されるというのであれば、リスクはほとんどない。文人は、根本的に自由な存在であり、彼をしばっている拘束条件から解放された存在である。テクストは、その本来の背景から文人を解き放つのだ。

しかし文人そのものが奇跡的存在であるならば、女性の文人は二重の意味で奇跡であるといえる。

というのも、この自由が許される方法と、可能な選択肢の両方とがそなわっている必要があるからである。自分の才能とめざしたい価値観の両方へと最適な形で導く機会を、だれにでも与えてくれる社会の存在は稀有なことだといってよい。

それゆえにヴァージニア・ウルフは、シェイクスピアの妹のジュディスの幼年時代に思いをはせるのだ。(1) ジュディスが家にいる間、兄は学校に通う。彼女は家事仕事のわずかな空き時間に、兄が学校から持ち帰る本を隠れて読む。兄が演劇で一旗上げようとロンドンに出る一方、父親は彼女に結婚を強いるだろう。彼女は抵抗し、家出をする。遅かれ早かれ、他の男が彼女に情をかけ、彼女は彼の子どもを産むだろう。そして家事に埋もれるだけの生活が、まるで定めのように再開するだろう。ウルフが彼女に用意した出口は、自殺以外に残されていなかった。

男子には開かれている一般教育を受ける権利が女子には与えられず、大学も女子には門戸を開放しておらず（ウルフが生きた一九二〇年代でも、オックスフォード大学やケンブリッジ大学のいくつかの図書館に単身で入館する資格が、婦人には与えられていなかったことを彼女は強調している）(2)、人類の半分が生まれながらにして、無知であることを運命づけられ、あるいはかろうじて社交用にうわべだけの教養のみを植えつけられているとき、文人（lettré）という語を、女性を形容するために変化させることが、いかにして可能であったろう。文法には、はるか以前にそれ〔文人女性を意味するlettréeという語〕を実現する潜在的な可能性があったにもかかわらずである。

ここ数世紀のあいだ繰り返し述べられている女性の排除という現象は、残念ながらいまだに世界の一部の国々において現在も進行中の現象である。しかし、もっとも辛辣かつ心を動かす証言は、おそらく、十七世紀においてもっとも博学であり、その生涯において次々と称賛と共感を呼び起こすであろう女性によるものだ。高級貴族の家系に連なるエミリー・デュ・シャトレにはふたつの情熱があった。科学とヴォルテールに対する情熱である。科学への情熱を示す証拠として、彼女はニュートンとライプニッツの著作を翻訳し、ヨーロッパの高名な科学者たちと対等な立場で書簡を交わしている。ヴォルテールへの情熱は、彼女にこの偉大な人物との数年にわたる幸福な生活を送らせることになる。彼女の最期は、幾世紀にもわたる長い期間、女性に定められた運命として典型的なものであった。四十二歳で、当時の恋人であった詩人サン゠ランベールとの間に授かった娘を出産後、亡くなったのである。

それに先立つ数カ月前、「自分の仕事の成果が産褥で死ぬことで」失われないよう、彼女は時間との絶望的なレースに身を投げることになる。「わたしは九時に起床します」と彼女は書く。「ときには八時に起床することも。十五時まで仕事をして、それからコーヒーを飲みます。十六時には仕事を再開し、二十二時に休憩をとり、ひときれのパンを食べます。それから夜食に同席してくれるヴォルテール氏とおしゃべりをして、真夜中の零時に仕事を再開し、朝五時まで続けるのです(3)」。生物学上の運命を前にした彼女が示す、勇気と明晰さは見上げたものというべきであろう。

文人の営為に固有の実存的な特徴をもっとも深刻に看取したのがひとりの女性に帰せられるのは、偶然なことではないだろう。実際、『幸福論』のなかで彼女は知の探求に対して、もっとも美しく、そして妥当性の高い賛辞を送っている。そこでは、知の探求が人生一般、とくに女性の人生に果たす役割が分析される。

論点はふたつある。まず「研究に対する愛は、あらゆる情熱のなかで、もっともわたしたちの幸福に役立っている」と述べる。というのも、「高い志というものは、決して排除されない情熱、すなわち栄光への情熱の一部」だからである。栄光とはいっても、現代人が想定する意味とは必ずしも一致していない。むしろ反対であって、文人に固有な栄光とは、本質的に後世の評価に由来するのである。そこにこそ、文人はみずからの実存を打ちたてようとする。

かりにあらゆる栄光が、原理的にはそれ自体幻想ではないとしたら、来るべきこの栄光のほとんどは虚栄でしかあるまい。しかし、この虚栄がもたらす悦びは「幻想では決してない。というのも虚栄こそが未来の名声を享受するという現実の財をわたしたちに賦与するからである」。いいかえれば、「いったいだれが、子孫のために、そして一家の繁栄のために働くのだろうか」ということである。未来の栄光を希求することは、これほどまでに生きるための強力な原動力となっている。そのとき、研究は最優先事項となる。

シャトレ夫人の立論は必ずしも独特なものではない。キケロの影響や、自己愛についてのモラリストの言説の影響がみてとれる(4)。しかも、この考えは知識人のうち著述家にしか関わらない。すなわち単なる読者でしかない知識人はここには考慮されていない。しかし栄光について、文人に固有の仕事が人生にとってどれほど必然性があるかを、これほど明晰に言葉にする著述家はほとんどいなかったということも認めなくてはなるまい。

では、この分野において女性はいかなる存在なのか。まさにこの点で、彼女の立論は未曾有の展開をみせる。というのも、栄光への愛着が人生の原理として前提されると、それを実現する可能性は女性よりも男性のほうがはるかに高いからである。男性には、戦争、政治、外交など社会進出の道が開けている一方、「女性は女性という属性によってあらゆる栄光から排除されており、たまたま十分に高い志を抱いた女性にとって、そういったあらゆる排除、そして女性という属性によって定められている男性への従属などの不満を慰める唯一の手段が、研究なのだ」とシャトレ夫人は述べる。結論は次のようになる。「研究への愛着は、男性の幸福よりも、女性の幸福にとってこそはるかに切実なものなのだ」。「世界の半分の人間」にとって、それこそが栄光を獲得する唯一の手段である。とはいえ、「教育は、世界の半分がその栄光の手段を獲得するのを妨げており、その不可能性を痛感させるのである」(5)。

こうして二世紀後のヴァージニア・ウルフの告発――文壇や知の領域への女性の参入の障碍に対する告発――に立ち戻ることになる。しかしシャトレ夫人の主張は、この障碍を単に指摘するにとどまらない。そこでは、運命のひどい皮肉によってまさに拒絶されている人類の一部にとっての、文学の切実な必要性がつとに強調される。ここにはなにかしら悲劇的なものが存在しており、エミリーとヴァージニアのきわめて不幸な運命を考慮するまでもなく、人の心を打つのである。

わたしたちは、書物と記憶を豊かに積み重ねることができたであろう数多くの女性の文人たちに思いをはせているのだ。妻と母の仕事に忙殺された生涯において決して開くことのなかった書物を、不在の亡霊として、透明な指でめくり、うつろな視線で眺めながら、彼女たちは書庫を歩き回るのである。彼女たちの心は、買い物をめぐる会話に関わるものでしかなかった。彼女たちの視線は、文字を解読することよりも編み物の編み目を数えることに向けられた。洗濯であかぎれした彼女たちの手は、黒いインクで汚れることはなかった。前景に現れることのなかった文人たちの半分に、高い知識から永久に見放されたこれらの存在にいまこそ敬慕の念が捧げられよう。

そうした状況でも、時代と場所を超えて、女性文人の作品と名前がわたしたちに伝わっているのは奇跡的なことであろう。マリー・ド・グルネー、クリスチーヌ・ド・ピザン、アレクサンドリアのヒュパティア……。周囲の圧力にときには抗って、教育を施し、研究に必要な空間を与えた彼女たちの両親の苦労はぜひ報われてほしいものだ。

《自分だけの部屋（a room of one's own）》(6)を持つことは、ヴァージニア・ウルフによれば、女性が文人であるための必要条件のひとつである。ようするに日常生活の些事に煩わされない場所を作り上げなくてはならないのである。場所だけでなく時間という要素も加えるべきであろう。千年紀の平安時代、宮廷に仕えた清少納言であれば、その場所は寝室であり、より正確には枕のある場所であった。頭をのせて休む枕は、木製や陶器製の小さな箱形になっており、内部は容れ物として使用されていた。日々の印象を書き留めるようにと、中宮定子が清少納言に賜った帖面を箱から取り出すのは夜になってからであった。こうして、もっとも美しい書物のひとつ『枕草子』が生まれることになる。

しかし、自分だけの空間を長らく維持することはできない。ある日、清少納言のもとにひとりのりりしい公卿が訪ねてきた。畳の上に広げられた草子を見つけると、それを手に取り、持って出てしまう。こうしてこの知られざる作品が世に出ることになったのである。(7)

暴行のようにむりやり公刊された経緯があったとはいえ、清少納言は、自身の空間、すなわち書くための空間を保持し続けようとする。なんぴとも彼女からその空間を取り上げることはできない。高名な歌人である清原元輔の娘とはいえ、女であるがゆえに清少納言には、漢語という古典的教養を正式に学ぶ機会は与えられなかった。彼女は日本語と仮名文字のみを使用した。文人と名乗るための官位も知識も彼女はほとんど持ち合わせていなかった。そのため彼女は、男性に限定された古典的教養からはずれたところに、宮廷でのとるに足らない逸話、装束にまつわる些細な事柄、恋の駆け引き、草木、鳥、虫など遍在する自然の光景などを編みこんだ、独自の詩的世界を作り上げなければならなかった。

このように女性の文人には、男性の知の世界とは独立した独自の知の領域を、ときには作り上げることが必要となる。清少納言にとっては、感覚や日々の営みが自由な知性の空間である。シャトレ夫人は、当時のフランス人学者のほとんどが訝しんでいたニュートン力学にその領域を見出したのである。このような空間を見出すことで、ヴォルテールの恋人は、ニュートン理論のフランスでの普及を準備し、中宮定子に仕える慎ましい女房は、その当時かろうじて生まれたばかりの日本語による文学の比類のない模範となった。

女性が古典的教養の伝統から閉め出されているとき、逆説的にも、新たな伝統を作り出す可能性が生まれることになる。出産とは別の創造の機会が、彼女たちに与えられたのだ。したがって、文人といっても性差が存在することになる。しかしそのために、どれほどの苦しみと不満に直面しなければならなかっただろうか。

第4章　時間割

「芸術は長く生涯は短し（Ars longa, vita brevis）[1]」。

ヒッポクラテスの箴言がこの言葉で始まるのは偶然ではない。この数語に満たない言葉のなかに、文人の存在についての根源的な要素が表現されている。ここには、知と知識人の通約不可能性が、あるいは、膨大に広がる知に対して知識人の能力を適応させることの不可能性が表れている。先行する世代が積み重ねてきた知識をまるごと文人が把握しようとするとき、これ以外の表現がはたしてできようか。ひとりの人生のなかで、たとえ遠くに過ぎてしまったものではあっても、地平線に見える山を指でつまむことができるかのように、複数の人々の人生の内実をまとめることなどできはしない。

幾世紀もの堆積によって、望ましくないほどまでに知は損なわれてしまうだろう。手稿は失われ、テクストは腐敗し、理解は断片化する。岩は砂礫となって海に溶け、峰の頂点は青くかすみ、群青の空に融解する。知がすり減るのは避けられないのだ。しかし文人の職責が、こうした作用にもてあそばれるままにならないよう命じ、現実を、わたしたちの前に現れるものとしてではなく、当時そうであった現実としてとらえるよう命じるのだ。再構成された岩に押し潰されようとも、断片を拾い集めなければならない。それこそが知識人のドラマあるいは悲劇なのだといえる。

　これはとくに実際面で問題になってくる。過ぎ去った日々の内容をどうやって一日のうちにとりこむのか。第一の解決策は、時計の針を何世紀も巻き戻すことである。過去を現在に支配させ、当時の必然性を考慮せずに書物の時間に現在を合わせるのだ。こうしてヴィクトール・クーザンは、弟子の証言によれば、完璧だとさえいえる不規則な生活を送っていた。彼にとって昼食とは、「適当な時間」に「骨付きロース肉」と「ひとさじ分のジャム」を「錆の入った水とともに」食べることであった。クーザンは疲れを我慢できなくなるまで眠らないようにしていた（「わたしが寝るときは、断頭台に上るときだ」と彼はいったものだ）。真冬ともなると日の出と同時に、上着を羽織ることもせず、雨の日には傘もささず腕で雨をよけながら書店に向かう。身だしなみに気を遣う様子はいっこうになかった。彼は、書物とみずからの思考のなかに完全に浸りきり、書物と彼の思考は決して彼を放っておくことはなかった。[2] これは寿命という規模を超えた知識への、逆説的かつ切実な欲求に従属させられてしまった、自律的とはいえない生活である。

　その対極にカントがいる。毎朝五時五分前に起床し、大学の講義を七時から始め、十三時にたっぷりと昼食をとり、十七時から十八時の間に散歩をし、十八時から二十一時四十五分まで読書をし、二十二時に就寝する。当時、「繭のなか」に「包まれる」ように丹念に布団にくるまったカントは、こう自問した。「わたしより健康な人間がいるのか」[3]と。こうして、メトロノームのように正確で、儀式のように規則的な生活をカントは毎日送ったという。カントほど、ヴィクトール・クーザンの混沌とした生活と隔たった生活を送った者はいないだろう。あまりにも常軌を逸しているために、現代人には喜劇を思わせる規則的な生活[4]、いかなる事故もそのゆるぎない順序を妨げることのない生活、読書と思考に独占された文人の生活、こうした生活は、フランス人哲学者クーザンの生活に比して、自然な時間に、すなわち状況に対して妥協的で自発的な時間に適しているといえるのだろうか。これほど不確かなことはない。カントがみずからに課した日々の生活の過剰ともいえる秩序が、クーザンの送る生活に内在する無秩序に比べて、日常生活の些事を重視しているわけではない。同じ活動に日常的に回帰することは、時間の流れが内包する変化の力を無視するための方法である。いずれの場合も、過去のテクストの解読に全面的に捧げられ、現在という時間にまったく背を向ける疎外された生活が問題になっているのである。

カントとクーザンは、一般人の時間と同じ時間に生きているのでもなく、彼ら自身の時間に生きているのでもない。彼らは、教養と書物の時間に生きている。教養と書物とは、過去、現在、未来へと継起する無限の回廊のなかに、時間の外、すなわち他所へと開かれた秘密の扉をもうけるのである。図書館は現実の世界から抜け出すための、窮屈すぎる日常の時間性の制約を破壊するための機械なのだ。毎日同じ時間に図書館に向かう者を、強迫観念に駆られているなどと判断しないでいただきたい。

非時間的で永続的なものが逆説的に、約束の時間を守らせるのだ。時間を守ることが、非時間性を飼い馴らす唯一の術《すべ》なのだ。そうでなければ、すなわち、あなたの一日の活動のうちのかぎられた部分を費やさなければ、その部分は非時間性によって呑み込まれてしまうだろう。クーザンのように、この決まりに居心地の悪さを感じる者の人生は、混沌へと向かい、悪くすると破壊されるおそれがある。

文人の人生は原理的に奇抜《エクサントリック》である。より正確にいうなら、中心から外れて《エクサントレ》いる。すなわち、彼らの人生は、文人に独自の掟を強いるテクストという別の中心によって秩序づけられている。そこから、「読んでいるテクストを変えるのだ、そうすれば人生が、少なくともあなたの人生が変わるだろう」という掟の賭け金が現れてくる。ところが正反対に、人生を変えなければ、読書を変えることはできないのである。ルネサンスの人文主義がさかんに問題にした対象のひとつが時間の使い方であったこともまた、驚くべきことではないだろうか。新しいテクストを――古いから新しいのだ――考慮することは、一日のうちにそれらを読むために時間を割くことを前提にする。時間割の存在はこのことを反映している。ソルボンヌ大学のスコラ学的権威への従属から、人文主義のそれへと移ったガルガンチュアの一日は、法外に長いものとなっていく。八時から九時の間であった起床時間は四時となる。一瞬たりとも無駄にしてはならない。目覚めればすぐに研究をはじめ、着替えるときも、食事中でも研究をする。当然、排便中には「難解で、はっきりしない点について」(5)の説明を聞かなくてはならない。巨人の一日は巨大な一日である。それは探求する知の広大な領域と同様に伸展性のあるものなのだ。そしてガルガンチュアにとって真実であることは、規模もそのまま、ルネサンス時代の知識人にとっても真実である。

それから三十年後、ピエール・ド・ロンサールは、自身に向けられた批判に応答する形で、自身の時間割をつまびらかにすることでみずからを弁護する。(6) 起床、四〜五時間の読書、ミサ、昼食、書物を手に散歩、身体の鍛錬やスポーツ、という項目が並ぶ。ガルガンチュアほど忙しくないとはいえ、詩人の一日はガルガンチュアのそれと本質的には異ならない。詩人の一日は、寝室で眠りほうけたり、与太話や冗談にかまけたりと、まさに仮想敵である修道院に閉じこもる生活の陰画《ネガ》として定義される。ロンサールにとって典型的な仮想敵はカルヴァン主義者の狂信的な説教師であり、ラブレーにとっては、一生が朝課、賛課、三時課、六時課、九時課、晩課、終課という無意味な宗教日課を反復することに費やされてしまう無教養な修道士であった。

この典礼を遵守する日課に対して、人文主義者は、研究と身体活動の間に、ある種の均衡をもたせた時間割を対置する。祈禱がつねに場所を占めるにしても、祈禱にあてられる特権的な時間は、世俗的なテクストの読書にも分配される。聖書の後、世俗書の読書が続くのは、聖書の権威を貶めるためではなく、それを補完するためである。知識を獲得するための研究という行為自体に、それまで典礼に与えられていた重要性が賦与される。というのも、神がその創造のうちに現れるのなら、人間と世界の研究はたんなる余暇ではもはやなく、それは義務のなかでももっとも聖なる義務、すなわちプラトン亡き後、アリストテレスが《観照（théoria)》と名付けた義務だったからである。

ルネサンス時代においても、文人の定義が変化したことに問題がないわけではなかった。宗教制度を一変させるだけでなく、読書は余暇にすぎないという、大部分はローマに由来する古代から続く確固たる伝統をも覆さなくてはならないのだ。キケロのいう「ゆとり（otium）」を、「仕事」を意味する「非＝ゆとり（negotium）」へといかに変えていくのか、いいかえれば、いかに気晴らしを仕事へと全面的に変容させるのか。そこから、教会の仕事に匹敵するほどの、威厳を備えた義務や奉仕を、いかにして作り出していくのか。まさにこれが時間割の逸話が果たした役割である。研究のために一日の時間の使い方を割り振り、かつては暇つぶしでしかなかったものを、仕事に与えられていた威厳、さらには使命に与えられていた威厳の高みにまで引き上げること——。こうして新しい知識人は誕生する。かつての修道院や教会のキリスト教知識人の威光は、やがて新しい知識人たちの威光にとって代わられるだろう。自由人は文学に没頭することで名声を失うことはもはやない。文学は、商いや物作りと同じように、自由人の心を占めることが可能となる。そのときには、時間を上手に用いる術を知りさえすればよい。

第5章 教育

ボルドー美術館に一枚の絵がある。あまりに暗い色調で描かれているため、訪問者は一瞥もくれずに通り過ぎるきらいがある。画面の九割が暗闇なのだ。しかし、その主題は見かけほどわかりにくいものではない。

画面にはふたりの人物がいる。白髪の入り交じった髭をたくわえた老人。その顔は左側に四十五度ほど傾き、鑑賞者に視線を投げかけている。彼は、後ろにわずかばかり傾いて立っているブラックホールと見紛う大きな方形の物体を支えている。それはテーブル面と一致すると思われる画面の下端に置かれている。

次に、鏡だとわかる件の物体を注意深く見つめている横顔の少年の上半身が描かれている。鏡の後ろには四、五冊の本が積まれている。ここに描かれているのは、老人と少年、鏡と数冊の本である。

それ以外はどんなに探してもなにも現れてこない。

あるいはその現れ自体、すなわちそれを可能とするもの、たとえば光が描かれているが、画面にはそれ以外にはなにもない。というのも、描かれているものをいくら挙げたところで、この絵画の感動を説明できないのである。この絵画を感動的にしているのは、カラヴァッジョ以来の伝統の明暗画法の大胆な使用がもたらす、なにか別のものだ。

光は絵画の右上角から差し込んで、いくつかの要素に陰影を与えている。写実主義的に描かれた老人の顔には、しわが深く刻まれ、肌は年月を感じさせる。深いたるみのある、関節が赤みがかった彼の左手は、鏡の上枠をつかんでいる。彼は、人差し指を立てて、右手を鏡の上に置いている。指は鏡そのものか、あるいはそれが反射する像を指している。少年の顔は、額、目、鼻、耳のみに光があたっている。それ以外は、とくに顔の下部は薄暗がりになり、さもなければ漆黒の闇に隠れている。テーブルの上に置かれた少年の右手の向こう側で、もう一方の手が鏡を支えている。

この絵は、ジョヴァンニ(あるいはファン)・ドーの作品とされている。一六〇四年スペインのバレンシア近郊に生まれたドーは、一六二三年にナポリに移住し、一六五六年に亡くなるまで画家として活躍する。ジョヴァンニ・ドーはほぼ無名といってよく、彼の手によるものとして認定された作品もないという。(1)

ボルドー美術館を訪問する者がこの絵のキャプションをわざわざ覗こうとしないのは、この作品にフセペ・デ・リベラの筆使いを認めることができるからだ。リベラはナポリで活躍した偉大なスペイ

フアン・ドー《師と弟子》（83 × 107cm），ボルドー美術館蔵。

ン人画家で、実際、ドーも彼の周辺で仕事をしていたのである。老人のしわの刻まれた顔に、小さなスペイン人《スパニョレット》〔リベラの通称〕の特徴がみてとれよう。

さらに詳しくいえば、この絵のふたりの人物は、興味深いことにリベラの絵に描かれた別の人物を思い起こさせる。老人は、ドレスデンのアルテ・マイスター美術館に所蔵されている《ディオゲネス》（一六三七年作）や、マサチューセッツ州ウースター美術館に所蔵されている《天文学者》（一六三八年作）に描かれている人物を髣髴とさせ、横顔の少年は、プラド美術館所蔵の《父に祝福されるヤコブ》（一六三七年作）に描かれているヤコブと、これもまたほとんど同じである。[2] こうしたさまざまな類似は問題をややこしくする。リベラのアトリエや同僚画家のアトリエにモデルとなる人物たちが行き来していたから、これら類似点の存在によってボルドーの絵画の作者がリベラであるわけではないにしても、類似しているという事実は、これらの絵画が同時期に描かれていたと判断させるものである。

しかし実作者の問題はここでは二次的なものである。真の問題はほかにある。すなわちこの絵の主題はなにか、ということである。

ありがたいことに、謎はただちに解決される。というのも、ボルドー美術館は親切にも絵画の理解をうながすために解説を添えていたからである。(3) 公認の解説者によれば、これは教育の寓意が主題になっているのだという。師が弟子に鏡を示し、弟子はその鏡に映された世界の真実を眺めている。背景に置かれた書物は、老人によって後景に追いやられたのである。少年は自分自身を眺めることによって、可能なかぎり直接的に、彼自身の世界認識と彼自身の意識の反映において、人生を発見するようながされている。

したがってこの絵画は、テクストや教科書、論文を通じて学ぶ伝統を拒絶する一方で、直接的な経験による学習を称揚することを意味している。なんとも予言的なことに、これは今日の教師にとってのよいお手本になっているではないか！ 新しい教育メソッドに精通する教師に連れられて、ボルドー美術館を見学する生徒たちがこぞって、書物が最後尾に配置されている絵画をうっとり見つめている姿を想像するにつけ、鳥肌が立たずにはいられない。

美術館の解説は、控えめすぎるとさえいえよう。もう少し現代的に解釈してみたい。前景に置かれた鏡は、イメージが支配する時代の予兆となっているといえるのではないか。鏡の方形は、書物にとってかわったパソコンのモニター画面の到来を予告しているのではないか。ここには興味深いことに、あらゆる教員養成機関にしかるべき役割を与えられることになる「現代的教育法の勝利」という、画家の予感したしるしが決定的な形で描き込まれているのである……。

さて、当然のことだが、外野内野にかかわらず一定の議論が、この絵画の意味を再検討するよう、そして美術館の解釈を吟味するよう強制することがあるかもしれない。

最初の議論は、歴史的特質に関わっている。公認の解釈を正当化する適切な手つきは、当然、十七世紀の「観念」の歴史に根拠を求めることになる。解説者がこのことを十分に気にかけなかったのは、中学生の理解を超えないよう気を遣ったのかもしれないが、ここできちんと位置づけしておく必要があるだろう。書物から得られる教養や巨匠の古典に抗って、個人的経験を絵画によってたたえるのは、デカルト主義のヨーロッパにおける広がりという文脈のなかに位置づけないと理解できないことだからだ。

追いやられた書物〔文字による学問〕は、『方法序説』の第一部に言及されている。

わたしは教師たちへの従属から解放されるとすぐに、文字による学問〔人文学〕をまったく放棄してしまった。そしてこれからは、わたし自身のうちに、あるいは世界という大きな書物のうちに見つかるかもしれない学問だけを探求しようと決心し、青春の残りをつかって次のことをした。旅をし、あちこちの宮廷や軍隊を見、気質や身分の異なるさまざまな人たちと交わり、さまざまの経験を積み、運命の巡り合わせる機会をとらえて自分に試煉を課し、いたるところで目の前に現れる事柄について反省を加え、そこから何らかの利点をひきだすことだ。というのは、各人が自分に重大な関わりのあることについてなす推論では、判断を誤ればたちまちその結果によって罰を受けるはずなので、文字の学問をする学者が書斎でめぐらす空疎な思弁についての推論よりも、はるかに多くの真理を見つけ出せると思われたからだ。学者の思弁は、それを真らしく見せようとすればするほど、多くの才知と技巧をこらさねばならなかったはずだから、それが常識から離れれば離れるほど、学者が手にする虚栄心の満足もそれだけ大きい。それ以外には何の益ももたらさない[4]。

なにも映していない平面な鏡は、どうやら白紙状態《タブラ・ラサ》を表現しているといえる。不確かな知識から解放されるためには、この状態に弟子が身を委ねるべきだ、というわけだ。第二部でデカルトは「そのときまで私が信じて受け入れてきたあらゆる意見に関してなら、きっぱりとそれらのものを捨て去る[5]」とも記している。

そして、自分の鏡像を見つめるまなざしは、真理を探究するあらゆる科学の基礎となるコギトを表しているのだろう。これは第三部で言及されることになる。かくしてこの絵はデカルト哲学の諸原理を、造形という形で独創的に描き換えたものだといえるだろう。

魅惑的な解釈ではある。しかし問題は、年代的に見るとこの解釈は成立しないということだ。デカルトの『方法序説』のフランス語版がオランダのライデンで公刊されたのは一六三七年のことだが、これがヨーロッパ中に広まり、ナポリにたどり着くまでに、当然のことながら数年の歳月を要することだろう。また見てきたように、描かれたモデルがリベラとその周辺の画家のために働いていることから、この絵が一六三七年よりかなり後の時代に描かれたことはありえない。《父から祝福されるヤコブ》のモデルの少年が制作年にあたる一六三七年より大きく成長していないため、ボルドー美術館にある絵画がそれより数年も後に描かれたとも考えにくい。ようするに、この絵が制作されたのは、この年からほんのわずかの間ということだ。大まかに見積もって、一六四〇年以前にデカルト思想に触発された絵画がナポリで制作されえたということは考えられない、ということだ。ましてや今後評価されるか定かでない哲学を題材とした絵画よりも宗教絵画の注文に慣れていた画家である。

この歴史的解釈に基づく議論は、十七世紀のイメージ解釈を規定する諸原理と美術館の解釈との間に整合性があれば相対化されることもありうるだろうが、そうではないのだ。寓意《アレゴリー》として描かれたこの絵画は、しかるべき解釈規則にしたがって読み解くべきである。美術館側の解釈は、画中に描かれたふたつの物体——肯定的な含意のある鏡と、否定的な価値が付けられた書物——の間に価値論的対立があると考えている。しかし、当時の画家にあまねく象徴《シンボル》の目録を提供していた寓意学はそうした見方を許さない。一般的に、寓意画において、絵の中の諸要素は互いに意味を付加し合うものである。意味されるものは、等価であるか、あるいは協同する。いいかえると、寓意はアイロニーとはならない。寓意が表すものは本物であり、意味される対象の定義に関わるのだ。全体のもたらす包括的な意味からある要素を抜き出すためには、その抜き出す行為自体が、可能なかぎり明示的に、すなわちその行為に明示的な特徴を含ませるように表現されなければならない。たとえば、書物が真の教育の反対の意味を含意するためには、それがナイフで引き裂かれていたり、教師の足で踏みつけられていたり、復讐の炎で燃やされなければならないのである。

ボルドーの絵にはそのような様子は見受けられない。書物は、後景にただ置かれているだけである。同様に、ジャン・ボードワンは「学習への熱意」という寓意を、「片手に鏡を持ち、もう一方で子犬を持つひとりの女性」という絵によって表現するが、このとき犬が鏡と反対の意味を含むことはない。犬は、鏡を補完するものとして、あるいは等価物として機能する。なぜなら「〈鏡〉はそれとは反対概念である〈もの〉の姿を映し出すように、精神もまた精神に映る観念を留めているからである。したがって犬もまた、主人によって、いとも簡単に教育され調教されうる象徴となっている」とボードワンは説いている。(6)

犬が鏡の反対の意味ではないなら、書物が鏡の反対の意味になりようがないのではないだろうか。一五五五年ごろの日付があるマジョルカ焼の皿には、片手に自分を映し出している鏡を携え、もう一方の手で地上に立てられた書物を支えている双頭の女性が〈賢明〉の寓意として描かれている。(7)このとき書物がこの女性にとってなんの役にも立たないことを意味しているはずがない。もちろんその反対であり、〈賢明〉のもう一方の頭は髭を蓄えた老人のそれであり、その顔は書物に向き合っている。

一般的に真実を象徴する鏡と書物による知識とが、ここでは等価であることは判然としている。

一方、その名の知れた『イコノロギア』でチェーザレ・リーパは、〈科学〉の寓意として、鏡を手にする女性ないしは書物を手にする女性という二通りの可能な表現を提案する。[8] 鏡と書物との互換性をうまく表現しているものはこれ以上にないだろう。

この等価性は〈真実〉を意味する寓意においても見出される。実際、「開かれた書物とは、事物の真実が書物のなかに反響していることを意味しているのだ。これは科学の探究を意味している」[9]とリーパは説く。鏡については、「鏡が完全となるのは、知性が知覚できる事物と一致するときであり、さらに映し出す事物の本当の姿を鏡が映すとき、鏡はよきものであることがわかる」[10]と述べている。

かくして美術館の解説にも書かれていたとおり、この絵のもつ包括的な意味が、教育に関する寓意的な表現であることを疑う余地はない。

リーパによれば、教育の寓意とは「寛衣を身にまとって高潔で重厚な様子をした尊厳のある立派な男が、《INSPICE, CAVTVS ERIS（中を見よ、さすれば安心を得られよう）》というモットーが刻まれた紐装飾が見える鏡を手にしている」[11]そうである。事実、鏡は「われわれの行為があらゆる他者の行為との比較によって計測されるものだということを知らしめる」[12]。

ジャン・ボードワンは、この寓意についていくらか異なる解釈を提案するが、ボルドーの絵画の内容と絶妙な調和を示している。「男はわれわれの欠点にまなざしを振り向けるよう注意をうながしているようである。鏡を用いて顔の汚れをとるように、われわれは自身の汚点を見つけ、可能であればそれを取り除くのである」[13]。これこそ自分の像にまなざしを集中させる少年が行っていることではないだろうか。

書物については、現代の解説者が考えるように、鏡と対立させるどころか、鏡の機能を補完する役割を負っている。リーパによれば、「書物もなく教師の講義のみでは、多くの物事を学び記憶することは困難である。というのも書物は知識と科学をわれわれに産み出してくれるからである」[14]。

さらにいえば、ボルドーの絵画に描かれた、綴じられた書物の意味と価値を理解するのに、十六、十七世紀の象徴に関する資料を漁る必要性はまったくない。この絵の構成に注意深く目を凝らせば十分である。

光がこの絵の意味構造において、決定的な役割を果たしていることはすでに見てきたとおりである。光が照らすあらゆるものに、積極的な価値が賦与されるのである。照らされているのは、歳月を経てすり減ってしまった教師の顔と手、たしかな経験のシンボルである。照らされているのは、若者のすべらかできれいな額、いまだ汚点のない意識の証である。照らされているのは、若者の目と鼻と耳、そして右手、これらは知性と、世界や行動と距離をとる知覚作用の特権的な手段である。他方、物質的接触と卑しい感覚作用である口が陰に隠され残されている。

ところで、この絵を見る一部の人々は、照らされることでかろうじて価値付けされている最後の要素があることに気づくかもしれない。鏡の裏側に部分的に隠れてしまっているものの、まるで鏡の等価物か代替物であるかのように、積み重ねられた本の山の一番上で開かれているページがそれである。

この絵が理解されるためには、書物は閉じられているのではなく開かれていることが肝心なのだ。鏡を見せられた時点では、弟子の読書はまだ途中であったか、もしくはこれから読もうとしていたことは明白である。ところで、本を読む弟子の姿は、この絵画を読み解く鍵となる。鑑賞者をじっと見つめる教師の身振りとは、少年と同様の行為を行うように、絵枠の右隅にある開かれたページへと間違いなく鑑賞者の視線を振り向けるよういざなう身振りにほかならない。

というのも、絵画の水平線とおおよそ一致する開かれたページは、遠近法の効果も手伝って、一筋の白線と化している。この一筋の白い染みは、周囲の漆黒の闇に差すあまりにも純粋な光線によって輝いているので、この絵画でもっとも明るい部分として存在しているようであり、他の要素は、まさにこの部分を基準にしてその意味が測られるかのようだ。もっとも明るいのは光源ではなく、光源をこの上なく完璧に反射している書物が放つ光である。わたしたちの暗い世界を照らすために他所からやってきた光の反射である書物から得られる知の寓意として、これ以上美しく明らかなものがあるだろうか。

たしかにこの絵画はイメージにすぎないが、そのイメージは数あるイメージの全能性を逆説的に拒否しつつ、教育と伝達の場におけるテクストの力と必要性をたたえるものである。以上が、ジョヴァンニ・ドーが、あるいはリベラが、あるいはナポリの同業者たちが、わたしたちに伝えたかったことである。また、ボルドー美術館の解説者が理解しなかった、あるいはそうしたくなかったところのものである。かくまでに、書物に対する敵意が、無意識的に、衝動的な力を持ちえたのである。少なくとも、どの時代においても解説こそが、教育的であり、模範的であったという事態を示しているのだ。

第6章　試験

人は単独で文人になるのではない。たしかに文学を孤独に楽しむことを妨げるものはないが、この快楽は文学的なものでは決してない。この悦びは、独学のそれであって、その点で少なくとも文人とは対立する。たとえ、はからずも文明から何千里も離れた孤島や山奥の急斜面に追放されたとしても、文人に固有の快楽は社会秩序に属している。文人に固有の快楽とは、たったひとりで文明そのものを表現することである。それを表現することは、とりわけ自分が表現していることを自覚していることを意味する。どこにいようとも、文人は共同体の一員であり、共同体から正統性を、さもなければ力を賦与されているのである。

試験というものは共同体への帰属を保証する重要な要素である。共同体に参入するための儀式としてしばしば試験は用いられる。共同体内部と接触する術《すべ》を原理上持たない新参者にとって、外部から見ると、試験はもっとも可視化された儀式であった。試験という儀式によって変容をうながすことほど奇妙な力はない。試験は学生を教師の地位に、つまり同等の地位へと昇格させる。少なくともこれが最終試験がもつ力である。最終試験には、それ以上の試験がなく、その合格者以外の者は多かれ少なかれ格下の層を形成する。学士号、修士号、「大学教授資格」といった学位資格は、今日でもなお、語源学的に見れば、その保持者に正統性を与え、新しい共同体への帰属を認めるものであるが、この正統性と共同体とは逆説をはらむ関係でもある。

八七〇年三月二十三日、現在では京都と呼ばれている平安京で、菅原道真は方略試〔当時最難関の議政官資格試験〕に合格した。おおかたの合格者の年齢が三十代や四十代に達するなか、彼は弱冠二十六歳であった。方略試では、試験場において論述問題を二題課される。氏族の名前の起源を解説する最初の課題に対して、道真は秦の始皇帝が氏姓の命名をどのように定めたかを指摘し、ついで課題の氏姓について解き明かしていく。二問目は地震に関する論述である。ここでは地表が揺れる理由が問われ、ついで、この自然現象をめぐる中国とインドにおける解釈の知識が問われたのである。現在にも伝わっている写し——文書保存における奇跡だ——から判断するに、道真はこの二題に対する解答を、浩瀚な歴史知識と儒教、道教、仏教の学説に関する深い洞察とを鮮やかに取り交えつつ、当時の日本の知識人の伝統としていた密度の高い凝縮された漢文のなかに見事に表現した。また、謙遜の誓いも知識人の伝統であり、道真は第二問を次のような謙遜の誓いでしめくくっている。

道真望二崇江漢ヲ一、還愧二測レ海之非一レ才。思レ採二風霜一、自迷二凌レ雲之有一レ道。況事屬二幽冥一、談離二視聽一。姫水魯山、未遑二於側一レ足。漆園雙樹、何縱二於遊一レ心。苟解レ環之不分。誰撾レ鼓之無レ衍。謹對。

（わたくしこと道真は、青河と黄河の方角をおそるおそる望み、大海原を越え行くことのできないみずからを恥じる。明快な文章術を習得できず、雲間に現れる小径にわたしはさまよう。このわたしに、謎に満ちた神秘を弁じ、見も聞きもしたことのないことを論じることなどできようか。周公と孔子の国を訪れる閑もなく、精神を荘子や仏陀の傍らで遊ばせる閑もない。こうした困難をひとつも克服できないわたしに、過ちを避けることなどできはしまい(1)。）

道真の謙遜は過剰なものではない。事実、二十六歳の彼が大陸をめざして海を越えたことはなかった。ルネサンス時代におけるヨーロッパの人文主義者たちの古代ギリシア文化の知識同様、彼の中国文化に関する知識は書物を通じてのみ得られたものであった。方略試に合格した当時の彼には、唐に赴任する機会が決して訪れないとは想像しえないことだった。のちに、高い官位に昇進した道真は、遣唐大使に任じられたもののそれを辞退し、長期にわたって維持された遣唐使を廃止させることになるのだ。道真が辞退したのは、中国語の会話ができないことが露見するのを怖れたことが唯一の理由だったという説がある。彼は使節団の成員に対して面目を失うことを望まなかったのだと。しかしこの説明は少しも説得的ではない。たとえ中国の言葉をほとんど話せなくとも、道真は同世代でもっとも漢語に通じた人物であり、前任の遣唐大使のだれよりも漢語に熟達していたからである。没落期の唐は内乱状態にあり、天候が荒れていなくてもその航海には多くの危険がともなう遣唐使の派遣は、日本に利益をもたらすことは少なかったのである。

あるいは、のちに学問の神様として奉じられる道真は、現実の中国と対峙することに特段こだわりをみせなかったと考えることもできよう。彼が内に抱く中国は、雲に乗る仙人や月光のなか楽器をつま弾く詩人たちとともに、書物を渉猟することで作り上げられており、これは、現実の中国との接触によって決定的に失われることを意味していた。この文人の目には、もろくはあれ、書物のみで世界はすでに作り上げられていたのである。現実とのわずかな接触であっても、ガラスの塔は崩れ去ってしまうだろう。ソクラテスは自分が何も知らないことを知っていたが、道真は自分がわずかなことしか知らないことを自覚していた。極端と絶対〔全、無、善、悪など〕にしか満足しなかったギリシアの哲学者と、妥協に長けた文人とを隔てる差が、このわずかな違いに表れている。文人の知がその限界を知っているのは、まずそれが知であることを認識しているからにほかならない。哲学者と異なり、文人にしてみれば、それが知の見かけでしかありえないとか、果ては知でさえないとするのは認めがたいのである。しかし自身を疑わないことは、強さである一方、弱さでもある。

試験の二カ月後、道真は結果を受け取った。考課令〔官人における勤務評定の基準を制定している律令のひとつ〕によると、文章と論理どちらにも優れた水準に達している答案は上の上、どちらか一方が優れている答案は上の中、いずれも平均的な答案は上の下、いずれもとりあえず不可ではない答案は中の上とされていた。道真の成績は中の上であった。試験官は、間違いや曖昧さ、構成上の不手際を指摘したのである。死後に学問の神様である天神として敬われることになるだけに、この成績は辻褄が合わないのではないか。あるいは反対に、これは神的性質の帰結というべきなのか。つまり、群衆に囲まれ、十字架に架けられて死ぬ神々がいる一方、その他の神々は劣った存在として片付けられるという具合に、いずれにしても、神々には各々固有の汚点があるということか。とはいえ、道真の成績については、歴史的事実に依拠すれば簡潔に説明できる。九世紀、受験者はいかなる水準であっても、例外なく中の上という成績を得ていたという。おそらく、こうすることが傑出した臣民に謙遜の義務を知らしめる最良の方法だったのだろう。

及第を祝福した教師のひとりに、道真は次のような詩を書き送っている。

明時對策有名聞
箕裘負擔不外分
幸免空歸爲白首
無期上列在青雲
含情若讀新章句
拭眼驚看舊判文

道莫成功能管領
一枝蠧桂謝家君(2)
(安寧なるかつての時代、登用試験に合格すれば名声が伴ったものです
父の歩みをたどるわたしは伝統と袂を分かつことはないでしょう
幸い、落第することもなく、悔悟のなかで老いさらばえる罰にさらされることもなく、
わたしは家に戻れます
思いがけず、青空に浮かぶ雲の上の地位にのぼることができました
あなたのくださった祝福のお言葉に深く心を動かされるのですが、
答案に対する酷評にわたしは落胆し、涙をぬぐわずにはいられません
わたしが及第し、高貴なる位階を得られるなどとは言われますまい
持ち帰れたのは、虫に食われた枝の一枝のみ、父になんと言い訳をしようか)

月に生える桂の木の一枝を折るのは、漢詩の伝統において科挙に及第することを意味する。この詩にあるように枝が虫に食われているのは、功績に疵《きず》があるときである。とはいえ、この詩には痛恨の情は一切なく、文人にふさわしい慎みのみがある。元服をことほぐ歌で桂の枝を折る名誉を期待していた母親に対する慎み、中の上という成績しか得られなかったはずの父親に対する慎み、師の祝福に決して値しないという慎み。ようするに、道真は試験官の下した評価に難癖をつけないのだ。自身の

限界をわきまえているのみならず、あるときその限界を突破しうることを自覚する知というものをどのように十全に表現するのか、その問題に彼は驚き、うろたえるのだ。

　納得いく試験というのは、それに合格した者の力不足をあからさまに示すことだけを目的とする。競争試験という形態もまた、単なる試験よりも哲学的な本質を備えている。というのも、絶対的水準を確認するだけの試験は、誤った安心感を与える危険性があるが、競争試験は優秀な受験者しか合格することができないからである。ここから文人の逆説的な力が生じることになる。つまり文人は、みずからの無能ではなく、力不足を白状するのである。

第7章 書斎

ある小像の旅。

どのような罪によるものかは不明だが（おそらく巻物に書かれた禁断の秘密を暴いてしまったためか）、その文人の着物と髪の毛と肌は、にわかに緑色へと、深遠な透明さの幻想を抱かせる美しくも血の気のない緑色へと変色した。同時に指先は硬化し、腕の関節は凝り固まり、あごひげの先端は胸まで伸び、大袖の絹地は途方もなく重苦しくなり、まさに動いていたその人物の動きは止まり、顔を右に向け、左腕は上に向かって曲げられ、その親指と人差し指で髪のまとまりに触れている。全体的に見ると、その凝固した体勢はひとときしか続かないだろう。光はいまやその反射で、稀少な翡翠の像の表面をゆっくりとなでることができ、控えめな大きさ（十五センチほど）へと縮小したその人物は、唐草文様を格子のように組みあわせた紫檀の枠のなかに収まっている。この木枠の下部になんでも置くことができるが、これこそが知的な作業の優雅な小道具として完璧ともいえる硯屏《けんびょう》と呼ばれるものなのである。(1) この彫像の男性が、学者や賢人、あるいは神の雰囲気を醸し出していたとしても、その名前や功績が知られることはおそらくないだろう。その一方、わかっているのは、十九世紀清朝の時代に、これが他の文人の所有物となるために作られたということである。当時の文人は、文人に囲まれることを好み、書斎に文人の姿を置くことを好んだのである。

書斎の小道具には三種類ある。まず書斎での仕事である書き物に不可欠な《文房四宝》と呼ばれるものが挙げられる。墨と筆、紙と硯《すずり》である。このうち墨と筆と紙は、書き物をするなかでなくなっていくひときわはかないものであるだけに、いっそう稀少である。墨は文字になり、紙は次々にめくられ、筆の毛は容赦なく抜けていく。うわべだけの逆説ではあるが、書くという営為が、いかに未来に痕跡を残し時の荒廃にあらがうものであっても、それは際立って、消費し消耗する行為として現れる。書く行為は、通過と忘却というあくなき神の意思をなだめるために、液体と固体という二相において現れた動物と植物の永劫の自己犠牲によって成立する。書くとは、喪失にあらがって消尽することなのだ。墨を少量の水で溶かす平らかでくぼみのある硯のみが日常の使用に耐えて存続するのであり、祭壇、あるいは聖杯の役割を果たしている。墨汁というぶどう酒の献酒は、日々、悔い改める者ではなく、読者という王のために準備されるのだ。

ついで、墨池、筆立て、筆荒、筆巻きという、文房四宝より格は落ちるものの、供儀の道具としての文房具が現れる。儀式を滞りなく執り行うために不可欠なそれらの文具は、しかし中心的な存在ではない。最後に、儀式の装飾品ともいうべき文具が挙げられる。文人の手によるものだということを保証する落款が威厳という点ではまず挙げられるだろう。これは代替不可能かつ二度と作り直せないもので、平面で無色の書の世界に、作者の顔と声とを刻む唯一の署名である。この卓越した落款の機能が唯一、小さな玉石の印に彫られた豪華な彫刻（実在の、あるいは架空の動物や人物）を正当化する。これらの彫刻は三次元空間に、二次元の紙に押された落款という権威の力を象徴的に発揮しているがある。朱墨の使用は当然のことながら維持される。他の道具にも、文人が献身する諸芸を喚起するものがある。孔子の伝統を引き継ぐ文人というのは、すでに申し分のない詩人であり、書家であり、楽人であったはずである。文人画という特殊な絵画ジャンルを作り上げた王維（七〇一年～七六一年）以降、多少とも破損し断片化した巻物に残された作品や、いまや原曲は再現しえない、琵琶など古楽器の楽曲が証明しているとおり、文人画は文人の才能の一部となった。そこにある種の無秩序があるからといって、精神の働きを妨げるわけではないのだ。

どんなに小さいものであろうとも、極東アジアの文人の書斎は、閉鎖的で有限的な場所を含意するとされる西洋の書斎とはまったく異なるものである。王維の詩や画に影響を受けた山水画の掛軸に描かれているように、文人は、夏が来ると水際や涼しい洞窟の傍らに建てられた、四面に壁のない、藁葺きの東屋《あずまや》で仕事をすることを好んだ。遠くには滝の音がこだまし、崖で道が途絶えたところに、ひとりの客人が松の木を衣で触れている。仙界と下界を隔てる境目のように一筋の雲が画を横切っている。ここでは不動なものはなにもない。縦長の画面によって、それを見つめるまなざしは、中心となる点を見つけられないまま画面を上下することを余儀なくされる。そのおかげではないとしても、ここではいたるところで、世界の固有の動きが感じられるのだ。文人が一種の静謐を求めるにしても、それは隠遁による静謐ではなく、それを取り巻く世界とのいきいきとした交感による静謐である。ここはとどまる場所というよりは《道》なのだ（ここには道家の老子の教える《道》の意味が認められる）。これとあまりにもかけ離れた方法というわけではないが、過度に本質主義的で麻痺を引き起こすものとされた西洋形而上学批判を行うなかで、マルティン・ハイデッガーは、どこにも導くことはない、そうでなければ事物のただなかに、その神秘的な存在のただなかへと導いていく《森の道（Holzwege）》をたどることになったのだ。散歩中にたえまなく現れる景色や、はからずも森林の空地にたどり着くことほど、存在というものが多産であるということが美しくも顕現することはあるだろうか。これはまた、読むことと書くこととが、行程として理解された場合の定義となりうるだろう。

季節がこのような行路にふさわしくない場合には、文人には世界の縮図としての庭というものがある。書斎から庭を眺められるようあつらえてあり、鐘や満月の形をした小窓が、気に入ったもの（老木や遠くに見える小屋、奇岩など）に向けて作られている。このとき窓が風景に対する額縁となる。ここには、強制的な遠近法も特権的な視点もない。川、丘、山と同じように、庭はその全容を現すことは決してないのだ。そこからは、何ものにも還元されることのないさまざまな断片を、唯一眺めることができる。窓から見える風景は、まなざしを逃れたものによって補完される可能性と、訪問を終わらせ空間を閉じることになる不可能な完全性とを、同時に予感させるものとなる。ここといまの表層には、他所があるという意識がとどまっているのだ。

庭園にとって真実であることは書斎においても同様である。書斎が閉鎖されているのはうわべだけだ。たとえ全面的に閉じられてはいても、書斎は別の時間、別の場所へと開かれており、書斎はそれらと秘密裡に交信する。文人は、そこにいると考えられている場所にはなく、その身体は見えているが、彼が読むテクストは、空虚な見かけをそこに残したまま、彼を精神のなかへと運ぶ。言葉に住み着く根源的な他者性が、触れる者を連れ去り、解体するのだ。文人の書斎はこの旅行の乗り物なのだ。そこにある数々の文房具は自身のために存在しているのではなく、自身によって表現されるもののために、自身が導く先の世界のために、自身が秘密の扉を少し開いたところにかいま見える世界のために存在する。ここに文人の蒐集と、純粋に美的な欲求による蒐集とを区別する点がある。壁に掛けられた絵画には、所有者ないし訪問者に与える快楽以外の正当性をまったく必要としないが、机に置かれた小道具は、ときに矛盾するさまざまな制約に従わざるをえない。読書をするときに物質的な妨げになるほど大きすぎてはいけないし、ページから逸れたまなざしが、瞬時に見つけることができないほど小さすぎてもいけない。そして、その後、一時的に中断された知的作業に戻るのをうながすようなものでなくてはならない。

石にはこの力が秘められている。石は、決して他の石と同じであることがないので、むしろ複数の石というべきか。それは特異性の勝利というべきものである。穴の多い太湖石、歪みのある霊璧石、浚県でとれる表面がでこぼこした結晶質の石、あるいは大理石が、窓枠の内側で絵のような姿を見せる。[2]どの石もまなざしに応じて変容し、さまざまな形が石を活気づけ、鑑賞者の気分に応じて木、雲、山、あるいは龍になる力を秘めている。タイプライター（machine à écrire）があるように、夢見石（pierre à rêver）というものもある。どちらもここでないどこか他所へと開かれている。文人にとって放浪へと導いてくれるものであれば、なんでもよいのだ。俗界からの隠遁は、中国の図像学の定型のひとつとなっている。嵇康《けいこう》（二二三年〜二六二年）の邸宅に集い、歓談、飲酒、瞑想、楽器演奏、つまり文学以外のあらゆることに没頭した竹林の七賢は、四世紀以来、数え切れないほど詩に詠まれ、絵に描かれた。[3]それというのも、傍目には少なくとも、まさに自分自身の存在に没頭するために、めまぐるしく動く物事から解放されるための力が文学にはあるからだと思われる。うわべだけの政治的社会的な戯れ言から逃れ、ゆとりという至高の自由を享受する術を知っている者だけに、ゆとりが許される。遠い空の下、キケロはこの隠遁生活を文人のゆとり（otium litterarum）と名付けていた。[4]西洋の文人も、少なくともこの点においては、東洋の文人と同類であり、彼らの書斎もまた庭園の構造と機能と理想とに対応しているのである。むろん、反対に庭が書斎の体裁をとっていなければの話であるが。そこでくつろぎ、仕事をし、成長することは総じて同じことなのである。文化《キュルチュール》という語は、植物と精神とに等しく共通する存在の、ある種の成育《キュルチュール》以外のなにものでもないのだ。

先ほどの翡翠製の男性の小像は、おそらく竹林の七賢のひとりであろう。くつろいだ物腰、夢でも見ているかのような態度、世界に向けられたように見える愉快なまなざし、これらすべてが散歩中の文人であることを示している。彼は、もうひとりの文人のくつろぎの時間に、彼を楽しませるために書斎までやってきたのであろう。しかしわたしたちの知り得ない理由によって、またどのような道を通ってきたのかはわからないのだが、歩いて行くうちに彼は、中華帝国の天下から遠く離れてしまったのだ。万里の長城を越え、大平原や西方の山脈を越えて、蛮族の蝟集する国の、精神科の医学者であり、書物の蒐集家であり、美術愛好家のジークムント・フロイトの書斎の机にやってきたのだ。一九三八年フロイトと家族が亡命する数日前にエドムント・エンゲルマンが撮影したウィーンの彼のアパルトマンの写真には、机の上に彼が集めた数々の骨董品（中国の兵馬俑、エトルリアの戦士像、オシリス神の頭部、大小さまざまな銅製の骨董、ローマやエジプトの神々、ヴィーナス神、ヘルメス神、プタハ神のミイラ像、頭部がライオンのセクメト女神、頭部が猫のバステト女神、ホルスに授乳するイシス神など）に囲まれた、例の硯屏を認めることができる。(5) うつろなまなざしでフロイトを平然と見つめているこれら三十体におよぶ彫像がフロイトの選んだ観客であった。ここはフロイトが自由にどのような用途にも使える神々の神殿であった。ベルヒテスガーデンに避暑に出るときにも、フロイトは鞄に数体の像を詰めこんで、ためらうことなく持ち出したという。彼は同僚のヴィルヘルム・フリースに「僕の、君にはあまり高く評価されていない、古い、汚れた神々は、原稿のおもしとして仕事に参加しています」と書き送っている。(6) 文人というのは、悪魔や神々と、少なくとも同等にしか交わることができない。またさらに、この精神分析学者の蒐集品は卓上に置かれた品々にとどまらない。部屋全体が彼にとっては仕事場であり、そこで患者を受診する。あらゆる種類の小像や絵画の類、すなわち印章、お守り、版画、レリーフ、パピルス、コプト教絵画、ローマのフレスコ画の断片などが壁にかけられ、机上に置かれ、窓ぎわにさらされ、物いわぬ厳かな存在感で部屋をところせましと飾り、ソファに向かう患者に千年にもわたる泰然自若な態度で、ときには和やかでときには不安を煽るような謎を投げかけている。

フロイトは、ほかのどんな所有物にもまして骨董品にこだわりを見せた。彼はステファン・ツヴァイクに「ギリシア、ローマやエジプトの古代遺物の蒐集には多くの犠牲を払いましたし、そもそも心理学よりも考古学の本の方をたくさん読みました」(7) と告白している。分析医はおそらく考古学の本を大量に読んだことを誇張しているようだが、ドイツによるオーストリア併合の後、生涯にわたってかき集めた宝物全部を、亡命先のロンドンへと持ち出せたことは、フロイトにとって大いなる慰めとなったというのは事実である（とはいえ、ナチスによって二十五パーセントという法外な税金を課された後のことである。これはマリー・ボナパルトによって支払われた）。今日でもなお、緑あふれるハムステッドの住宅街にうずもれたフロイトの邸宅を訪れる者は、机と暖炉の上部の間に安置された蒐集品の一部を眺めることができる。(8) さて、勉強机のしかるべき場所につねに置かれていた翡翠製の文人像はこの最後の旅行を終えると、ふたたび人々の視線を敢然と見上げ返すことになる。しかしながら、フロイトの終《つい》の棲家となった広大で光あふれる邸宅に、ウィーンのベルクガッセ九番地のアパルトマンの閉じられた雰囲気を見出すのは難しい。ロンドンに比べると狭い空間に、小さいとはいえ魅惑的な存在感をたたえた骨董品が山積しているのを眺めると、ある種の困惑を感じずにはいられない。

精神分析学の聖地に初めて入り込んだエンゲルマンは、「空間を覆い尽くすような大量の小像で押し潰されそうになった[9]」と明かしている。過度の飾りとこれみよがしの蓄積はまず、ある時期のブルジョワ階層の美的感覚によるものだと考えることができよう。しかし、写真が示しているように、アパルトマンの他の部屋にはこうした様子は見られないし、そうであったとしてもこれほどの度合いではない。フロイト博士の書斎は、特別な装飾を享受していたのである。

最上の品の一部を取り置いてくれる骨董屋に、毎週のように通いつめるジークムント・フロイトの骨董熱については、多くのことがいわれてきた[10]。フロイト自身も考古学に精神分析の仕事の隠喩を認めてさえいた。フロイトのエジプトへの関心は、彼自身のユダヤ性の起源の探求として解釈されてきた（彼はヘブライ人の律法者であり一神教の創設者であるモーセという人物のなかにエジプト人を見ていたのではないか[11]）。とはいえ、精神分析医の著作とその著者とに正当にも関連づけられたこれらの解釈には、フロイト教授の診察室を特殊な例と見てしまうという不都合が生じてくる。その一方で、彼は長い歴史と輝かしい威光を備えた混合的な伝統が遠く行き着いたところの継承者なのである。極東アジアの文人とともに創始された書斎という伝統は、西洋において、十四世紀中盤以降描かれてきた図像に普及し、たとえばアントネロ・ダ・メッシーナやヴィットーレ・カルパッチョが隅々までこだわって描いた、聖ヒエロニュムスと聖アウグスティヌスの書斎（studioli）にその姿をみてとれる[12]。十六世紀には、碩学ジル・コローゼが、書斎のエンブレムを提案することになるだろう[13]。

文房具、書物、巻物、美術品、さまざまな種類の骨董品。あらゆる方法で両大陸の文人たちは、仕事の空間を特徴づけ、根気のいる困難な活動（読むこと、書くこと）を諸感覚にさほど訴えることなく、他人よりも自分自身のために演出しようとするのだが、その際その活動に背を向けてしまう可能性も大いにあるのだろう。薄紙を触る感覚や美しい道具の眺めは、潤いのない抽象化という精神の作業を補ってあまりある。ユーラシア大陸の両端で、互いに接触することもなく、共通の影響をこうむったわけでもなく、まったく異なる様式で進化を遂げた習慣に、これほどまでの類似性が見られることは悦ぶべきことだろう。おそらく書くことに関わるあらゆる文化は、文人の領域を神聖化することをうながすのであって、こうした現象はすでに古代エジプトの書記において見出すことができるかもしれない。しかし見かけ上のこれらの類似は、ふたつの文化の間で顕わになる根源的な差異を隠し通すことはできまい。書斎は、一方では開かれ、一方では閉じられているのだ。中国の文人の所蔵物は、空間と夢の次元へと開かれていて、そこから、現前と隠遁とによって、そして平穏と漂泊とによって作り出される世界との特異な関係が、よく知られた自然と文化という西洋的対立とは無縁な関係が取り結ばれる。他方、ヨーロッパの文人の所蔵物は、時間、すなわち師や先祖の時間、先駆者と模範の時間のなかに組み込まれ、その永続性と消滅とを同時にまざまざと示すことになる。この観点から見れば、フロイトの仕事が、時間に関わる不安によってまさに特徴づけられるゆえに、フロイトは西洋の文人の末裔として現れたのだといえる。それらの不安とは、ギリシア、ローマ、エジプトという失われた文明の消失した時間の不安であり、自我と無意識の形成という模糊とした時間の不安であり、精神分析治療の省略しえない時間の不安である。精神分析は、文人の試みに固有な時間に関わる問いか

アルブレヒト・デューラー《メランコリアⅠ》

けを、個人に向け直す行為でしかないのではないだろうか。

学者や考古学、あるいは精神分析の仕事だけがふたたび顕在化させることのできる消滅した世界の証である、フロイトの机に置かれた神々には、ヨーロッパの文人に対する無意識的な喪の作業が物いわぬ様子で付き添っている。何を失ったのかは分らないとしても、知的探求の方法どころかそれ自体が目的にさえなってしまった研究によって、彼はそれをふたたび見出すことに熱中する。これはまさにフロイト自身の定義するところのメランコリーそのものである。喪と同じく、メランコリーとは「愛された対象を喪失したことの反応」であるが、「喪失に関わることは何一つ無意識的ではない喪とは異なっている」[14]のである。また喪と反対に、メランコリーの解消をめざす仕事においては、その目的が到達不可能であるがゆえに、たえまなく再開されなくてはならない。過去の研究は、世界の通常の動きから逃れ、市場原理と同じく政治権力の規範をも超越する終わりなき試みである。しかしそれはまずなによりも、精神の力を消耗させるものなのだ。

この病理的な過剰を、アルブレヒト・デューラーのもっとも知られている版画がまさに描き出しているのだ。聖ヒエロニュムスや聖アウグスティヌスの書斎に文人の理想を見出すのなら、悪夢のような書斎もまた存在する。道具は地面に落ち、筆入れはひっくり返され、本は閉じられている。指の間でコンパスをもてあそぶ《メランコリアI》の陰鬱な天使は、目標に達しない知的作業の恐ろしいまでの疲労を味わっている。冷たい夜にさらされ、内と外とがあべこべで壁のない書斎のなかに、過ぎゆく時間に打ちのめされた西洋の文人の絶望そのものが具現されている。[15]

たしかにフロイト教授が治療を提案するときであるが、またさらに翡翠製の賢人にとっても彼のアイロニーに富んだまなざしの教訓を明かすべきときでもある。西洋の文人は、中国の同輩の快楽主義から学ぶべきことはまだたくさんあるのだろう。それは、格式ばった儒教のただなかにあって道教による解放の道筋を見出し、文化の深化によって、山河に現れる宇宙的調和の秘密を解き明かすのだ。きわめて幸運なことに、ナチスはこの翡翠の宝を没収すること、ウィーンの精神分析医の書斎を散逸させること、そして、同じことではあるが、文人の時空間をめぐる旅に終止符を打つことのいずれにも成功することはなかった。

第8章 経済

文人になるには、そして、書物を読み、書くようになるには、日常生活に煩わされない自由な精神が必要である。これはすでにユウェナリスが、以下に確証していることである。「偉大な魂の仕事は、毛布の入手に心を労することではなく、神々の二輪車や輓馬や容貌を心に描くことであり、エリーニュスがどのような形相でトゥルヌスを狂乱へと駆り立てたかを想像することである。所詮こういうことである。もしウェルギリウスに少年奴隷と、見苦しくない人並みの住まいがなかったら、エリーニュスの頭髪から蛇がみんなすべり落ちていただろうし、彼女のらっぱも静かでなんら恐ろしい音を発していなかっただろう」(1)。ここにほのめかされているのは、復讐の女神《エリーニュス》が、ルトゥリー族の王トゥルヌスの前に現れ、彼の闘争心を鼓舞するために角笛を吹き鳴らすという『アエネーイス』の一場面である。ユウェナリスの諷刺詩が意味するところは明白である。賢者の仕事、哲学者の思索、詩人の詩的高揚の質は、その人物の生活水準に直結しているということだ。

どの詩行、詩的イメージ、逸話にも値段がついていて、正確に見積もることができよう。今日、社会学者たちがローマの諷刺詩人よりも多少とも洗練したやり方で、そしてはるかに全般にわたって、その価格を確定する作業に専心している。(2)一軒の小さな住まいと、なんでもこなす奴隷がひとり、これがウェルギリウスの叙事詩『アエネーイス』全十二巻にかかった費用である。無尽蔵ともいうべき資産を持つ皇帝アウグストゥスの、あるいはマエケナスの支援《メセナ》としては高すぎるということはない。キケロや大プリニウスのように、自身や一族に資産がない、あるいは間近に蓄積した資産がない文人は、書くことによってじきに利益が出るような次元を持たせるとか、あるいはカエサルに対するウァロ、アウグストゥスに対するティトゥス・リウィウスのごとく庇護者に奉仕することに専念し、そしてその帰結として「あなたが与えてくれるから、わたしは書く」というように商業的交換の通常の営みへと回帰せねばならない。無償のエクリチュールか換金目的のエクリチュールか、研究するために生きるのか生きるために研究するのか、これらふたつの経済的モデルはたえず共存してきており、このことは、ひとりの文人の生涯にもあてはまることである。ひっきりなしにそれらは逆転するのである。アリストテレスは学校を創設し、書き物をする。ルキアノスは講演をこなし、書き物をする。プルタルコスは神官としての職責を全うし、書き物をする。どちらの生活がもう一方に奉仕しているのだろうか。

文人の人生は、あらゆる経済的カテゴリーを覆す。仕事、休息、隠居、これらの語の通常の意味は文人には通用しない。公の仕事は、そこでは食物を得るための役割しか果たさず、ゆとりこそが本当の仕事である研究にとって役に立つのである。ギリシア語の skholê という語は、研究や学校を意味するようになるまでは休息という意味であった。時間をそのように編成することは、奴隷と農奴のみが働くという社会のあり方、世界のあり方と対応していたのだ。奴隷は実用目的の機械的技術《アール》を身につけ、もう一方の人々は、自由人にふさわしく《自由》学芸《アール》（artes liberales）を身につけた。後者のみ、アリストテレスのいうように、すぐれて人間的な仕事、すなわち観照的な活動（theôrêtikê）[3]を実現する使命や能力を備えているからだ。もう少し、このスタゲイロス人〔アリストテレス〕の言葉を引用すると、純粋な知はつねに「最も早くそうした暇な生活をし始めた人々の地方において最初に、見いだされた[4]」そうである。文人の活動が、正常な経済交易の枠組みの外に位置づけられるためには、それが固有の価値と規範を備えた《自足性》のある体系（autarkês）を構成する必要がある[5]。

この自足性が、歴史的なある状況と排他的に結びついたとか、いまや社会構造の変動によって乗り越えられたとか、あるいは不平等な貴族社会に特有な現象だとみなすのはさほど有益なことではない。事実、歴史の害悪を越えて、アリストテレスがきわめて正確に描き出したものは、紀元前四世紀以降、知の生産と蓄積に捧げられた人生に、変わることなく見出される特徴以外のなにものでもない。文人は、同時代の人々や近しい人々が動き回る生活圏とは区別された生活圏を周囲に作り出すのだ。

文人の人生とは必然的に、通常の人生とは異なり、文学となった人生である。読み註釈する書物は数多くあり、書くべき書物も同様である。ひとつの人生はこうした仕事でいっぱいになり、やがてあふれることになる。そういう生涯にとってのみ、図書館というものが、その煩わしさも含め、家族に値する。子どもなら、なんとかひとりでに育つ。子どもは成長することしかできないし、それが子どもの本来の姿なのだ。しかし、読者や著者が次のページへ、次の言葉へと進むことが書物の望みであるのなら、ページをめくるたびに再生を期しつつ死んでしまうのが書物の本来の姿である。読むには、時間と努力と勤勉さとが要求される。読むとは、他者が紙の上に書いたものを読者の精神に転写することであり、他者の言葉に読者自身の人生を差し出すことであり、息絶えた語を読者自身の息吹でふたたび膨らませることなのだ。あまりに常套句と化した「本を貪り読む」という表現は、正反対の意味で理解されるべきだ。あなたが本を自身のものとしたと感じたとき、むしろ、本のほうがあなたを貪り食い、あなたの血を吸い尽くし、あなたの存在とエネルギーを滋養とし、世界からあなたを切り離し、本の世界へとあなたをいざない、あなたの時間と空間を食い尽くし、あなたの本棚を溢れるほど満たし、あなたの夜と昼の時間を減らし、あなたの家やアパルトマンの空間を狭め、あなたを豊かにすると同時に破滅に導き、あなたを本のものとしてしまうのである。

文人として生きるというのは、二重の人生を送ることに等しい。つまり、書物に埋もれた人生と、その人自身の人生――しかしその時間は不足している――という二重性。家族や夫婦、家というものは単独で維持されるものではなく、束になって、たちどころに他を圧倒していく。二重の人生を送るには、二倍豊かでなくてはならず、そうでなければ飢えに苦しむことになる。文人は金で雇われるか呪われるかどちらかなのであり(6)、中途半端はないのだ。実状の知識人の生活とは、つねにこのふたつの間で揺れ動いている。知識を糧にした自活から、金銭上の困窮までの距離は紙一重である。見かけとは異なり、文人の実存以上に物質的なものはないということなのだ。それは、あらゆる社会的活動のうちで光り輝く頂点であるのみならず、波の上に軽くはじける泡つぶでもあるのだ。波があるからこそ泡が現れるのだ。したがって、家計、予算、小切手帳による経済学、あるいはむしろ、精神の超経《メタ》済学がそのもっとも物質的な意味において存在しているのである。不労所得がもはや自明ではない現在の民主主義的社会においても、アリストテレス的自足性が、あらためて創出されなければならない。言葉や観念を吸収し、生産することを可能にする経済のすきまを、文人はみずからに用意しなくてはならない。だからといって錬金術が必要なのではない。適度な金銭か最低限の快適さがあれば事足りる。

長期にわたって精神的支柱として権力を保ってきた教会は、非物質的なものは物質的なものに密接に依存していることをたえず認識していた。教会はまた、長い間文人の溜まり場ともなっていた。ジュリアン・バンダが「聖職者（clerc）」という語を「知識人」という世俗的な意味で用いる以前から、(7)聖職者は「現代の知識人」に先行する存在であった。聖職者が必ずしも司祭であるわけではなかったが、少なくとも剃髪は受けていた。そのおかげで教会の恩恵に与ることができたのである。いずれにしても、文人の要求は教会の課す規則と矛盾を来すことになる。ボシュエは、一六七二年、一万六千リーブルの収入をもたらすガシクール司教区とプレシ＝グリモン司教区に加えて、二万二千リーブルから二万五千リーブルの収入をもたらすボーヴェの聖リュシアン修道院の経営を王から委託されたとき、教会の課す規則を否定しなくてはならなかった。厳密に法律的な点からいえば、ボシュエのこのような状況に非難される点はない。霊的負担、居住義務のない聖職録であれば、教会法は兼任を許可していたからだ。そのうえ、彼は王太子の教育に専念するために、五万リーブルをもたらすコンドーム司教職を辞したところであった。金銭的な代償が必要となったのである(8)。

しかしながら、精神的次元においては異なる解釈が可能となる。清貧を説くキリスト教の教えと、たとえ有名なのだとしてもひとりの聖職者が裕福になることとの間にどう整合性を保てばよいのか。ベルフォン元帥はこの疑問をボシュエに示したのである。ボシュエが司教として信仰指導をするべき大貴族から発されただけに、彼に対する誹謗中傷は、ますます耐えがたいものになっていたにちがいない。両者の役割は一度だけひっくり返ってしまったのである。ボシュエは、この文通相手に自己弁護をする手間を惜しまなかった。まず、聖リュシアン大修道院について。

王がわたくしに賜った修道院のおかげで、しなくてはならない思索、長い間相容れなかった心配や煩いから解放されました。だからといってわたくしが社交のために支出を増やす心配はしませぬよう。宴会などわたくしの現状にも気質にも合わないものです。両親は教会の財産からなんら利益を得ていません。わたくしは可能なかぎり早く借金を清算しようと思います。その借金のほとんどは必要経費であり、教会の指示による支出も含まれています。教皇命令であったり、管理維持費であったり、そのような類いのものです(9)。

手紙の前書きで、「俗世間の富、神が目を見開きその虚栄を暴いた人々の富の享受[10]」をすることなどいささかも期待していないことをすでにはっきりと示していたとはいえ、司教がようやく示した厳格な態度に、元帥は安心することになるだろう。実は、王によってトゥールに追放されたベルフォンは、ランセ修道院長の伝播力の強い禁欲主義にすっかり魅了されていたのである。しかしボシュエは自身の経済状況を正当化する必要性を感じていた。

わたくしは富にはまったくこだわりはありません。また調度類のほとんどがなくとも生きていけます。しかし文字通り必需品のみ保有するにしても、それら必要なものを調える術《すべ》にはいまだ長けていません。そして家中の者と窮屈に暮らしていたら、わたくしの精神の働きの半分は失われてしまうでしょう[11]。

そしてあらためて「わたくしは品行方正を好むのですが、それを厳格に維持するのが非常に困難な状況というものがあるのです[12]」と訴える。

ボシュエの自己弁護はまず、複数収入を正当化するためなら臆面もなく決疑論の豊富な知識を用いる、完璧な高位聖職禄受給者のお手本として解釈できるだろう。ある種の調度類がなければ生活していけず、富も彼にとっては不可欠であるから、そうしたものの支給を拒否することは人間としてできないであろう。しかしながらこの高位聖職者が、これほどのマキャヴェッリ的打算を腹に隠して、文通相手に書簡を送ることで、得することはなにもないのである。むしろ、彼の議論は深刻に受け止めなくてはならない。のちに公開討論の席で、ボシュエに保護を求めるヨーロッパ中のプロテスタントからの改宗者に対する慈善を施す義務という特殊な理由を盾に、複数収入を正当化する機会がボシュエに訪れた(13)。しかし、事情に通じた信頼に足る討論者に対するボシュエの説明は、まったく別のものであり、個人的な文脈においてなされた。彼にしてみれば、複数の不労所得を正当化するものは、彼の知的な活動である。それはある程度の物質的快適さが整えられているときにのみ可能な活動にほかならないのだ。ボシュエはたしかに司祭である。しかし同時に、第一級の神学者であり文人なのだ。彼の博覧強記はキリスト教護教論に役立っている。王太子の教育という重責を果たしているときでさえ、彼は『世界史論』、『聖書の言葉から引き出される政治学』、『神と自身の認識について』という大規模な論文を三本上梓した。隠者やランセにはこれほどの規模の仕事をするのは不可能だったのではないか。この福音主義的清貧のすすめに対して、正当性においては劣らない、しかし精神と科学の諸現実に対してまったく別の次元の教えをボシュエは対置する。科学においては、この領域の知識人がキリストの聖職者より優位なのだ。組織のただなかで知識人《クレルク》と聖職者《クレルク》とが対立している。文学には福音書には書かれていない意義があり、知識と絶対的な必然性とを歓迎する教会は、文学をないがしろにはしないのだ。

　晩年のボシュエの仰々しい公的肖像画からかけ離れているが、イアサント・リゴーの手による一六七二年の彼の姿は、必要な変更を加えれば、その深層においてデューラーの聖ヒエロニュムスの姿に重なる。陽光の差し込む板張りの部屋には、壁に枢機卿の帽子が掛けられ、部屋履きが無造作に床に置かれ、丸々としたクッションが窓辺や長椅子の上に置かれている。ヒエロニュムスは書き物台の前で背を丸めている。仕事がどれほど困難であっても、快適さと休息に焦がれながら、位の高い僧がまったき文人の姿で心地よい思索にひたっている。この姿は、ウェルギリウスの毛布と少年奴隷とともに、知識人の生活を表す本物の象徴となっている。

アルブレヒト・デューラー《聖ヒエロニュムス》

第9章 家

文人の家は、世界を包含する書物を包含している。それでは、こうした家を包含できるのは、どのような場所だろうか。世界では十分な答えとはならない。それにまた、この家は世界の外にあるべきで、それが無理なら、少なくとも世界の周縁にあるべきである。文人の住まいは世界に背を向けている。その住まいは、彼にとっての宇宙であり、読書のための図書室、仕事のための書斎、くつろぐための庭、休息のための寝室というように、用途がきちんと定められた諸空間によって構成される。文人は、その構造の内部において力と勇気を見出す。習慣が三次元空間に移植され、そこに住まうとき、習慣は宇宙という名を称する。正確に区割りされた時間割は、これまたはっきりと区画された場所を必要とするのである。

あるときエルネスト・ルナンは、文人の家をめぐる理論の構想を練った。一八八九年の六月中旬、パリでのことだ。万国博覧会がまさに開催したばかりのときである。のちにリヨンで開催される博覧会で暗殺されることになる共和国大統領サディ・カルノーは、パリ万博のパビリオンを毎日ひとつずつ見学するのを楽しみにしていた。すでにエレベーターが動きはじめていたものの、工事で出たゴミを取り除くために使われていたので、エッフェル塔の見物客は階段に押しかけた。地方から万博に向けて仕立てられた特別列車は、見物客であふれかえっていた。ところが首都に到着してからは歩かなくてはならなかった。御者が数日来ストを打っていたので、馬車がなかったからである。この陽気な騒ぎのさなかに、パリや地方にある学会や美術学会の連合総会が開催され、パリのソルボンヌ大学の講堂では公共教育・美術大臣が臨席するなか、総会が開かれた。ファリエール大臣が午後二時に現れると、ルナンはパリがこれほどまでに混乱するなか、「地方で仕事をすることは可能でしょうか？」[1]という問題含みの疑問によって演説を開始したのである。もちろん文脈から、仕事といっても文化人の仕事のみが対象である。地方で活躍する高名な学者の例、地方の図書館が有する資料の充実ぶりに対する認識不足など、地方に対する肯定的かつ先進的な話題に触れていくなかで、ひとつの話題がコレージュ・ド・フランスの老学長ルナンの注意を引くことになる。家についてである。

これは甘美な夢想の機会であった。

大都市の郊外にある瀟洒な邸宅。外側にベンガル産のバラが張りめぐらされ、書物が収蔵してある長方形の研究室。書物との対話に飽きたら、花々で気晴らしができるまっすぐな小径のある庭園。精神の仕事に不可欠な心の健康にとって、これらが無駄であるはずがありません。億万長者でないかぎり（わたしたちには稀有なことでありますが）、パリでは、文人の住人がいることなど一度も想定したことのない建築家によって設計された凡庸な集合住宅の五階の一角で、心の健康を保つことになります！　多様なる書物と思索のなかで逍遥するための図書室は、書物が山積して一条の光も差し込まない暗い小部屋であることも、屋根裏であることもあるでしょう。パリにはコレージュ・ド・フランスがあります。わたしがパリに愛着を覚えるには、その存在だけで十分です。しかし、コレージュ・ド・フランスが、森の奥深くにポプラの木とカシの木と小川と岩塊で構成される長い並木に導かれた、ありし日の聖ベルナールが率いた修道院のように、新しく発見された碑文、像の鋳物、拓本などが机に置かれている無用な部屋が続き、雨の日には散歩する柱廊のような場所であったなら、わたしたちはそこで静かに死を迎えるでしょう。そしてこの施設のもたらす科学的成果は、現状よりも優れたものとなるでしょう。それというのも孤独は新しい発見に適しているからであり、平穏さのなかでなされる仕事の質は平穏さの度合いに比例するからなのです(2)。

魅力的に描き出された知識人の隠遁生活を、わたしたちはルナンとともに夢見ることができよう。またルナンが、家そのものよりも文人が住む家の周囲の描写に行数を費やしていることにも気づかれよう。逆説的なことに、「長方形の研究室」は、内部にある書物よりも、外壁に敷き詰められた「べンガル産のバラ」によって価値を帯びている。同時代に、『十九世紀ラルース大百科事典』は、このバラの品種がきわめて活発で繁殖力が高いと記述している。イヌバラ、シノロドン、スー＝エグランティエ、ティーローズとも名付けられるこのバラは、「花が非常に多く、開花期間も非常に長い[3]」という。アヤックス、カナリア、ニノン・ド・ランクロ、アブリコテ、アムール・デ・ダム、グロワール・ド・ディジョン等、その改良種の名は、古めかしい魅力で彩られている。このバラは庭造りに多くの時間をかけられない、精神の仕事をする人にふさわしい花なのだ。

ふんわりとオリエントの香りを漂わせるこの花は、もうひとつのエキゾティスムとある種の対位的な関係にある。家の内容物である、不安を煽るエキゾティスム。書物が必ずしもすべて想像上の行き先へと連れ去ることはないとしても、書物はたしかに、他所からやってきている。本来、それはよそ者なのだ。インクと紙に受肉した他者性。それはなにものにも還元できない他者性である。骨肉のある生身の話し相手とは異なり、なにをしようともテクストはテクスト自身であり続けるばかりである。それは服従しか要求してこない。この他者性と否定的な力が文人を消尽させるのだ。家はだから、文人が残酷なまでに味わう苛酷さをともなう仕事の辛さを和らげる役割を帯びることになる。ルナンによると、一種の隠遁生活、あるいは十七世紀に砂漠といわれた生活において、「静かに死を待つ」ことのみが問題となっている。この演説の観点からみると、思いもかけない言い回しである。図書室は本の墓場であるのみならず読者の墓場であり、文人の仕事は死と密接に結びついているという以上に、これを見事にいい表すことはできるだろうか。亡くなった著述家のテクストを読むこと、あるいは彼らについて書くことは、致命的な結果をもたらさないわけにはいかないのである。

ルナンはこの点を明確に意識していた。数年来、彼はブルターニュ地方のロスマパモンで夏のバカンスを過ごしていた。テラスがアジサイの花で彩られていた豪奢な別邸は、林の向こうにペロス＝ギレック湾を臨む地にあった（のちに有名になる、若きモーリス・バレスがルナン宅を訪れたのはまさにこの家であった）[4]。死期を予感したルナンは、書物と原稿用紙に囲まれたコレージュ・ド・フランスのアパルトマン以外での死は望まなかった。急いで故郷を離れ、パリに戻らなくてはならなかった。この老師は、それから二週間後の一八九二年十月二日午前六時二十分、パリで息を引き取った[5]。図書室は、本当の意味で死者の国である。書物が魂の先導者だとしたら、文人は悦んでみずからの体を、それら書物に、地獄の先導者ヘルメスにするのと同様に捧げるであろう。

霊廟のようなフランス国立図書館の建築物がおおかたおさまっている光の入らない欠けた巨大ピラミッドを登るとき、この施設の利用者もまた、ここが死者の国だということをいくばくか意識しているのである。ルナンが思い描いたコレージュ・ド・フランスは、広大な森のただなかに隠れている。ドミニク・ペローが設計した図書館は建築物のただなかに森を包含する。いずれの場合も、文人の家は自然と一体をなしている。知の殿堂であり、精神の最先端である図書館は、人間の根源的な緊張関係を象徴的に表している。文化が深化すればするほど自然は野生化していく。栽培用のバラが植わり、よく掃き清められたまっすぐな小径があるような田舎の賢人の静穏な庭。コレージュ・ド・フランスの教授が語る、岩塊が散らばり、一筋の小川が流れる鬱蒼とした森はこれに対応するものである。長く続くポプラ並木の存在が、かろうじてそこに人がいることを教えてくれるのだ。困難な仕事には、他愛もない花々との会話のみならず、森のなかの気ままな散策も必要なのだ。ここでは自然と文化の対立が調和へと解消する。野生人というのは、同類と付き合うよりも書物に引きこもる人のことではないだろうか。

真の文人は、そこで身を捧げる書物以外の住み家をもたない。そのほかに、一時しのぎの壁、世界中を歩き回るための図書室、わずかばかりの書斎、短い夜を過ごすための寝室があればよい。遠い地方の田舎に隠れていたり、あるいは森の奥深くに埋もれた文人の家は、大地へ開かれているのとまったく同じように、世界から退く。ハイデッガーの美しい表現を借りれば、「消滅するもののなかに、そこに住まう存在として大地は現れる(6)」のだ。「開かれ」と同じく「退き」のなかに、文人の秘密と存在の固有性が同時に住まう。前者は、書物の困難な解明を通して後者へと接近する。魔法使いマーリンが知恵深きヴィヴィアンに監禁されるがままになった蜃気楼の牢獄同様、目に見えない家の借家人である文人は、存在の住み家以外の場所では決して眠りにはつくことはないのだ。

第10章 庭

知恵の木は原初の楽園にあったが、それに触れることは禁じられていた。最初の人間がその果実を食べた結果、彼らはその囲い地から追われることになった。知恵を得たが、追放された。彼らが与えられた最初の知識は、まさに彼らが追い出されたこの庭の記憶であったのだ。とはいえ、かつて彼らは楽園の住民であったという理由でその記憶となるものを知っているわけではなかった。庭は彼らにとって裸の現実と同じであった。彼らは庭全体の一部であり、完全かつ幸福な一体化がそこにはあったのだ。楽園から一度でも出てしまうと、彼らが信じていたのとは反対に、庭は世界でなかったことを彼らは理解した。庭は、彼らの前にあるというよりむしろ背後にある——どちらでも同じことだ。振り返ればいいのだから——単なる物体《オブジエ》（objectum）なのだ。そしてこれは記憶と後悔の、いいかえれば知識の対象《オブジエ》なのだ。知はこのように機能するものである。たとえ不幸なものであっても、十分な距離をとって切り離されたときにしかそれを知ることはできないものだ。

これが歴史の始まりだった。このとき以来、人間は庭に回帰することを望んでやまなかった。回帰したあかつきには、ふたたび無知に陥ることを彼らは望むのだろうか。これほど不確かなことはない。理想は、彼らが追い出されることになった知識を手元に残しつつ回帰することだ。文人は、それ以前に存在したあらゆる庭を参考に作り出した自分だけの庭を取り置いている。その意味で、文人はその理想にもっとも近い存在だといえる。どの庭も新たに上書きされていく羊皮紙《パランプセスト》なのだ。知恵の木は、いつも庭のもっとも重要な飾りであり続けた。それは、系譜のはじまりを示す遠い末裔なのである。

古代ギリシア・ローマの時代にはすでに、庭の価値はそれ自体の価値で決まるものではなく、まず参考にしようとする有名なお手本との関係において決定されていた。アテネのアカデメイアの庭には、イリソス川に面したプラタナスの木の下で、プラトンがパイドロスと会話した思い出が再現されている。リュケイオンの公園はアカデメイアのそれを想起させる。キュノサルゲスの訓練施設の公園は、アンティステネスとキニク学派の哲学者たちが、本来ソクラテスが持っていた反抗の精神を見出すことができるよう造営した。エピクロスは先人たちを超えていこうとする。八十四ミナ、つまり銀四十キロで、彼の名にちなんで名付けられる学派のために庭園を購入するのだ。(1)ローマ人も遅れをとっていない。キケロが哲学的対話を行うのは、ほぼ全面的に、のちに彼の作品のタイトルともなるトゥスクルム荘(『トゥスクルム荘対談』)の、あるいはスキピオ(『共和国論』)や弁論家クラッスス(『弁論家について』)などの人物たちが所有した敷地の魅惑的な庭園である。(2)ギリシアに着想を得た庭園ではあるが、ローマ的な快適さは欠かさない。ソクラテスがパイドロスと分かり合うのは地面の上であるが、クラッススは招待客に椅子とクッション(3)を提供するだけの心得があった。元老院議員は、若者でも貧乏人でもないのだ。

古代ギリシア・ローマの庭において、自然だけが重視されていたわけではない。アカデメイアもリュケイオンもキュノサルゲスも当初は、レスリング場、体操設備、風呂などの総合体育設備を備えていたというよりは、簡素な体育設備でしかなかった。正確に再現することに腐心したローマ人は、ローマの地にギリシア由来の建造物を建設することを欠かさない(4)。とはいえ、それは知的活動を排斥するわけではなく、むしろその反対である。身体の鍛錬を行う体育館は、若者が通うところとなるからこそ、精神の教育と鍛錬が次第に浸透する。そこは市民を養成する場所ではあるが、まだ彼らは市民ではない。また、広場《アゴラ》では経済と政治が最重要の話題である一方、体育場と、当然の帰結として庭園は、市民国家《ポリス》の国益に直接に関わっていない他の活動のために役立つことができる。そこで鍛えられる若者の身体は、もちろん未来の兵士となるし、精神は、未来の民会のメンバーとなる。とはいえ、当分は自由な空間が、哲学が行われる空間がそこにはあるのだ。アカデメイアは、あらゆる大学の先駆けなのだ。

ローマでは、政治を議論する広場《フォルム》と文人の空間の区別ははっきりしていた。庭は都市からはずれた広大な私有地にあった。ラエリウスとスキピオは「まるで鎖から解き放たれたように都から田舎に飛んでいくと、信じがたいほどの童心に返って行動した(5)」という。彼らにとって幼すぎる遊びはなかった。浜辺での石や貝拾いも楽しんだ。このようにして、遊びから、とりわけゆとり（skholē）にほかならない研究へとごく自然に移行していくのである。

キリスト教的人文主義の伝統は、部分的にローマの農村崇拝の影響を受けている。倒錯した都市生活の絶対的対概念であるがゆえに、庭は文人にこそふさわしい。ペトラルカは都市と農村とをつねに対照的なものとみなしていた。[6] 彼は、都市はすべてバビロニアと呼び、庭はすべてエデンと呼んでいた。ところが奇妙なことに、そのエデンには人が集まってきたのだ。ソルグ川沿いに住むその詩人は、ホラティウスからセネカ、キケロからスキピオにいたるローマのあらゆる賢人を模範とし、彼らの隠遁生活をたたえる詩を草する。[7] うわべは孤独にみえても、文人はその庭では決して孤独ではない。研究に没頭する孤独な文人は、歴史と書物から逃れてきた亡霊たちの訪れを受け入れているのだ。

人文主義の進展にあわせるように、庭は、次第にその位置づけを変えていく。否定的な存在から、肯定的な存在へと移り変わる。庭は、もはや世界から遠く離れた単なる避難所であることをやめ、古の論考に想を得たあらゆる部屋を文人が作れる、第二の都市へと変容する。レオン・バティスタ・アルベルティはこうして、理想的な経済実験の場所としての「荘園（villa）」の姿を熱心に提案する。「この荘園だけが」と彼は書く。「承認、恩恵、誠実さと真実にあふれたものとして現れる。愛情を注いで慎重にこの荘園を経営するならば、荘園はそなたを満足させきったと思い込むことは決してないだろう。報いの上に、つねに報いが加わるだろう。春になると荘園は、そなたに、緑、花、香り、歌など無限の贈り物をしてくれよう。そなたを愉しませるためにあらゆる手段を尽くすだろう。荘園は、そなたに笑顔をもたらし、豊かな実りを約束してくれる。良き希望と数多くの悦びでそなたを満たしてくれよう(8)」。同じようにしてアルベルティは、夏、秋、冬の描写を続けていく。どの季節も、数え切れない成果と満足をもたらすというのだ。人文主義者の庭は農場経営そのものとなる。しかし、それは見かけにすぎない。つまり文学と関わりを失うというわけではなく、見習うべきお手本が変わったにすぎない。見習うべきはもはやホラティウスやキケロではなく、ウェルギリウスの『農耕詩』やクセノフォンの『歳入論』となる。図書室で別の書物が開かれると庭もその姿を変えるのだ。

最終段階。庭はそれ自体が書物となって、知識の源泉となる。エラスムスの『対話集』の一冊に、植物が、その特性の書かれた肩書き札を通して話し出すような魅力的な庭園が詳しく書かれている。たとえば「豚よ、下がれ！　わが香りはお前にはふさわしくない(9)」とマオラナは語る。マオラナという賢い植物は、二重の意味で栽培＝教養を与えられ《キュルチヴェ》ている。実際、ルクレティウスやアウルス・ゲッリウスが、豚がこの植物の匂いを嫌うことに言及しているのである(10)。エラスムスの描き出す庭は永遠の相貌を帯びる。庭の柱廊には、庭にあるのと同じ植物の絵が掛けられており、その絵に描かれた草や木、動物は、どれもが古代ギリシア・ローマの格言を語っている。小さな藪に埋もれた葉の一葉の下にも、知はあまねく存在しているのだ。人々が豪華な邸宅を欲しがる一方、文人は孤独であるという感覚を避けるために「言葉に満ちあふれた」家を好む。ペトラルカによってたたえられた隠居生活とはもはやかけ離れている。出会いの場所であり、友人との会話の話題となる庭は、図書館の分身にほかならない。

人文主義者のなかでもっとも園芸に通じていたユストゥス・リプシウスは、このことを簡潔に語っている。「書物を読み終わると、わたしにはふたつの気晴らし、というか慰めがある。庭と犬だ」[11]。リプシウスはモプスス、モプスルス、サフィルスという名のスコットランド産かブルターニュ産の犬を三匹飼っており、かわいがっていた[12]。チューリップに関しては、いくらでも欲しがったようで、入荷するようにと業者にたえまなく催促していた。「君がわたしに送ってくれた、これら選りすぐりの球根は、金塊や銀塊よりも、はるかにわたしには愛おしいものです。人々はわたしのことを信じることができるでしょうか。わたしは思っていることを口にしているだけです。君には深く感謝します。感謝しているし、しなくてはならないし、永遠に感謝し続けなくてはなりません」[13]。ルーベンスが、フィレンツェのピッティ宮殿に残されている絵画のなかで、この著名な賢人を、友人や弟子、書物、チューリップ、飼い犬の一匹（見るかぎりではモプススか）に囲まれた姿で描き出したのは間違っていなかった[14]。花と書物。これが文人の知恵となるプログラムなのだ。

『不動心について』という論考でリプシウスは、庭園に対するふたつの賛辞を対立させる。最初の賛辞は著者自身による、感覚的なものである。

おお、まさにくもりなき快楽と悦びの源よ！　愛神《アムール》と美神《グラース》たちのとどまる場所よ！　わが安らぎと人生があなたの影で包まれますように！　そして内乱から離れて、既知の世界、未知の世界のこれら植物や花々のなかで、悦びと賛嘆に見開いたまなざしをさまよわせることができますよう、わが手と顔を、一方では傾げたこの花に、一方では凛と立っているあの花に差し向けることができますよう、そしてわが心痛と不安のすべてを一種のおぼろげなる夢のうちにごまかすことができますように。[15]

友人のシャルル・ランギウスの口をかりて発せられる第二の賛辞は、知恵と理性に満ちている。

これら古代の賢人たちが見えますでしょうか。彼らは庭に住まわっていたのです。今日、博識で知恵のある魂はどこに住まうのでしょう。それらの魂は庭を好みます。そしてわたしたちを驚嘆させ、時間の推移や老化によって決して滅びることのない神がかった文章のほとんどは、庭で練り上げられたのです。自然に関する論考は、緑あふれるリュケイオンに多くを負っているのです。そして道徳論は、影差すアカデメイアに。大洪水のときには、悦ばしいことに大地をすべて浸したという、いたるところにあふれる豊かな知の泉は、庭の小径から少しずつ流れ出しているのです。わたしたちはそれを飲んだのです。そして都市や家という監獄に閉じこもっているよりも、自由に気兼ねなく空を見上げるときに、精神は高尚な事柄に向けて凛と立ち上がるのです。あなたがた詩人たちよ、永遠を定められた詩をわたしに詠ってください！　そして文人たちよ、ここですぐれた研究を行い、執筆してください！　そして哲学者たちよ、ここで平穏と不動心、死と生とについて議論をしてください！　こうしたことこそが、リプシウスよ、庭の本当の使い方と目的なのです。休息。人々から離れた場所。休みながら遊びながらも、瞑想し、読み、書く場所としての庭。そしてひとつ所に視線を留め続けたことに疲れ、鏡や緑を眺めては観察力を取り戻す画家たちのように、疲れ迷うわたしたちの精神にも同様のことをしてみましょう。なぜあなたにわたしの習慣を隠すことがありましょう。緑の植物で覆われた園亭が見えますか。わたしにとって、それは学芸《ミューズ》の神々の家なのです。そしてわたしの知力の運動場であり格闘場なのです[16]。

友人の官能的でメランコリックな夢想に対して、ランギウスはより確固とした態度を対置する。文人の庭は、新しいリュケイオンであり新しいアカデメイアたるべく運命づけられている。一方には、愛神《アムール》と美神《グラース》が、他方には学芸《ミューズ》の神々がいる。しかしあまりにもはっきりとしたこの対立を超えるような動きがこの対話にはある。リプシウスはランギウスと同様正しい。学芸の神々は、愛神と美神がすでに住まいを定めたところでないと、あるいは少なくともその近くに住んでいるところでないと、留まることはできないのである。学芸の神々は、知的な運動場・格闘場である園亭の下に、愛の神々と美の神々は、世界中から取り寄せられた花々の花壇に留まる。リプシウスはこの連想を、《法律》のパロディーとして体系化し、自身の庭園の入口に掲げていた。それはローマ法を参考にしたもので、第三条と第四条は互いに呼応し補完し合っている。

第三条　法に触れる会話の禁止

冗談は例外
語るのは例外
質問するのは例外
しかしここには一切真剣なことはない。
ここは美神の場所である。

第四条 しかしながら、研究に関するものはすべて、愉楽に服従する。
散歩しながら、その愉楽を打ち明け、教え、研究すること。
ここはまた学芸神の場所でもある。(17)

法とゆとり、瞑想と夢想、読むことと書くこと、仕事と遊び。これらの言葉はその対義語を排除するものではない。庭は、典型的に文人的ともいえるユートピアのなかに、これらの対立を結合させることができる。対立させたままの結合ではなく、図書館の扉の前を出たり入ったりするような結びつき。それはまさに、植物のようになにもしなくても育ち、精神の律動に合わせて拡張する動きとともにあらゆる感覚から吸収されていく、自然に関する知のための場所なのである。そこでは数え切れない文人の亡霊が蝶のようにあちこち飛び回り、死者と生者とをたえまなく結びつける会話を交わす。図書館の内部では、知恵の木の葉が風にざわめく。そして夜になると外では、リプシウスのチューリップの花々が、ときには本が開くように開くのだ。

第11章 動物

人間よりも、動物のほうが書物と一体化している。もちろん物理的な意味では、羊皮紙や表紙の革装幀がそのことを残酷すぎるほど示している。しかし動物もまた、羊皮紙のように、物いわぬ従順な存在ではないのか。それを疑う人は、図書室の書棚にきちんと並べられた本の間を、猫がそろりと忍び込んだのを見逃したにちがいない。

ここで登場するのは、グルネー嬢の猫、より正確には、牝猫たちだ。世紀をまたいで生きた長き生涯にわたって老嬢は、猫たちに浴びせられる揶揄にひどく悩まされていたのだ。十六世紀と十七世紀とで、均衡をうまく保つのは容易ではなく、だからこそ苦しんだ。あるいはマリー・ド・グルネーは世紀をまたがってふたり存在したともいえよう。ひとりめのマリーは、ミシェル・ド・モンテーニュの《義理の娘》であり編集者であった。彼女は、『エセー』第二巻十七章でモンテーニュから与えられた、義理の娘という肩書きを誇らしげに手紙に署名していた（彼女が編集した版に彼女自身がそれを挿入したという疑義があるが、そうでなければということだ）[1]。また彼女は偉大な人文主義者ユストゥス・リプシウスと文通し、ロンサールの友人であったある詩人[2]の姪でもあった。これが十六世紀のマリー・ド・グルネーである。十七世紀のグルネー嬢の姿はまったく異なる。その才女気取りは滑稽でさえあり、廃れた単語を熱心に使い続け、流行の若い詩人たちから幾度となく嘲笑された老嬢で、リシュリューの仕切るフランスではすでに異様とも映る自由な言動で知られている。「あるとき彼女に同性愛が罪であるかどうかを訊ねると、彼女は、ソクラテスもやっていたことをわたくしが断罪するのは神の意に沿わないでしょう、と答えた[3]」という。

　時代と美的感覚の変化は、リプシウスが「妹（soror）[4]」と呼び、モンテーニュが「わたし自身の存在の最良の部分のひとつ[5]」と評した女性にとっては、むしろ酷であった。マリー・ド・グルネーが誕生した一五六六年、アンリ・エティエンヌは『フランス語とギリシア語の近似性を論ず』を出版したが、ロンサールはまだ詩集『ラ・フランシアード』に着手していなかった。彼女が息を引き取った一六四五年は、マレルブの死から約二十年、リシュリューの死の三年後のことであるが、『ル・シッド』と『方法序説』は二年後に出版を迎えることになる。宗教戦争の時代からマザラン政府への変化、人文主義的博識からデカルトによる白紙還元への変化、プレイアッド派の勝利からアカデミー・フランセーズの勝利への変化、これらの変化を無事にやり過ごすのは簡単なことではない。

二世紀以上にわたってもっとも参照されたにちがいない『エセー』の校訂版を作った博識なる令嬢

自身が、心ならずも文人的知の価値下落に貢献してしまったのは、歴史の皮肉が望んだことであろう。彼女はその価値下落を、いささかの悔しさとともに味わうことになる。事実、モンテーニュの本は十七世紀には、ほろ酔い気分の司教や美しい貴婦人、冒険に飢えた一族の末子などの新しい読者層の愛読書となっていた。以降、彼らはみな、『エセー』の著者に矛盾がないことはないが、多くの点では紳士《オネット・オム》のお手本たりうる理想として参照する。博識たることの重苦しさを軽んじているので、人は趣味的に教養を積むことで満足し、教養をひけらかさないよう慎んでいる。そして多くの場合、古代の賢人との孤独で静寂なる対峙よりも、社交的な会話に悦びを感じている。(6)

マレルブのように簡素な表現に全力を尽くし、古の詩人たちの蘊蓄に富んだ冗漫な表現を拒絶する時代の流れのなかで、古代趣味と廃れた隠喩を絶望的なまでに擁護するマリー・ド・グルネーの姿は怪物か見世物小屋の動物に見えたであろう。彼女がその偉大な著作に『グルネー嬢の影』というタイトルをあえてつけたのは、作品はその著者を反映し、影のようについてまわるからではないだろうか。(7)マレルブの弟子たちならば、この説明は納得いくものではない。彼らの眼には、こうした比喩は言葉の罪深い濫用以外のなにものをも意味しないのである。

では令嬢の猫はどうなのか。まさにこのとき猫が通りかかるのである。猫といっても、彼女はたくさんの猫を飼っていたから、彼女の飼っている猫のなかの一匹というべきか。そのうち二篇の詩のなかに詠われたドンゼルとミネットがもっとも幸運であった。(8)猫の逸話は十七世紀を通して、もっとも口さがない内容で知られる記録文学者のタルマン・デ・レオーが伝えている。ある日、マリー・ド・

グルネーの冗談好きな友人ボワロベールが「彼女をリシュリュー枢機卿のところに連れて行った。リシュリューは彼女の作品『グルネー嬢の影』で使われていた古い単語でお世辞を連ねた。枢機卿がからかっているのだと感じて、彼女は「猊下は貧しき老女を笑いものになさるのですね」といい、「でもどうぞお笑いください。偉大な方なのですから、どうぞ。あなたを愉しませるためにはひとりひとりが貢献しなくてはならないのですから」と続けた。老嬢の機転に驚いた枢機卿は、彼女に許しを乞い、ボワロベールに「グルネー嬢になにかしなくてはなりませんね。年金を二百エキュ支給しましょう」といった。「でも彼女には使用人がいるのですよ」とボワロベールがいった。「どんな人ですか」と枢機卿が訊ねた。「ジャマン嬢ですよ。ロンサールの付き人だったアマディス・ジャマンの庶子です」とボワロベールが答えた。「それなら彼女の分として年あたり五十リーブル支給しましょう」と枢機卿がいう。「そのうえ、お友達のピアイヨンもいるのです。飼っている牝猫なのです」とボワロベールが付け加えた。「その猫にえさを与えるという条件で年二十リーブル加算しましょう」と、いと徳高き枢機卿が答える。「しかし、猊下、その猫は出産したのです」とボワロベールがいうと、枢機卿は仔猫のために年金を一ピストレ分加算した。[9]

見かけほどきわどいものではないものの、この会話は――これほどあからさまに描写されることはめったにないのだが――この時代、文学者の生活にとって生き死にに関わる瞬間を際立たせている。すなわち、著作権というものがない時代、ほとんどの場合、唯一の収入源であった年金の支給が決定される瞬間である。リシュリューとの会見は、むろん会話の快楽にのみ動機づけられていたわけではない。それについて騙されるほどおめでたい人はいないだろう。また枢機卿との会見という機会を狙って、ボワロベールを利用する老嬢を非難することもできないだろう。であれば、この交渉ではなにが売り物となっているのか。まずは、適切な言葉、当意即妙な応答である。これは二百エキュに値する。しかしながら、これだけでは足りないのだ。さらなる駆け引きが必要である。どこでも行われていることだ。しかしなにを売るのか。名声と過去、そして威光である。マリー・ド・グルネーの小間使いの存在をほのめかしたことがそれを示している。なぜなら小間使いの父親は、王室の秘書官であった高名な詩人であり、彼に多くの詩を捧げたロンサールの友人にほかならないからだ。少なくとも、グルネー嬢は訪問客に対して、小間使いの家系を自慢していた。現在残っている公証人証書によって、ニコール・ジャマン嬢がアマディスの娘ではなかったことが決定的に証明されている[10]。とはいえ、それはたいしたことではないのだ。名字の混乱につけいる巧妙な駆け引きによって、マリー・ド・グルネーは十パーセントの年金の引き上げを、つまり五十リーブルの増額を勝ち取るのである。

それだけではない。すなわち、換金しえないもの、商品化できないもの、文学営為においてあらゆる取り引きから――金銭の取り引き、社交的取り引き、世界との取り引きから――逸脱するものが残っている。ある閾を超えると、書物による知識は人間による交易の常識を超越してしまう。たとえば人は、お金があって収納場所が許せば、望むだけ本を買うことができる。しかし、その人がたった一行を書くために、大判《イン・フォリオ》の書物を調べなくてはならないとき、たとえ大金持ちであっても、その文人には、公私にかかわらず強大な組織が無償で提供してくれている図書館に行く以外に手段はない。

学殖の費用は法外であるのか、それとも学殖は無価値なのか。どちらでも同じことだ。評価不可能であるがゆえに、正当に評価されないのだ。『守銭奴』（第二幕一場）では、二百エキュは、もはや使われなくなった古道具全てをひっくるめた評価額である。マリー・ド・グルネーが目を光らせる古い言葉の値段はそれ以上ではあるまい。はっきりいえば、無価値でさえある。老嬢の名誉の称号は言葉に依拠するのみである。モンテーニュが彼女を「義理の娘」と名指すその言葉、彼女が忘却から拾い出した言葉、古代的な構文から彼女がかき集めてきた言葉である。枢機卿の身にあまりある厚意のほかに、彼女が年金の増額を期待できる術《すべ》はあるだろうか。

金銭と文学的知識という同じ基準で測れないふたつの価値の交換から、とるに足らない記号として、グルネー嬢の猫が登場する。リシュリューの倹約を前に、話題に事欠いたボワロベールは老嬢のお気に入りの伴侶を介入させることを余儀なくされる。この猫は、マロール修道院長の言によると、「彼女に付き添った十二年の間、夜間は一度たりとも他の猫たちのように外に出て、軒上や屋根を駆け回ることはなかった(11)」という。かわいいピアイヨンで二十リーブル、そして仔猫たちで一ピストル、つまり十リーブルの増額が叶ったのである。高いものではない。それでももらえるものはもらっておこう。いずれにしても、枢機卿はそれ以上の増額には応じなかったろう。グルネー嬢の猫は生きている間に一度だけ、女主人の家から一度も外に出ることなく、壁を越え出たのであった。その先を越えると、文学の仕事はもはやお金にはなりえないのである。

ここにはふたつの秩序がある。パスカルなら、精神の偉大さと人間の偉大さとでもいうのだろう。

これを少しいいかえて、書物の秩序と人間の秩序といってみよう。人文主義者には気の毒だが、書物には非人間的とはいえないものの、人間を超えたなにかがたしかに存在している。文人は、同類、つまり彼の作品、価値、野心とともに生きているわけではない。それらは別物である。絵画において、かなりの頻度で文人に付き添って描かれる動物は、譲り渡すことのできない運命として彼に舞いこむこの非人間的な部分以外のなにものでもない。こうした動物として最初に現れたのは、聖ヒエロニュムスのライオンである。ライオンは家畜ではない。だが手なずけられたのだ。だからなおさら、人間の支配から逃れ去る存在として際立ってくる。ヴィットーレ・カルパッチョが、ヴェネチアのサン・ジョルジョ・デッリ・スキアヴォーニ同信会館に描いた見事な連作フレスコ画によって、この有名な物語は不朽のものとなった。ある日、足を引きずった一頭のライオンが、ヒエロニュムスが隠居していた修道院に入り込んできた。その姿を目にした修道士たちは、こぞって逃げ出した（カルパッチョはその一目散に逃げる様子をツバメのような姿で描いている）。ところが聖人だけは逃げ出さず、猛獣の足に刺さっているとげを抜いてやる。それ以降、ライオンは文人の守護聖人となるヒエロニュムスにもっとも忠実に付き添うことになる。少なくとも絵画においては、寝ているとき、座っているとき、立っているとき、まどろんでいるとき、徹夜しているとき、書斎にいるとき、ライオンはつねに傍らに付き添っている。このようなライオンの実在を、あるいはその話の信憑性を疑うことは可能だ。しかしこれ以上絶妙に文人の非社会性を表現するものはあるだろうか。野蛮だと思われているものがもっとも野蛮であるのではない。妥協しないヒエロニュムスが怒りを見せることで有名だったことを思い起こせばよい。文人が手なずけられない存在であるほど、動物はおとなしい存在となる。うわべは文明化されている図書室やその戸棚のただなかにまでも、ライオンがわずかながらではあるが、聖人が完全なる孤独のうちに三年間を過ごしたシリアのハルキス砂漠の砂と空気とをもたらしている。隠者から文人までの距離は、はるかに遠いわけではないのだ。「孤島にどんな本を持って行くのか」という質問がこれほど陳腐な質問となりえたのは、書物自体が島であるという明らかな理由によってのみ、陳腐なものとなる。

どんなに小さくて従順でも、文人の飼う動物であれば、あらゆるものは聖ヒエロニュムスのライオンの後継である。カルパッチョ自身、連作の最後の絵でこの変容のプロセスに着手している。その絵には、書き物机にいる聖アウグスティヌスが、仕事中、まだ筆をとっている最中に、窓から差し込む光を見上げながら驚いている姿が描かれている。ヒエロニュムスに手紙を書いていたアウグスティヌスは、超自然的な啓示によって、まさにこのとき、遠く何千里も離れた地で友人が死んだことを、彼の天国への入来を知らされたのである。[12] 窓の上から聖人の頭を結ぶ線をまっすぐ引き延ばすと、この図像の左側のなにもないところに、主人と神の光の方向を仰ぎ見る小さな白い犬の座った姿が描かれている。これはおそらく、嗅覚を表現したのだろう。このとき「部屋は、えもいわれぬ話においてさえも語られたことのない香りで満たされていた」、と伝承は伝えている。[13] あるいは信仰と忠誠の象徴なのか。もちろんそうでもある。しかし、この広い部屋のただなかに迷い込んだマルチーズが、聖ヒエロニュムスのライオン、そしてこの連作のほかの絵に登場している聖ゲオルギオスの退治した恐ろ

ヴィットーレ・カルパッチョ《聖アウグスティヌス》

しいドラゴンの象徴的な遺産を受け継いだ存在であることに疑いの余地はない。そこにいることでマルチーズは、連作の諸要素の主題的統一性を担保しているのだ。ドラゴンとマルチーズの間に本当の断絶といえるものは一切ないのだ。ヴェネチアにある教会の左側の壁に描かれたフレスコ画では、騎士ゲオルギオスが獰猛な怪物を鮮やかに打ち倒している。右側の壁では、アウグスティヌスの犬が、広大な空間のなかではほんのわずかしか描かれていないその輪郭によって、この学者が必然的に定められている静寂なる非社会性を比喩しているのである。一方では、もともと野蛮であった動物が人間の手で飼い馴らされ、他方では、過度な教養によって社会の一員である人物が野蛮となっていく。この交叉的な関係が、書物の力と危険性を雄弁に物語っている。[14]

ずっと後になってボードレールが書棚のくぼみ

で丸まっている猫たちに、「寂寥の地の奥に身を伸ばした、巨大なスフィンクス」(「猫たち」)の姿を見たのは正しかったのである。聖ヒエロニュムスのライオンからアウグスティヌスのマルチーズにいたるまで、あるいはペトラルカの牝猫[15]からグルネー嬢のピアイヨンにいたるまで、形や大きさ、毛並みがどうであろうと、飼われた動物はまさに、四本足で歩くべき砂漠という、神秘的で特権的な場をもたらしてくるのだ。それは文人が持ち運ぶことのできる隠れ里なのである。

第12章 性欲

天使に性別がないのと同様、文人にも性別がない。文人はどちらの性にも属しているということだ。文人の共同体は、おしなべてこの逆説を味わう。

図書館ほど純潔なところはないだろう。しかし、同じ机に座って毎日通ってくる閲覧者たちが、互いについてなにひとつ知らないままに、すれ違い、観察し、袖すり合うとき、その場所ほど煮えたぎっているところもないだろう。隣に座る読者ほど知らない人はいないのだ。名前も、家庭環境も、職業も、なにひとつわからない。無言で、謎に満ちている、図書館に座っている隣の存在は、紙に書く行為、キーボードをたたく行為、本のページをめくる音、ペンを置く音、咳・鼻息・咳払いなど生理現象のわずかな音、夕刻に灯される照明が照らす傾げた顔などから推しはかるしかない。隣人は見かけなのだ。身体はない。あるいは身体でしかない、というべきか。「屍のように従順[1]」で、体積のある、集中して動かない、純粋な身体。その人についてさしたる手間もなく知ることのできる唯一たしかなことは、その人が調べている本である。脈管学の論文、歪んだ世界地図、黄ばんだ新聞、紋章の入った表紙の大型判、これらすべてがその人物がどういう人であるかを証明している。机に積まれる本が増え、内容も多様化していくほど、その人の存在は複雑で神秘的になる。ところが、街頭で刺激的に胸元を見せたり、爆音をがなり立てるバイクに乗ったりするように、閲覧者がただの見栄のためだけに、ある種の本を借り出しているという疑いもある。図書館では、性的な記号はあまりにも覆い隠され、和らげられ、間接的となっているので、外にいれば気づかないような些細な記号でさえ、ただちに攻撃的な誘惑の価値を帯びてくる。網タイツやタイトなパンツ、過剰な化粧など必要ない。一冊の書物があれば事足りる。それもエロティックである必要はない。読書が特異なのは、それがリビドーを強烈に刺激するからである。隣で読書する第一級の哲学者ほど、あるいはルネサンス詩を読む女性読者ほど、法律学者に妄想を抱かせるものはあるまいし、その逆もまたしかり。文人の身体は書物の背後に消えていくのだし、書物こそが文人の真の身体なのだから、別の書物を読む者は当然のことながら別の性別なのだ。バベルの図書館には、書物から見出される性がそれほどたくさんある。

文人の共同体は、肉体による性的行動と不可分な代替品となり、それを駆逐さえしてしまう書物による性的行動をたえず行ってきた。読まれた書物、書かれた書物はむしろ単独で性交することに長けている。ラブレーが描いたテレームの僧院をめぐる神話が、まさにこの事実をはっきりと示している。芸術や教養を養いながら共同生活をするなかで男女が求愛し合う、六角形の形をした想像上の修道院には、「ギリシア語、ラテン語、ヘブライ語、フランス語、イタリア語、スペイン語の書籍を収めた、りっぱな大図書館」が一方にはあり、男女の寝室棟を隔てる境界となっている。その正面には、やはり反対側の境界となっている、「古代の戦勝図、山水画などで飾られた美しい大回廊」[2]がある。ギャラリーと図書館の位置が平行になっているのには二重の意味がある。イメージと散策とおしゃべりの空間に、滞在と研究とテクストの空間を対置するのは、おそらくこうすることによって、このふたつの活動に均衡を保つためである。この建築物はギャラリー同様、図書館も欲望同士が出会う場所とすることによって、知的リビドー(libido sciendi)が性的リビドー(libido amandi)にちょうど対応していることを、これ以上ないかたちでうまく示している。しかし寓意の力はここまでである。テレームの僧院は、計画規模の巨大さ(直径六百メートル、部屋数九三三二など)によってのみならず、肉体的欲望と文学的教養とが共存ないし補完し合う可能性をより巧みに示すことによって、ユートピアとして認められるのだ。さて、単独で性的生活を営むこの文学的教養は、すべてを占めることになり、肉体的恋愛を遠ざける傾向にある。現実には、色恋好きで文学的素養のあるテレームの修道僧は存続しえないだろう。それは幻にすぎない。

長らく、文人の共同体は、純粋に書物による性的生活を制度化し、あらゆる形態の肉体的な交わりを塀の外に追いやっていた。ベネディクト修道会や、修道院を思わせるオックスフォード大学やケンブリッジ大学のことが頭に浮かぶ。これらの大学では、数世紀にわたって教授陣に独身であることを義務づけていた。その一方、国教会に属する司祭たちには結婚が許されていたのである。したがって、独身の義務という規則の起源を、単純に宗教に求めることはできない。それは文人の生活に必要とされるものに対応していて、唯一、修道院での生活がそれに適していた。両大学の教授陣に結婚が許されたのは、一八七四年になってのことである[3]。しかし、両大戦間期でも、学生たちの性的行動は厳しく監視されていた。その監視によって、一九二九年になっているにもかかわらず、青年ウィリアム・エンプソンは高い代償を払わされることになる。

ケンブリッジ大学で最優秀の学生であった二十二歳のときである。詩人で数学者でもあった彼は、I・A・リチャーズの指導の下、二十世紀イギリス批評史に長く記憶されることになる卒業論文を執筆し終わるところであった。その内容は、文学作品にみられるあらゆる曖昧さを巧みに七種類に分類したものであった[4]。この研究を高く評価したケンブリッジ大学モードリン・カレッジは、賞を授与したのみならず、同年六月十五日、全会一致で彼をこの学寮の助教授(bye-fellow)として迎えることを承認した。この若き秀才の前に、輝かしいキャリアへの道筋が開けたのである。ところがその五週間後(これもまたずいぶん曖昧なのだが)、すべてが瓦解した。七月二十二日の教授会で、「ウィリアム・エンプソンの助教授の職を解き、彼の名をただちに我らが学寮の記録から削除する[5]」という決定が突如なされたのだ。この決定が下された原因についてはいかなる詳細も明かされていない。それは次の理由による。この組織に泥を塗るような醜聞を全力でもみ消さなくてはならない以上、なんらかの公的見解を彼に示すことは問題外だったのである。唯一外部の証言だけが、この事件の真相を再構成する手がかりとなる。エンプソンは一年間カレッジの学生寮に住んでいて、部屋に女性を招き入れるような放縦な生活を送っていた。助教授として採用された後、彼はカレッジの本部棟に引っ越すよう要請された。その引っ越しの最中のことだった。使用人が引き出しのなかからコンドームを発見したのである。部屋を散らかし、夜中の三時に入浴するなど、乱れた生活を送るエンプソンに困り果てた寮の管理人のティンギー夫人が、復讐のためにこの不埒な学生の素行を告発したことは、もはや些細なことでしかない。広まった噂は学寮長の耳にまで届き、以降、学寮長はこの不良青年を追い出すことに執心した。この学寮の守護聖人であるマグダラのマリアの祝聖日にあたる六月二十二日は、後悔の日となった。そして、もしエンプソンが後悔していたのなら、一生この追放劇を悔やんだことだろう。彼が二十世紀でもっとも重要な批評家となる可能性が追放によって妨げられるわけではないが、しかしそのせいで輝かしい彼のキャリアには疵《きず》がつき、東京、北京、シェフィールドなど英文学の中心からは比較的離れた場所で教鞭をとることを余儀なくされた。

エンプソンにとって不運だったのは、指導教授のリチャーズが彼を守るためになにもできなかったことである。リチャーズはこのとき中国に行っていて、この追放劇を知ったのは事件から二カ月後のことだった。弟子が師に事件の内容を綴った手紙には痛恨の思いがにじみ出ている。

「どんな状況や理由があろうとも、コンドーム（a French letter）を使用した者はだれであれ、信頼して若者たちとつきあわせるわけにはいかない。というのも、たとえほんのわずかたりとも望んでいなくとも、若者たちの純潔を汚してしまうことをその人は、うっすらと気づいているからであり、それは、たとえその人の知的能力が損なわれてしまっていもそうなのである」と（鬱々とした表情の）学寮長がわたしに言うのです。慈悲によるものか、告発から一日たってもわたしはモードリンの空気を汚し続けることを許されました。それは、わたしを処分した人々の何人かがわたしのところにやって来て、恨みを抱かないようにとか、彼らの判断がわたしにとって最良の結果となるだろうとか、「個人的には」彼らの判断は「本当に残念だった」とか、あるいは、彼ら自身は「これらの特殊な悪習」――この言葉を聞いてわたしは怒りに身が震えました――に染まっていないにしても、彼らには「非常に寛容な心」があることを理解してほしい、などと説明するには十分な時間でした。(6)

エンプソンが抱く無念の背後で、そして彼が暴きたがった臆病さとピューリタン的偽善による喜劇の背後で顕わになるのは、学寮長の口から発せられた、文人の性的生活についての言葉が二段階にわたっていたことである。一方で、姦淫を道徳的に糾弾する。被告が、若者と付き合っていかなくてはならない教師であるだけにいっそう厳しく糾弾する。しかし、それはおそらく一番大事なところではないだろう。大事な点はほかのところ、すなわち発言の最後の簡単な言葉に表れている。それは次のように定式化できる。その形態がどうであれ、性的な行動はそれ自体として「知的能力」を破壊するものとみなされる、ということだ。この議論にはもはや道徳は関わっていない。単純に実用的な問題なのだ。その議論は、最悪の場合、十八世紀の医師ティソの主張した古色蒼然としたオナニー害悪論へと展開されていくか、[7] うまくいけば、文人の一種の職業倫理へと収束するだろう。学寮長は、大学人が修道院から続く古い伝統を受け継いでいることに言及するのを恥じているかのように、素っ気なくほのめかすにすぎない。文人の生活と性的活動の不適合。厳格なる純潔。

あるいは少なくともある程度の純潔。歴史の皮肉というべきか、実際、エンプソンは女性と寝たためにケンブリッジを追われることになったのだが、学生生活の大部分は、同級生のひとりに焦がれることに費やされた。背の高い金髪の若者に宛ててエンプソンは、文学と科学の積もり積もった知識と示唆に満ちたなんとも謎めいた詩を手紙に送っていたのである。大学での最初の研究を捧げることになる七つの曖昧さの分類型は、性的な領域にあって、彼の生涯を特徴づけることになる八番目の型を示している。ずっと後になってのことであるが、結婚後の夫婦生活に、妻の愛人を引き込むことにまんざらでもなく、エンプソン自身もその男との関係を愉しんだようだ。[8] この曖昧性は、詩で語りかける相手が男なのか女なのか、ときにはわからないシェイクスピアのソネットにも、また、そのソネットを手本にしたエンプソンの手紙の詩のなかにも見出せるのである。

みずからの場所に光をもたらす暗闇はどこにあるのか？
それとも暗闇が濃すぎてお前の顔を隠しているのか？

我らにほほえむ太陽は、爆発してしまう危機を回避したあかつきには、

（このときこそ決定的なのだ）、そのほほえみを失い
お前が近くにいるという感覚を失わせよう
太陽の塊によって光線が太陽におさまるとき、
塊によって収納された光を太陽は解放するだろう
そして冷やすにふさわしい熱で燃えさかるだろう
語りえない喧噪を押し殺しつつ(9)

エンプソンが触発された形而上学的詩人にならって、暗くない暗闇とでもいえようか。というのも、この天文学的詩篇の難解さは、明るいところではまさに名指すことができない欲望、優れた学生の学識にあふれた詩の作業を奥深いところで培っているこの欲望を、うつろなものとして描き出しているからである。いち青年を不安に陥れているというのに、大学がこの欲望を憂えないのだとすれば、それは、あたりを支配するピューリタニズムにもかかわらず、研究のもっとも強力な推進力のひとつを、すなわち文人の共同体のもっとも堅固な絆のひとつを、この欲望のなかに認めているからである。それは、記号と紙という手段によって行われる、普遍化された性的行動、あるいは性別なき性的行動であり、書物と図書館に特有の知に対する愛欲である。その愛欲に導かれてわたしはいまこの文章を書いている。

第13章　食事

古来より文人は、一見対立している粗食とご馳走のうちのどちらかを選び取る。これは、ふたつの文化を規定することになる。つまり精神の糧は、地上のそれと競合するか、あるいはまた補完し合うかのどちらかなのだ。この二種の滋養の対立は、むしろ宗教色の強い文化に出現する。つまり両者の共存は、より世俗的な宗教的実践との共存なのだ。それだけに、粗食とご馳走の違いは思った以上に小さいかもしれない。

もし競合しているのだとすれば、精神の、より正確には、魂の栄養物は、身体の栄養物にとってかわるものとされる。文人にとって理想的な栄養とは、聖ヒエロニュムスが未亡人のフリアにかつて伝えたという献立によれば、水と「野草（holera）」である。(1)ここに、色欲を抑えるのに心を砕く苦行者あるいは隠者の献立の源がある。彼らにしてみれば、あぶった塩と、オリーブ三つ、ヒヨコ豆五粒、プルーンをふたつ、イチジクひとつだけで、すでに王様の宴会メニューとなる。実際、これは修道院長のセレヌスが、ヨハネス・カッシアヌスの訪問を受けたときに供した献立である。[2] ところで、性的リビドーを減退させようとすると知的リビドーが枯渇してしまう危険がある。禁欲的な文人というものはいる。一般的にひどくやせこけた姿で描かれることの多いヒエロニュムスがその抜きん出た例である。だが実際には、禁欲的な文人というのはほとんどいない。エジプトはテーバイの砂漠に孤独に暮らす修道士たちは、判断しかねるものの、精神的な事柄以外なにも知らないという高潔な評判を残してきた。このことは、ランセの記録やまったく異なる文脈で、つまり明らかに聖職者に対して批判的な視点で、アルフレッド・ド・ヴィニーやアナトール・フランスの小説が証言していることだ。[3]

その反対に、世俗的な知は、身体と精神の領域の間に断絶を設けない。腹がからっぽなら、頭もからっぽというわけだ。宗教的な進歩に貢献しないのであれば、文人の文化は、主な欲求をすでに解決した世界や社会階層において、独自に進歩することになる。滋養は知の敵であるどころか、その支えであり、必要条件なのだ。

一八二七年ヘーゲルがヴィクトール・クーザンの招きでパリに行った。彼が妻に宛てた手紙によれば、食べ物に関する話題が大部分を占めていた。「わたしたちは朝食にあまり時間をかけませんでした（つまり十一時に、骨付き肉とワインを一本平らげたのです）[4]」、とパリに到着した翌日の九月三日に書いている。ほどなくして、哲学者らしさとは無縁に、一般の観光客として抱く些細な気苦労を感じはじめる。友人がいないと「メニューに書かれた膨大な料理のリスト」からどれを選べばよいのかからず、選ぶのが簡単な、料理の実物が置いてある「食堂」に逃げ込むようになるという。[5] 数日後、腹痛が彼を襲う。「浣腸と湿布、煎じ薬というフランス式」の処方が出された。[6] ヘーゲルはセーヌ河の水質と、午後五時など、いい加減な時間帯に食事を強いるクーザンの風変わりな習慣に閉口する。腹痛から恢復するやいなや、彼はドイツ式の時間に戻すことにした。たとえクーザンにひとりで昼食をとらせることになろうとも、昼食は一時か一時半と決めた。[7] これが『精神現象学』の著者にとって、よい消化のための代償だったのである。

このようにヘーゲルは、思想よりもその胃袋において、よりカント的だったのだ。ケーニヒスベルクの教授もまた、その晩年、昼食を一時きっかりにはじめることに強くこだわった。彼は一日一食しかとらなかった。十二時四十五分、カントは料理人に、ホットワインを一杯運ぶよう指示を出す。そして招待客たちの待つ食堂に降りてくる。客の数が、ふたり以下になることも五人以上になることも決してなかった。つまり会食者の数は、美神《グラース》の数に劣ることも、学芸神《ミューズ》の数を超えることもなかった。[8]

彼の友人ボロウスキーの証言に耳を傾けるのがおそらく早道であろう。

> カントの食卓では、バターとチーズに加えて三品が供された。夏には庭の果実も出た。最初の料理は、とりわけ仔牛が多かったが、肉からとったスープに米、大麦、パスタを浸したものであった。カントは、スープにボリュームを加えるために、卓上で切った幾片かのパンきれをスープに浸して食べることをならわしとしていた。二品目は、さまざまに味付けされたドライフルーツだ

ったり、乾燥野菜のピューレだったり、魚だったりした。三品目は、ローストした肉である。しかし、狩猟《ジビエ》の肉を食べた記憶はない。彼はどの料理にもマスタードをつけて食べていた。また野菜や肉料理を、濃厚なバターとともに食べるのを好んだ。バターについては、彼自身、炭酸を用いて濃厚なバターを作る最良の方法を模索するほど入れ込んでいた。そして、とくにこだわりがあるバターとチーズが最後にデザートとして供された。彼はチーズが大好きだったので、チーズを愛好する会食者を高く評価していた。そういうわけで、食卓でよく話題にのぼるチーズとたばこについてなんのコメントもできなかったであろうわたしの兄は、大いにカントのからかいの標的となった。カントは細粒のライ麦パンを食べていた。二度焼きするとより味わい深くなる。ときには、細かく削ったチーズが食卓に出された。数あるチーズのなか、彼はチェダーが好みだった。赤みがかったのではなく、より稀少な白いチェダーだ。赤みがかったチーズは、菜園でとれたビートで色づけされているようにカントには思えたらしく、わずかだが味が変化していると考えていた。会食者が多いときは、もう一品がケーキとともに追加されることもあった。鱈の料理が彼の好物であった。満腹でも、大いなる食欲のおかげで大皿の鱈料理を平らげることができるのだと、いつの日かカントはわたしに言うであろう。(9)

以上が食事についてである。飲み物に関しては、栄養がありすぎるという理由でビールは飲まなかったカントは、「軽い味わいの赤ワイン、通常はメドックのワイン」を飲んでいたという。(10)

ほとんど変化のない規則的な食事、イギリスのチーズと鱈に対する変わらない好み、着色料の蔑視などに見られるカントの嗜好の特異性についで、ボロウスキーは、三〜四時間続く昼食の魅力や食卓で主要な要素となっているものを、しつこくならない程度に強調している。その要素とは、会話のことだ。

文人は孤独に食事をすることに向いていない。これについて、のちにレオパルディはこう書くことになる。「研究に身を捧げるとか、なんらかの理由でそれ以外の時間はずっと部屋に引きこもる人の多くは、食事中にしか会話をすることがない。この時間に、まったく話さずひとりで過ごすとなると、彼らはかなり気分を害することになるだろう」[11]。福音書が伝えるのと同様に、文人にとって、口から発されるものは口に入ってくるものと同じぐらい大事なのである[12]。

ところでカントは座談の名手であった。あらゆることが話題に上ったが、まず話題になるのは食卓に出されたものであった。バター、チーズ、たばこ、お気に入りの料理などが話題の中心となった。ボロウスキーの兄のように、これらに通じていない人には気の毒なことだったろう。どの料理も、豆知識を披露する口実となったのだから、「文人の食事」は「文学的な食事」——料理の順番に並行して話題が移る——へと変質する。ここでは、身体の滋養と精神の滋養とを隔てる断絶はなくなっている。

こうして、はるか古代から受け継がれてきた文人の伝統的な文化に、わたしたちはあらためて出会うことになる。ご馳走が供される饗宴である。たとえば十九世紀には、第二帝政期の第一級の知識人であり、食卓の快楽の信奉者であった、サント゠ブーヴ、テーヌ、フロベール、ルナンなどが参加した宴会のように、世紀固有のご馳走があった[13]。しかし、文人の証言がもっとも頻繁に見つかるのは、古代ギリシア・ローマの時代である。プラトンとクセノフォンのあまりにも有名な対話篇、そして現存していないエピクロスの対話篇に、プルタルコスの『七賢人の饗宴』および『食卓歓談集』、サモサタのルキアノスの『饗宴またはラピテス族』、さらにはマクロビウスの『サトゥルナリア』を付け加えることができよう。実のところ、ソクラテスの弟子であるプラトンとクセノフォンが記しているギリシア的伝統にもっとも忠実な饗宴では、食べ物は飲み物よりもはるかに軽視されている様子がうかがえる。そこでは、適度に腹ごしらえをした後に、献酒と頌歌の儀式があり、酒盛りがはじまったという。そしてこの酒盛りのときだけ、会話を心置きなく展開することができる。プラトンはさらに詳細に饗宴の際の作法を示している。いわく、会話の順番は、杯が会食者のなかをまわっていく順番をなぞっていくのである。

このことは、プルタルコスの対話篇で、アテネ人のムネシピロスによって七人の賢者に説明されることになる。

ペリアンドロスがここに招待したこのような人たちの場合には、私が思うに酒杯や酒を汲む壺は何ら必要がない。だが、ムーサの女神たちが、いわば酒を入れない混酒器のように、言論（ロゴス）をみなの真ん中に据えれば、それによって冗談と真面目さをあわせもった快楽が最大になる。その言論によって、親愛の情を喚び起こし、流れさせ、広めるのであり、〔……〕「酒を飲む壺を

混酒器の上に」動かさぬように置いておくことができるのである。(14)

プラトンの影響を受けたギリシア的饗宴は、なによりも知性を潤す真のワインであるロゴスにかかわることであった。ブドウから作られたワインは、その残滓でしかなかったのであろう。逆説的に映るが、理想は酒を飲まないしらふの状態での饗宴なのだ。こうなると禁欲との差はもはや紙一重である。酒に集う饗《シュンポシオン》宴よりも、古代ローマ人たちは食べることが主眼の宴《コンウィウィウム》席を好んだが、このとき文化的な革命が起こるのである。以降、料理の順番が会話の展開を左右することになる。各料理は会食者にとって、気の利いた説明や珍しい引用を用いて、蘊蓄を披露する場となった。複雑な料理は単純な料理より消化しやすいのか。トリュフは雷が原因で生えてくるのか。ユダヤ人はいかなる理由で豚肉を食べないのか。なにがイチジクをこれほど甘くさせるのか。ホメロスはどんな意図があって塩を「神的（théion）」と価値づけたのか。なぜ結婚式にはあれほどたくさんの招待客が集まるのか。(15) 一度の簡単な食事でさえ、自然科学、医学、日常習慣、宗教史、文学におよぶたくさんの質問を引き寄せてしまう。ご馳走とは百科事典なのだ。さて、少なくとも規模においてこのジャンルの傑作といえるのは、三世紀のギリシアに現れた雄弁家の手による記念碑的な作品『食卓の賢人《ディプノソフィスタイ》たち』である。想像を絶するほど話題が多岐にわたるこの作品は、古代人がわれわれに残してくれた知識の塊としては最大級のものである。とはいえ、アテナイオスが実際に書いたとされる三十巻のうち十五巻分の要約しか残されていないのだが。これはもはや食事どころか、図書館といえよう。(16)

あるいは、図書館というものは総じて食品貯蔵室でしかないのかもしれない。たしかに、古代文学がわれわれに残してくれた饗宴で語られる話は、これらの食事の歴史的真実と混同されてはならない。これらはまず、本質的には虚構である文学作品なのだ。これほど数多くの文人たちが、すなわち識者《ペパイデイメノイ》や文学者《フィロロゴイ》たち(17)が彼らの知識を伝達する形式として選んだのは、プラトンを意識してのことだったのである。しかし彼らはまた、その本性と機能から鑑みて、知とは饗宴のように構造化されていると考えていたのかもしれない。大学で伝統的に行われている「シンポジウム」という言葉に、その起源を見ることができる。そして同様のことは、プルタルコスもまた、『健康のしるべ』のなかで、研究や芸術に粉骨砕身する知識人は、手元に「幾何学問題や何かの冊子やリュラなどがあれば(18)」容易に食卓に近づかずにいることができると語ることで示していたのであろう。こうしたものが知識人にとって、食欲を抑制するための都合のいい方法だと、プルタルコスは考えている。

知のあらゆる両価性はここにある。知には食事が伴っている。しかし、知は簡単に食事にとってかわる。知は味をつけるだけでは満足しない。知は糧となるのだ。文人はまたご馳走と粗食との間をたえず揺れ動く。それは書物と表裏一体となった現実との狭間で、文人が揺れ動くのと同じことである。書物は、一方で世界へと開きつつ、他方で世界と入れ替わる。それは一方では単なる記号であり、他方では実在がそこに存在するための場所なのである。肯定であると同時に否定である。しるし（あるいは言語）は、事物を示したり隠したりするために、事物をよりどころとする。テクストが空であると食卓は満たされており、その逆もまた真実となるのだ。

第14章　憂鬱

奴隷か弟子のひとりに、『問題集』の第三十章となる数ページ分を口述筆記させていたとき、アリストテレスは、自身が「日常生活に見られる消沈した状態」におそらく陥っていたことに言及している。彼は「われわれは時々、苦悩を覚えるほどの状態におかれ、それがいかなる事情によるかを言い表せないこともあるし、また時には、何故かははっきりしないが気力に満ちることもある」[1]と説く。ここに表面的には感情の吐露はないが、この哲学者の胸中をかいま見せてくれる文章は、ほかにおそらくほとんどないだろう。この日、彼が煩っている困難と距離をとることに、ひょっとしたら科学的探求が寄与していたのだろうか。いずれにしても彼は想像できなかったのだ。思索とエクリチュールとによって、自身の憂鬱《メランコリー》を払いのけると同時に、よきにつけ悪しきにつけ、のちに現れる無数の読者たちに――彼らはアリストテレスの言葉のなかに文人たるべき条件の定義を見出すことになる――

憂鬱を遺産として残したということを。苦痛と功績とを共有し、相殺する聖人たちの霊的交感があるように、文人にも霊的交感は存在する。

事実、『問題集』の冒頭からすでに、アリストテレスは普遍的な方向をめざしている。

哲学であれ、政治であれ、詩であれ、或いはまた技術であれ、とにかくこれらの領域において並外れたところを示した人間はすべて、明らかに憂鬱症であり、しかもそのうちの或る者に至っては、黒い胆汁が原因の病気にとりつかれるほどのひどさであるが、これは何故であろうか。例えば、英雄たちのなかでは、ヘラクレスに関する物語がそのように語り伝えられている。(2)

主に知識人に言及している内容に、ヘラクレスの名前が出てくるのは驚きである。ネメアの獅子を退治した屈強な英雄が、本の虫として顕揚されたことがないのは明白なことだ。しかし、もっとも好まれた第一級の英雄と同じ問題を抱えている文人にとって、たとえ無知ではあっても、ヘラクレスはつねに価値ある存在であった。ミシェル・フーコーの禿頭とジネディーヌ・ジダンの禿頭とで、どちらを選ぶかについて多くの人は迷うまい。アリストテレスのテクストは、精神の巨星と肉体の巨星とは尊厳において同価値だとひそかに主張しているのだ。リュサンドロス、アイアス、ベルレロポンテスという多少の差はあっても伝説的な英雄の名前は、知性の冒険者たちの名前を導入する役割を果たしているにすぎないのだ。

他にも、彼らと同じ症状であったものが英雄の中には多くいたようである。また、後世の人々の中では、エンペドクレスやプラトンやソクラテスや、その他多くの著名なる人々がそうである。さらにまた、詩作をこととする人々の大多数がそうである。(3)

憂鬱の原因と症候の解説では、かなり錯綜した議論にはなっているが、おおかた次のようなことが主張されている。ワインと似た特性を持つ黒胆汁は、酩酊と似通った効果をもたらす。したがって、それを飲む人はまず、自分に自信を持ち饒舌になるが、最後には理性を失い沈滞に陥るように、憂鬱そのものである黒胆汁（mélas は黒色を意味し、kholē は胆汁を意味している）の過剰は、この胆汁が熱くなったり、冷たくなったりするのに応じて、興奮と落胆の偶発症状を繰り返し起こすことになる。こうして憂鬱の気分は、天才と狂気の間を揺れ動く。これは「病気によってではなく、生まれつき」の酩酊であって、必然的に「並外れた」能力を持つ存在を産み出すのだ。(4)

したがって憂鬱が形成されると、既成のあらゆる境界をまぜこぜにしてしまう。憂鬱は「病気」ではなくとも、ある種の「精神衰弱」や「意志薄弱」をもたらす。憂鬱は、「愚行」と「興奮」とを表裏一体の現実とする。憂鬱の現れは、一方で称賛の対象であり、他方で軽蔑の対象である。ようするに憂鬱は、実証的に分析可能な症候（発熱や腫れ物）によってではなく、自分自身や社会に不適合であるという抽象的かつ複雑な状態によって最終的には特徴づけられる。憂鬱に陥った人は、ひとつの特定の状態によってではなく、正反対の状態が交互に現れることによってそのように判断される。憂鬱は、用語によって絶対的な状態として定義されるのではなく、社会状況ないし多数派との関係において、相対的に定義されるのみである。

憂鬱障害の問題は、医学的かつ哲学的学説のひとつの危機としてのみ提示される。質料と形相による安定的存在論は、現実のよりダイナミックな見方、ひいては弁証法的な見方へと、その場所を明け渡すことを余儀なくさせるのである。憂鬱のアリストテレス的な「問題」は、まず諸概念に失調があるからこそ存在しうる。黒胆汁が、最初から思想家や文人に特徴的とされていたことは偶然ではない。彼らはその仕事と存在そのものによって、これまで思考されてこなかったことを明るみに出すことで、思考されてきたことにゆさぶりをかける。

これほどまでに意味が不安定になっていることは、憂鬱をなんらかの仕方で参考にしていた人々をただちに汚染することになる。こうしてキケロは『トゥスクルム荘対談集』において、冗談めいた口調で、「アリストテレスは才能ある人は実際みな憂鬱症であると言っており」、彼自身「自分が愚鈍であることにつらい思いをしなくても済む」(5)と述べることになる。歴史的に見れば、アリストテレスの憂鬱理論への明らかな参照は、文献学上の主要な議論であり、ある程度の蓋然性をもって『問題集』第三十章の実作者をスタゲイロス人本人〔アリストテレス〕に帰着させうるものである。しかし、読者が確信できるのはそれぐらいだ。というのも、キケロがいったいなにをいいたいのかは判然としないからである。知性と憂鬱に付随するあらゆる不都合を被るよりも、愚鈍たることを選んだということとなのか、それとも反対に、アリストテレスの主張するように、愚かであることが憂鬱の症状であるとするなら、彼の愚鈍さは知性と両立しうるということなのか。前者の場合、憂鬱は避けるべき病である。後者の場合、憂鬱は求めている状態である。どちらの解釈も、知性をいかがわしい特権――その効用はおそらく、代償をもって獲得しなくてはならないほどではない――へと引き上げるにしても、両立しうるものではない。呪われていると同時に聖なるものである（どちらもラテン語では sacer という語で表現される）知性的なものにみられるこの二重の地位は、古代ギリシア・ローマ時代から措定されていたのである。後世は、この両価性を強調しつつ、それと戯れることで満足することになるだろう。

実際、アリストテレスの憂鬱が、現在この用語から想像する、悲哀のおぼろげな感情とはほとんど関係がないとすれば、過ちは、黒胆汁をめぐる二千五百年の波乱に富んだ歴史に求められるだろう。その歴史は、現在の意味的な退行へといたるまでに、まず意味の根源的な変質を通過してきた。しかしまた、それは文人の歴史と切り離すことのできない歴史でもある。中世では、憂鬱症というものは存在しなかった。道徳的かつ神学的観点は生理学へと一歩踏み出し、罪の中でももっとも罪深い、生を嫌悪する「倦怠＝虚脱状態（acédieux）[6]」のみが存在した。意味深いことに、憂鬱への猛烈な回帰は十五世紀、とくにアリストテレスをはじめとする、再発見された古代人のテクストの注意深い読者である人文主義者《ユマニスト》という新しい階層の出現と軌を一にしている。一四八九年は画期的な年となった。マルシリオ・フィチーノは、とくに知識人に対して健康の教えを説く『生について（*De Vita*）』を公刊する。二世紀にわたってヨーロッパ中で再版されたこの作品は、大きな富をもたらすことになった。ところで、フィチーノがまずこの著作で焦点をあてたのは、文人が不可避的に帯びる憂鬱質の特徴以外のなにものでもない。「文人は粘液と黒胆汁に従属する」、「どれほどの原因によって文人は憂鬱質であるか、あるいはそうなるのか」、「なぜ憂鬱質の人は知性的であるか。どのような憂鬱症が知性的であり、どのような憂鬱症がそうでないのか」など、[7]うんざりするほどの反復に満ちた章題からもフィチーノのこだわりがうかがえる。一五一四年にはアルブレヒト・デューラーの手による《メランコリアI》の鬱々たる天使が、このような書物で武装するかのような姿で登場するだろう。「憂鬱な怒り（furor melancholicus）」は、ルネサンス時代における文人の「スノビズム」[8]の最後の姿、そしてあらゆる知恵の謎めいた鍵となる。ルーアンの謎に包まれた賢者〔ムーリ・リフランのこと。アリストテレスの中世における翻訳者〕は、「あらゆる動物は交尾の後、憂鬱に陥る」という俗諺を優雅に書き換えて「愛の終わりは憂鬱でしかない」[9]とはっきり述べている。このように、彼自身『問題集』の一文に着想を得ているのである。シェイクスピア劇の登場人物（『お気に召すまま』のジェイクイズ）も、ハムレットのようにそのふりをしているだけではなく、この流行りの病にかかっている。医者も競ってその臨床所見や療法を提示している。一六二一年、ロバート・バートンが記念碑的な『憂鬱の解剖学』を出版し、世界の憂鬱化の頂点を画すことになる。黒胆汁の問題をめぐって可能なかぎりの知識を総動員している、疑似医学的かつ諷刺的なこの大典において憂鬱は、他の病気のような単なる物理的疾患ではなく、人間の行動における普遍的な原動力、すなわち、地球全体が燃えてしまうほど尋常ならざる怪物的な原点とされている。賢者たちがかかるこの病の最初の兆候は、おそらく、あふれるほどの言葉の流出でしかなかったのだろう。

以上がアリストテレスの『問題集』第三十章のたどった常軌を逸した運命である。最初は、古代思想の単なる事故にすぎなかったものが、現代文明の中心に居座ることになったのである。この経緯は一見直線的に見えるが、憂鬱がこうむった根源的な変容を見逃すわけにはいかない。実際、思想家はみな、はっきりと文学的営為に黒胆汁を関係づけているが、詳細に分け入ると状況はより複雑である。人は、そもそも憂鬱質だから研究を選ぶのか、それとも研究のせいで憂鬱質になるのか。アリストテレスにおいては、明らかに前者の説が勝っている。黒胆汁が身体の中心、すなわち思考の拠点を温めるのであれば、憂鬱質の人は必然的に並外れた思想家になることが定められていることになる。[10]しかし天体の影響を認めるフィチーノにおいては、問題はもはやそれほど単純ではなくなっている。その仕組みは天体のわずかな相互作用に従うものである。水星と、とりわけ土星というある種の惑星は、知的な仕事に向いている。研究は、身体の不動性と精神の集中によって、黒胆汁と同等、あるいは適合しているとされる乾燥状態を引き起こす。すると黒胆汁は、みずからの動きに応じて、瞑想状態へと導くというのだ。[11]知的な仕事と憂鬱は互いに補完し合う。フィチーノのネオプラトニズム的宇宙においては、ミクロコスモスとマクロコスモスとの照応関係は強く、原因に属するものと結果であるものとを解きほぐすのは容易なことではない。研究と憂鬱は、ひとつの現実に対するふたつの側面として分かちがたく結びついている。文人がたどる運命の尊厳については、天体と体液との間にあるため、まったく問題とされない。

ところが、十六世紀末の医学的言説ではまったく事情が異なる。研究こそ憂鬱質の主要因とされており、療法として第一に勧められるのは、「とにかく、研究と思索の仕事を頭から免除してやること」、すなわち研究を放棄するか、それが難しいのであれば力を抜くことであった[12]。ティモシー・ブライトはその『憂鬱論』で、さらに詳細に触れていく。

精神を用いる仕事のうちで、研究は、対象が困難なものであったり、極端に謎に満ちていたりする場合、熱心にやってしまうと憂鬱を引き起こす決定的要因となる。その結果、とにかく研究を断念しなくてはならない[13]。

もし断念できないなら、「さほどの労力を要せず、そのために酷使で張りつめた精神を緩和し、満足と悦びの感情をもたらすことが可能な研究主題を選ぶべきである[14]」。

つらい勧告である。しかしロバート・バートンはそれだけに留まらない。彼の眼には、生理学上の内的プロセス（黒胆汁の効果）のみならず、社会という外的な行動によっても、研究が憂鬱をもたらしているように映っているからである。アリストテレスにおいて、ごく一部の選ばれた偉人のしるしであった黒胆汁は、病というよりは幸運として現れていたのに対して、ここでは、無一文で失望した知識人階層全体に一方的に平手打ちを加えるものである。さかのぼること一世紀、アルベルティはすでにユーモアに満ちた賛歌を彼らに贈っていた。[15] バートンの見立てははるかに苛酷である。その最長の章のひとつにおいて、彼は、「知識人の惨状（the Misery of Schollers）」という哀れむべき一覧表を掲載している。それによると知識人は、しつけのなっていない子どもにいろはを仕込むことに満足していないのであれば、せいぜい無教養のパトロンにこびへつらうか、わずかばかりの聖職録を申請することにあくせくするばかりであるという。悪いのは、自己検証の必要性がいまだに現代的意義を保持している大学のシステムである。本能を認定する努力の欠如、金儲けに走る大学によって見境なく学位が与えられることによる教育の劣化、教養教育を犠牲にした実用教科（法学・医学・神学）の偏重などが挙げられよう。同様に悪いのは、真の功績と虚飾にすぎない名誉称号の違いを見分けることができない社会である。

われわれは市長や官僚なら毎年輩出できるが、文人を輩出することはできない。王であれば、皇帝ジギスムントが告白したように、騎士や貴族の地位を与えることはできる。大学は学位を与えることができる。そして、「民衆のだれであっても、君は君であることができる」。しかし皇帝でも、その他の者であっても、世界のだれであっても、学び（learning）を与えることはできないし、哲学者、芸術家、雄弁家、そして詩人を育成することはできない。[16]

ようするに、憂鬱の真の原因は生理学的なものではなく、道徳的、社会的、政治的なものなのだ。

陽気さでは劣るが、『愚神礼讃』のエラスムスにならっていえば、憂鬱は以降、集団的危機の兆候として、諸価値を全面的に転覆させる、純粋に否定的ななれの果てとして幅を利かせるだろう。文人は、世界に適合できないことに苦しむが、本当に病んでいるのは社会のほうなのだ。

ここまでくると、フィチーノが夢見たネオプラトニズム的調和から遠く離れてしまった。アリストテレスからはさらに離れてしまった。このスタゲイロス人から二千年後、魂と肉体の緊密な結びつきは弱まり、身体構造とは無関係とされた情動は道徳化され、精神化されたのである。これよりわずか後のこと、憂鬱は今日と同様、感情の単なる一種、すなわち、生理学に根拠を求めない内容のない悲しみでしかなくなるだろう。同時期に、内部における体液の均衡、外部における個人と世界との均衡というように、あらゆる水準に均衡が保たれるという古代の理想はその一貫性を失った。あらゆる次元で無秩序がはびこり、文人の社会との関係は本質的に批判的なものとなった。バートンにおいてさえ、詩人と知識人をじきに打ちのめすことになる呪いはすでに透かし見えている。また、引き合いに出すのはレオパルディ、ニーチェ、ヴァレリー、ベンヤミンに留めるが、その後、彼らは憂鬱感情をみずからの世界に対する関係、みずからの思考の原動力とすることにためらいはなかった[17]。

まずは「並外れた」存在であったが、ついで周辺に追いやられ、最後には呪われる。『問題集』第三十章以降、文人のたどった道筋は、ある種の論理をたどらないわけではなかったのだ。アリストテレスは、このよく知られた憂鬱な日に、彼らしい表現でそのことを語っていた。憂鬱とは、文人にとって病気によって引き起こされるというよりは、その本性に由来するのだと。そして本性よりも、文人の置かれた状態によるのだと。あるいは、存在の過剰（huperbolê）というよりは、秩序の欠如（anômalia）であり、[18] また、秩序の欠如というよりは、世界との不安に満ちた関係によるのだといいかえることもできよう。

第15章 魂

文人に魂はあるのか。キリスト教世界で白熱した議論の対象となってきたこの問いには、しかしながら、意表を突かれる。おそらく、このように唐突に問題化されてこなかったためだろう。他の人間と同様に、文人は魂と肉体を備えて生まれてくる。いかなる者であれそれを疑う人はいまい。もちろん、その人がわずかでも魂の存在を認めているとすればの話であるが。

しかし、文人はこの魂を保持することに成功しうるのか。洗礼のときと同じほどに、魂を無垢なまま維持することに成功しうるのだろうか。研究のせいでそれを失うのではないのか。より一般的には、文学に熱中する人はだれであっても、魂の救済を果たしうるのか。この最後の問いに対して、『キリストにならいて』は否定で応答する。

あまり多くを知ろうとする望みは抑えるがいい。なぜかというとそこにはいたく心を散らし、欺く力が見出されるから。人は好んで知識のある者と見られたがり、また賢者といわれるのを欲する。（だが）それを知ることが魂にとってはわずかしか、または全く、役に立たない事がたくさんにある。そうして彼の救いに役立つこと以外の雑事に心を用いる者は、非常に愚かな人である。ことばは多くとも、魂を満足させはしない。だがよい生活は精神を力づけ、浄らかな良心は神への大きな信頼を保つのである(1)。

ここに、制度化された知識全般に対する現代的な信仰（devotio moderna）への警戒をあらためて見出せよう。

一般的に、キリスト教徒の多くは文人たちを猜疑の目で眺めていた。シエナの福者ピエトロ・ピエトローニも同じであった。臨終の間際、数多くの予言を残した彼は、ボッカッチョとペトラルカに、魂の救済のためには詩歌の研究を放棄するよう勧告した。ペトラルカは、友人の詩人に向けて、反応しないよう、そして恐怖に動じることのないよう説得するために、縷々《るる》言葉を尽くさなくてはならなかった。このとき、彼にとって聖アウグスティヌスと聖ヒエロニュムスの例は、非常に頼りになるものであった(2)。

それでも問題は解決しなかった。十七世紀末、この問題は再燃し、アルマン・ジャン・ド・ランセとジャン・マビヨンという、フランス・カトリック教会と修道院の分野における ふたりの傑出した人物を巻き込んだのだ(3)。

ヴェルサイユの宮廷には、ランセほど霊感を受けた導師はいなかった。ランセが歴史から忘れられていないのは、シャトーブリアンが書いた伝記のおかげである。そしておそらく、より間接的にではあるが、モリエールのおかげでもある。アルセスト〔モリエールの『人間嫌い』の主人公〕の道徳的な歪みは、わずかではあるもののランセの面影を残している。この霊的導師の歩んだ道のりは、たしかに人々の精神の記憶に残るものである。もともと洗練された修道院長だったランセは、高位貴族の社交界と交わり、あらゆる快楽に没頭した。そこに、恋人のモンバゾン公爵夫人が突如亡くなるという出来事が起こる。ランセは遺体の前で改心し、自身も死ぬことになる。死ぬといっても、それまで彼がはなはだ執着した俗世から身を引くという意味である。廃墟と化したトラピスト修道院に居を構え、極端に厳格な生活規則を導入すると、たちどころにこの地は宮廷貴族たちがこぞって訪れる隠遁の場所となった。かつて恋に落ちた愛人の頭蓋骨を書斎に飾っていたという彼の献身の噂は、おそらく好奇心にかられて当地に行けば、われわれも確認できるであろう。

ランセにとって修道生活は、祈りと禁欲に厳格に制限されるべきものであった。それ以外の研究や読書は、救済へと一直線の道をたどるべき聖職者たちを遠回りさせてしまうものでしかない。ランセはベネディクト修道会規則の改革をとどまることなく厳しく課し続けた。

彼の行動は、重要ないち組織の利益と正面からぶつかることになる。一六一八年に創設されたサンモール修道会は、事実、研究を修道生活の中心に据えていたのである。この修道会は、フランス王国の歴史記録を司ることをその任務としており、公文書を分類し、研究していた。三千人の修道士、この上なく貴重な蔵書を所蔵する百七十におよぶ修道院という数字は、十二分にこの修道会の力を物語っている。サン・ジェルマン・デ・プレ修道院の学識ある聖職者たちの指示のもと、ベネディクト修道会の年代記、フランスの歴史、文学の歴史が記録され続け、後の世代の歴史家たちのために、革命や相次ぐ戦争によって、原本が散逸してしまう無数の文書の写しが作成され続けていた。十九世紀になると、国立科学研究センターの遠い先祖にあたるこの組織が蓄積した文書の宝物のおかげで、フランスの歴史研究は成果を引き出すことができるようになる。

サンモール修道士のうちで当時もっとも学識に恵まれていた人物が、公文書学を見事に確立したマビヨン師であった。彼は、古文書の真贋を見分け、年代を確定する方法を最初に整備することで、古文書研究の仕組みを確立した人物である。疲れを知らないマビヨンは、ヨーロッパ中の修道院を訪ね回り、記録文書や学位記などを照合していった。その指揮下には、二百人の修道僧が働いていた。マビヨン自身、精神労働に熱心に勤しむ修道士にならって、学識のための仕事に専念できるよう、規則で定められた典礼や労働を上役から免除されていた。

サンモール修道士にとって、研究は個人的であり集団的なものであった。修道士間の競争意識をうながし、精神労働への情熱を煽るために、サン・ジェルマン・デ・プレ修道院に創設された《文学局》は、十八世紀後半、多岐にわたる題目で懸賞コンクールを開催することにやぶさかではなかった。網羅的ではないものの、聖書（「ラビが主張するように、バラムは『民数記』で自分の歴史を書いた作者であるのは確かなのか、また、モーセは『主の戦いの書』の部分を自身の著作に挿入したように『民数記』にその部分を挿入したのか」)、典礼(「聖ベネディクト会が創設されてからピピンやシャルルマーニュの時代にいたるまで、フランスの修道院で行われていた典礼はどれか」)、民法(「陪臣は、主君やその上位の王に訴えることなく、死刑執行をしていたか」)から、もちろん道徳(「人間の心のなかで真実にとって最大の困難はなにか。聖書や古代ギリシア・ローマから顕著な事例を引用して、功徳と徳の致命的な敵ともいえる妬みが、あらゆる情念のうちでもっとも多くの害悪をもたらしたことを証明せよ(4)」)におよぶ題目の一覧には、修道士たちの才能を磨いた知の、広がりのある多様性がみてとれる。

俗世とは、ユダヤ・キリスト教史と同様に関心の対象なのであった。課題のいくつかは、より明白に異教の神話と啓示との関係について問うている。

寓話の起源は部分的に、誤解された聖書の内容に求められるということを証明できるか。また聖書から寓話体系を引き出したと考えられる一番古い民族はなにか。

こうしてサンモールの修道士たちは、新古典主義が席巻するなか、美学や異教の伝説の流行と、宗教とを両立させながら、当時のふたつの文化——神話的・キリスト教的——を結合した見方を大胆にも示そうとする(5)。

いずれにしても、この課題一覧は傍証にすぎない。

印刷された課題のどれを選ぶかは各自の自由であり、学問や文学に関わる他の課題についても同様に研究することができる。文学局は、送られてくるあらゆる研究を満足して受理するものである。

したがって、研究分野は無限に広がっていたのである。ところで、修道会が互いに競い合う懸賞課題を運営していたということは、奇妙なことだといえなくもない。これは隣人愛の精神と両立しうるものなのだろうか。《文学局》にしてみれば、結論は疑いなく明らかである。

与えられた課題を、法に触れることもなく、わたしたちの現状のしきたりに触れることもなく、見事に解き明かした者には報いる術《すべ》はいくらでもある。文学局は、総会の同意と称賛のどちらも得た者に、最上の名誉をもって仕事をしてもらう用意がある。

報いる術《すべ》がどのようなものであるかは、苦もなく想像することができよう。精神労働に専念できるよう手仕事や礼拝の参加を免除すること、優秀だと認められる修道士のサン・ジェルマン・デ・プレ修道院への異動(6)、あるいは外国の図書館への研究出張などである。その理由ははっきりしている。「才能ある修道会所属者は、優れていると認められるための機会を逸しないよう望まれる」というわけだ。いま現在の組織で、もっとも実力のある研究者の業績に、これほどうまく報いた例はないだろう。

しかし、ランセが開始した改革は、この組織全体には脅威となる。一六八三年に公刊された『修道院生活の聖性と義務について』という彼の論文は、修道士たちの研究活動の乱れを批判するには十分に言葉を尽くしていない。「たとえもっとも聖なるものを扱っていても」研究活動は、精神のあらゆる面での「過剰」とあらゆる「情念」とを産み出す。すなわち「傲慢さ、虚飾に満ちた栄光、うぬぼれ、不安、妬み、隣人に対する軽蔑、好奇心(7)」などである。この書物に書かれた多くの部分で、サンモールの修道士たちは、それとなく、しかし乱暴に、自分たちが非難されているのだと感じていた。しかも、トラピスト修道院長のランセは、女子修道院で旧約聖書の読書を禁じたというではないか(8)。それに加えて歴史学的背景も不利に働いた。スピノザの『神学・政治論』は宗教に関する歴史研究の問題を複雑なものにした。聖書解釈学者のリシャール・シモンも、歴史研究に対して全般にわたって広がった猜疑心に高い代価を払うことになる。

なんらかの反応を示さねばならない。こうして論争が始まったのである。ランセに対してマビヨンは『修道生活について』という大著の執筆で反論に転じた。対してトラピストの修道院長はといえば、有力者に掛け合って、マビヨンの行動を見張らせ、なんとかしてその出版を妨げようとするが、果たせなかった。マビヨンの論文は一六九一年に公刊された。反論はたちどころに準備された。一六九二年にランセは、王立印刷局からその反論を出版することになる。国立図書館に所蔵されている豪華な四つ折り版には、王立図書館の紋章が付いており、王室の支持があったことを物語っている。これは修道院長に有利に働くことになるものであった。マビヨンも動揺するだけではなかった。彼は『「修道生活について」に対するトラピスト修道院長の反論についての考察』を同年に出版したのだ。

暴力沙汰になったのだろうか。そう考えると、交流において自分たちの立場にもっともふさわしく慇懃なる礼節をつねに心がけているこのふたりの宗教家の雅量を見誤ることになる。こうして和解のための会合が設けられた。マビヨンはトラピスト修道院に赴き、お互いに対する評価がふたりの間で取り交わされる。それから八日後、ランセは「会合はしかるべく行われた。この良き師ほど謙遜と学識をともに備えた人物を見つけるのは難しい(9)」と書くことになる。事態はここで収拾されるだろう。ランセは新たな反論を公刊するのを控えた。どちらも自身をわきまえ、お互いに戦いを仕掛けることはあきらめたのだ。

人や組織による論争とは別に、ただひとつの問題だけが奥底でくすぶっていた。すなわち魂の救済にとって、研究はいかなる価値を持ちうるのかという問題である。ランセにとって、知識の探求は単純に有害とは言い切れないものであるが、よくてもせいぜい無でしかない。研究は、魂を肥大させ、真の義務から遠ざけ、過ちと異端へとさらすことになる。「科学は修道士には奇妙な栄養である。彼らを損ね、心を混乱させ、彼らに死を刻印し、信仰と簡素さと純潔という彼らにあるべき充足感を根底から破壊しうるものである[10]」、とランセは書いているからだ。
この立論に対して、マビヨンはあらゆる次元におよぶ無数の論拠に基づいて対抗する。まず、歴史的な論拠である。ランセが修道士の学識の例を規則の例外として単純に棚上げにしているのに対して、サンモールの修道士は、ベネディクト修道会は設立以来、使命として研究への没頭を決しておざなりにしてこなかったという事実を見事に示してみせる。それがために修道院は、異端に対して弱点を見せることなく、武器を磨くことができたのだ、と。サン・ジェルマン・デ・プレの聖職者の、引用と参照にあふれた完璧な学識に対して、トラピスト修道院長の軽率な主張はもはや重みを持つことはない。

さらなる論拠は、道徳的かつ心理学的なものであり、各人に行きわたっている霊的原理・知的原理という本性に依拠する。「読書は、魂の栄養である」とマビヨンは書く。「魂に十分に栄養が行きわたらなければ、魂は飢えに苛まれ、あらゆることに対してもろくなるだろう。精神が敬虔なる読書によって恢復しないのであれば、いかなる実践もいかなる肉体労働も、そして神のための儀式でさえも、趣《おもむき》を失うであろう。心は渇き荒れ果て、霊的存在へと飛躍しようとする情動もその力を失うだろう。一度でも読書という油と栄養を取り上げてしまえば、その炎は消えてしまうのである[11]」。独房で読書する修道士の魂と、彼を照らすランプのゆらめく炎とを結びつける神秘的な描写は美しい。どちらからも大事な栄養を取り上げてはならない、さもなければそれらが照射する光を消すことになってしまうだろう。しかし、ここではサンモール修道会の修道士たちが行う文学の読書のみが擁護されているというわけではない。霊的読書もまた、擁護されているのである。

反対に、マビヨンが繰り広げたあらゆる論拠のなかで、とりわけはっきりとランセをあわてさせた神学的・意味論的な論拠がひとつある。ランセは教育のために、自分の修道会では新約聖書といくばくかの聖人伝以外の読書を禁じていた。それらを読みさえすれば、魂の救済への道のりが、過ちの危険もなくもっとも直接的に示されるというわけだ。一方マビヨンは、神の啓示の単純さは見かけにすぎないことを示す。もっとも簡単なテクストであっても、読者に神の啓示として理解されるような、あらかじめ決められた意味は提示されていない。テクストの意味は、研究と仕事を通してのみ与えられるものである。「イエスを見出すために聖書を注意深く研究する」よう命じるイエスは、まさにこのことを語っているのだとマビヨンは述べている(12)。

例外はあるものの、啓示とは、神と魂との障害なき交流の賜《たまもの》ではない。それはしかるべき根拠があってもたらされるものであり、原典を学術的に検証することによってもたらされるものだ。テクストは観念そのものではない。それは過度な単純化というものだ。テクストは、観念へといたるための手段にすぎない。そして文人の役割とは、素朴な読者の多くが、直接的啓示という幻想にとらわれてしまうそのとき、手段であるテクストの本性に従って、テクストを知ることなのである(13)。だれもが自分を良き読者だと考えているが、過ちはそこから生じてくる。読書とは、他の職業同様、学ぶことによって獲得される職能なのだ。こうしてマビヨンは聖ヒエロニュムスの一節を引用する。

人はみな、他のことには没頭せず、自分の仕事にのみかかずらう。だれもがその知識を自分のものだと主張するのは聖書しかない[14]。

ここから数多くの異端と、あるいは少なくとも宗教と真実にとって非常に危険な誤読というものが生じるのだ。今日も見られるように、十七世紀においても、テクストはそれ自身が語っているのだと信じる原理主義に対して、マビヨン師はどのような性質であろうと、たとえ神の啓示であろうとも、いかなるテクストもそれ自体が読者にその秘密を明かすことはないし、またその解釈はいつでも作られるものであり、この解釈は規則がなくてはなされえないということを喚起する。この分野では、思慮深さと科学性が推奨されるのだ。

こうして、テクスト一般、そしてとりわけ聖書の解釈学的領域をめぐる思索を経ることで、サン・ジェルマン・デ・プレの修道士はようやく、ランセの批判に対して、修道士たちの研究を擁護するのである。神の魂から離れるどころか、むしろそれは近づいている。

もう少し続けよう。学究の務めのなかにも慈愛のダイナミズムを見出すことは不可能だろうか。『修道生活について』は、文人の守護聖人である聖ヒエロニュムスの見事な思索を引用しつつ、この慈愛という言葉で閉じられる。

わたしたちは日々死ぬ。わたしたちの人生はあらゆる瞬間に変化する。しかしながら、わたししたちは不死の存在だと信じている。わたしが、筆記させたり、読書をしたり、書いたものを直したりする時間は、わたしの人生から引かれていく。わたしの指示下で書き続ける人々の文字の量は、わたしの日々から引かれる時間と同じである。わたしたちは書き、応答する。わたしたちの文章は海を越える。それを運ぶ船は、海原を割って波を起こす。その波は過ぎ去りゆくわたしたちの人生の瞬間である。わたしたちに唯一残された有益なこととは、イエス・キリストへの慈愛によってわたしたちはお互いに結びついているということだけである[15]。

筆を一筋入れること、人生のわずかな時間を犠牲にすること、これは同じひとつのことである。謙遜をもって内部からテクストを理解するために、人をテクストへと向かわせる運動は、慈愛の高揚するときに人を他者へと向かわせる運動と同じではないのか。註釈とは、偉大なる作品に宛てた手紙なのではないか。テクストは、わたしたちの隣人と同じように、愛しかつ奉仕すべき被造物として、わたしたちのもとに差し出されているのだから。そして、そうすることで文人の魂は救われるのだろう。

第16章 宗教

文人の神々は、彼らの存在を知らしめるテクストや文書がたえまない検証にさらされているという点で、つねに危うい立場に置かれることになるだろう。一般的には、文学的な知識は宗教と良好な関係を築くわけではない。中世では人文主義の組織力は強大なものと映りえたために、カトリック教会にとって、生まれつつあるその衝撃に耐えきるのには甚大な苦労が伴った。千四百年間たえることなく続いてきたカトリックの伝統は、その起源を神にあると主張してきたが、突如、ギリシア語という武器だけで武装した少数の文献学者との戦いにあたって、自分たちが丸腰だということがあらわになってしまったのである。カトリック的人文主義から宗教改革へ、宗教改革から自由意志へ、自由意志から無神論へといたる、神を否定する容赦なき運動はこのとき始動したのである。テクストの力に抵抗することができる者はいるのだろうか。

たとえ信仰を持っていても文人は、日頃から信じている神々以外の神々を礼賛せずにはいられない。ここに、確立された信仰に対してリスクを冒す可能性が出てくる。中世キリスト教徒のなかでもっとも偉大だった詩人でさえ、わずかな硫黄臭を発散せずにはいられない。マリアでもなく、イエスでもなく、教皇でもなく、『神曲』の神学はなによりも、愛され、失われたベアトリーチェという女性的フィギュールを中心にしている。教義から比較的独立しているところから、ダンテの詩がもつ普遍的な魅力がおそらく生じるのだろう。おそらく俗世は、キリスト教的世界観よりも受け入れやすいというわけだ。それがきっと文学ということなのだ。つまり、それが作られたときの歴史的・思想的状況の制約から、いずれにせよ免れているということなのだ。

どんなに高い聖性であろうと、あらゆるテクストには、宗教的権威に容易に甘んじることのない、混乱を引き起こす力がある。太古の時代から世代から世代へと繰り返しヴェーダの賛歌を暗唱してきたおかげで、ブラフマンたちは文法を発明し、「完璧な」言語であるサンスクリット（サンスクリットは「完璧」という意味である）の規則を永遠に定着させることになった。彼らは、自分たちが管理し犠牲を捧げる神々と、少なくとも同じ程度に、サンスクリットに仕えることになった。それでも神々はサンスクリットに嫉妬しなかったと断言することができるだろうか。

ユダヤ教のラビたちは可能であればもっと大胆にさえなるだろう。紀元後六八年、サンヘドリンの長、ヨハナン・ベン・ザカイが、エルサレム包囲を指揮していたウェスパシアヌスのもとに赴き、ヤーウェ信仰に留まり、学者を養成する学校の運営許可を申し出たとき、彼はユダヤ教に、他の宗教が経験したことのない、根源的な変容の礎を築くことになったのである。神殿を中心に組織された宗教から、テクストを中心とした宗教への変容。ヤーウェの賢者たちの指示のもと、トーラーの研究が供犠の儀式にとってかわったのだ。(1) たしかに、エルサレム神殿は破壊されたものの、神殿で受け継がれていた儀式はすべて、どんな些細な事柄も漏らすことなく、のちにタルムードとなる註釈集に記載された。人も財産もすべて失った信仰の代わりに、それらの記憶を全力で維持伝達する別の信仰形態が現れたのである。典礼の知識が、典礼そのものの実行にとってかわったのである。こうしてユダヤ教は、あらゆる水準において、イェシーバーやシナゴーグのなかで、まるで家族の間で行われるかのように、学識に裏打ちされた註釈・解説・議論が本質的に儀式となる特異な宗教となったのである。カバラという神秘主義へといたるには、その運動を論理的に展開するだけのことであった。聖なるテクストは、そこで属性と固有の神的な力を帯び、この世における無限と絶対のイマージュとなるのである。

聖なるテクストの存在がもたらす最初の影響は、その言葉を発した神を殺すことにある。テクストは友人として、潜在的な神そして野心のない悪魔に対して、あえて次のように忠告するのである。「話さないでください、書かないでください、そうすればとてもよい結果となります」。しかし、神々はつねに話しすぎるのであり、だからこそ解釈者が必要となるのである。ゆえに、テクストに基づく宗教は、公認された聖職者たちに曖昧な地位を賦与することになる。宝物の番人ほど監視される人はいない。その権力は監視されているのである。ところが、しばしばその監視がないときがあるのだ。聖なる書物、その註釈、その註釈の註釈に対する精緻な読解は、イェシーバーやコーランの学校で実践されてきたが、おそらくわずか一滴の自由と異端性とが欠けていたために、宗教的研究は厳密に文人の楽しみ・ゆとりと区別される。とはいえ、文人の楽しみが九世紀のベネディクト修道士たちに、アリウス派に対する聖アタナシオスの反駁と、ヨハネの福音書に関する聖アウグスティヌスの説教との間に、『サテュリコン』の一節を挿入させたのである。真の文人は、異物の混入を歓迎する。ラテン人たちはその行為を諷刺《サチユラ》と名付けた。文学とは、不純なものなのだ。

宗教がテクストに準拠するのをやめるとき、不変の正典を維持するための階層は不要となる。聖職者はふたたび文人に戻る。公認の聖なる文書がないということならば、どんな文書もその役割を果たすことが可能となるからである。一般的にホメロスとウェルギリウスは、古代の異教《パガニスム》にとっての旧約・新約聖書を体現すると言われるのだが、必ずしもそうとはならない。その仕組みは、実際には異なった動きをみせる。文学と詩は、聖なるテクストが欠如している場所に展開するのだが、その空白地帯のすべてを埋め尽くすわけではないのだ。ふたつの場所は、ぴったりとお互いの場所を補い合うわけではなく、そのすきまを埋めるために、口承伝承や慣習に回帰することになるのだ。

ところが、その伝承さえもが消滅してしまうと、そこに不安が生じることになる。無信仰者《パイヤン》はキリスト教徒よりも社会圏に依存しがちになる。キリスト教徒は現世に執着せず、福音書こそが、たとえ天上の存在であっても、彼らの住まう場所となる（イエスの山上の説教は、社会的迫害こそが天の王国へといたる最良の道だと説く）。無信仰者にこうした救いの機会はない。彼が生きる社会が彼を見捨てるとき、彼は新たな支えを、たとえば一種のパラレルな社会を形成しうる文学のなかに見出さなくてはならなくなるのだ。

プルタルコスに著作の大部分を書かせた背景にあるのは、当時支配的であった宗教が衰退していたこと以外のなにものでもない。彼は読書と思索、研究などあらゆる方法を駆使して、その衰退を埋め合わせなくてはならなかった。デルポイのアポロン神殿の祭司であったプルタルコスは、職務に伴う特権をおだやかに享受しながら、その職責を果たすこともできたであろう。しかし、もはやそのような時代ではなくなっていた。紀元後一世紀の末期、デルポイの聖域は見る影もなく衰退していた。都市国家も王国も、大使の派遣を中止していた。自国の存亡に関わる重大な政治問題を神託に諮《はか》ることは、もはやなかったのだ。供犠や豪華な奉納品を諸国が納めることはなかった。かつて紀元前五世紀には、リュディア王国のクロイソス王が、百十七個の白金の延べ棒で作った台座にのせられたライオン像を、こういっても異存はないだろうが、けばけばしくしか見えない恭しい身振りで奉納していたこともあったというのに。繁栄の時代の後に、盗掘の時代がやってくる。幾度となくこの聖域は盗掘にさらされ、最後の略奪者は皇帝ネロその人であった。ローマの別荘群を飾り立てるために、アポロンの聖域にある宝物のほとんどを――古代世界でもっとも美しい芸術品は神殿へと至る聖なる参道に陳列されていた――収奪したネロは最悪の強奪者であった。皇帝ドミティアヌス以降、ローマは失われた往時の輝きを少しずつ返還したものの、この露天の豪奢な美術館の面影は記憶にしか残っていない。

プルタルコスの任命は、この神託所の復興という文脈で理解されるべきことであるが、彼自身、この再興になんの幻想もいだくことはできなかった。デルポイが偉大であった時代は過ぎ去ったのだ。

この聖域の黄金時代には三人の巫女が交代で神託を告げていたが、その当時となると、ほとんどの仕事はひとりで十分こなせる程度であった。プルタルコスは、実質的には仕事のない名誉職の地位を大いに活用していた。特急列車に乗って遠くの大学で講義を行う現代の教授のように、デルポイには住まず、そこから三十キロほど離れた生まれ故郷の小さな村カイロネイアに居を構え、徒歩、あるいはロバの背に乗って通勤した。彼が、この聖地に訪れるためにカイロネイアを離れるのは、おそらく月一回ほど、巫女が神託を告げる準備をする土曜日ごろのことであった。

安穏として祭司をしていられるのは、統括する聖域が没落したことにあることを、プルタルコスが見抜けないわけではなかった。アポロンの儀式のために時間を費やしたのと同様、プルタルコスは、研究や学識、そしてまさに、この時代から取り残された神託所がいかにして没落したのか、その原因の検証に時間を費やした。この平穏さは、精神を空にするための単なる休息ではなく、絶対的に必要だったのである。宗教の伝統が消滅しかけた世界においては、記録することによって、最後の信徒たちのあらゆる知識を、墓に埋もれてしまう危機から救い出すことが大切なのだ。文字は――あるいは文学は――精神の救済のために飛翔する。プルタルコスは、異教徒のヨハナン・ベン・ザカイだったのだ。プルタルコスに委ねられた信仰に関する、もっとも網羅的で正確な記録を残しただけでなく、デルポイのためにしてくれたことを、古代世界のためにもしてくれたのだ。カイロネイアの市民であり、皇帝たちとも親密に交際したプルタルコスの歴史書・道徳書は、古典古代がわたしたちに残してくれたもののなかで、おそらくもっとも非凡で百科全書的な知識大全となっている。当時のひとりの人間が知ることができたことのすべてを知っていたプルタルコスは、知る以上のことをしてくれた。その知識を書き残してくれたのだ。マルグリット・ユルスナールがみずからのノートに記していたフロベールの手紙の巧みな一節を引いておこう。「神々はもういない。キリストはまだ現れない。キケロとマルクス・アウレリウスの間には、たったひとりの人物しかいない時期があったのだ」[(2)]。プルタルコスは、永遠にわたってこの特異な時期の証人としてあり続ける。文人とは、世界を受け渡《パサー》す人なのだ。

　文人はまた、世界を葬る人でもある。抑圧されたものが突如回帰する可能性がある忘却よりも、ずっとはっきりと、知はその対象を沈黙させ、窒息させ、とどめの一撃を加える。ゆえに文人は、受け渡す人といえるのだ。しかし、それは地獄の渡し守のカロンと同じで、地下の世界へと魂を送り込むことを意味する。神々でさえ、この旅行から帰還してはこないだろう。プルタルコスが古典古代でもっとも有名かつ謎に満ちた物語で語っているのは、まさに、神々ひとりひとりの消滅なのだ。以下は、ラブレーによって忠実に再現された物語である。

　修辞学者アエミリアヌスの父エピテルセスが、さまざまな商品や多くの旅人を乗せた船に乗り、ギリシアからイタリアに向かっていたときのこと。夕方近くになって、モレアとチュニスのあいだのオケアノス群島付近で、風が凪いでしまい、彼らの船はパクソイ島の方に運ばれてしまった。島に接近したときには、眠っている乗客もいれば、起きている乗客もいたし、なかには飲んだり食べたりしている者もいたのだけれど、だれかがパクソイ島から〈タムースよ！〉と大音声で呼ばわるのが聞こえてきたという。この叫び声を耳にして、一同はびっくり仰天した。タムースというのは、エジプト生まれの船長の名前であったのだが、若干の乗客を別とすれば、その名前など、みんな知らなかったのだ。また再び、その声が聞こえてきて、おそろしい叫び声で〈タムース〉と呼んでいる。だれひとり、それに答える者はなく、全員が黙りこくって、身を震わせていた。そして三回目、それまでにも増して無気味な叫びが聞こえてきた。そこでタムース本人が、こう答えた。〈わたしはここだ。なんの用事だ？　どうしろというのだ？〉すると、その声はさらに大きく響きわたり、〈パルデスの港に着いたならば、「偉大なる神のパンが亡くなられたぞ」と触れまわって、知らせてくれ〉と命じたのだ。

エピテルセスの語るところでは、この言葉を聞いて、水夫も乗客も、だれもが啞然として、ひどく怯えたという。そして命じられたことを黙っているのと、いい広めるのと、どちらがいいか、みんなで相談した。船が追い風に乗った場合には、黙ったまま通りすぎるつもりだが、海上が凪の場合には、聞いたことを知らせる、というのが自分の意見だとタムースがいった。やがてパロデス港の近くに来たところ、風も潮の流れもなかった。そこでタムースは舳先に登ると、陸地に目をやって、命じられたとおりに〈偉大なる神のパンが亡くなられたぞ！〉と叫んだ。するとい い終えないうちに、陸地の方から、深いため息、大きな嘆きの声やざわめきが聞こえてきたけれど、それはただひとりのものではなく、何人もが声をそろえてのものなのだった。多数の人間がその場に居合わせたから、この報せは、あっという間にローマ中に広まった。当時のローマ皇帝ティベリウスは、人を送ってタムースを探させると、本人から話を聞いて、その言葉を信じた。また当時、宮廷にも、ローマにも、たくさんいた学識者たちに、このパンとは何者かと問い合わせたところ、彼らの報告によって、それがメリクリウスとペネロペのあいだの息子だと判明したのだ。(3)

以上が、語り手のパンタグリュエルには「奇々怪々」に感じられる「物語」である。あまりにも奇々怪々なので、ラブレー自身の想像力から直接作り出された話と見紛うほどである。ところがそうではないのだ。プルタルコスによる原典では、事件はエピテルセス本人から聞いた人物によって語られ、数人の聞き手たちも、エピテルセスの息子のアエミリアヌスから聞いたと証言している。間接的証言の数と質から判断して、この逸話の真実性に疑いを差しはさむ必要はない——。プルタルコスはこの点を、意図的に、重々しく強調する。というのも彼の話は、役割を与えられた神霊《ダイモーン》たちの死によって神託の消滅を説明するよりも(これ以外にも、刺激的ではないが、より合理的な仮説がこの対話の後で挙げられていく)、純粋に口頭によって伝えられた異様な証言に、書かれたものの権威を与えることが重視されているからだ。これこそが、文人の本質的な身振りのひとつである。永遠に残すために伝承を集めること、そして、かつてあったという理由だけで、もはや存在しないとされてしまうかつてあったものに、現在と近い未来にわたって存在を与えること。一般通念とは異なり、未来と現在は唯一の過去と少なくとも同じ程度には重要なのだ。

　この観点からみると、プルタルコスの企ては成功したといえるだろう。偉大なる神のパンが亡くなったという物語がわたしたちの時代まで生き残りえたという事実は、パンタグリュエルが性急に主張するように「それが、数々の歴史学者や学識者たちによって書かれることで確実とされた」からではない。実際のところ、その功績は、ピュティアをめぐる対話篇の著者その人〔プルタルコス〕に帰せられるのである。というのも、驚くことに古典古代のいかなるテクストもこの話を伝えていないからだ。ティベリウスの耳に届いた後も、この話の痕跡は残されていたのだと考えることもできただろう。たしかに、エイセビオスからニーチェにいたるまでに、ラブレーやヘーゲルを経由するなかで、この物語の註釈は途絶えたことはなかった。ひとりの神霊の死、異教全体の消滅、宇宙の神の死（パンはギリシア語で全体を意味する）、さらにはイエス・キリストの死、これらの死のみならず、そのほかの死も含めて、そのすべての解釈がなされたのである。しかしその解釈が可能となったのは、一世紀と二世紀の端境期にボイオティアの小さな村に、この物語を語る決心をしたひとりのギリシア人の賢人が存在したからこそなのだ。この文人の存在を正当化するのは次のこと以外にない。すなわち、話された言葉を書き言葉へと、事実を知識へと、過去を未来へと、変換させること。ラクタンティウスが提案する、おそらく誤っていると思われる語源学によると、宗教（religion）は「ふたたびつなぐ（religare）[4]」ことにその本質があるというがそうであるなら、文人には、歴史のふたつの地点、ふたつの場所、ふたつの文化、あるいは、ふたつの存在の間をつなぐ以外の宗教を持ちえまい。人文学は、この糸にのみ執着するのだ。

　しかしこのつながりは、活性化するほど逆に窒息をもたらすものとなる。このつながりが永遠化しようとする過去に、控えめに、そして効果的に終止符を打つことで、現在をやせ細らせてしまう。実際、物事の通常の推移においては、現在は忘却によって、過去の唯一正統な相続者であり当然の継承者とされる。つまり、過去の全面的な消去は、過去が与えるべきものを与えたという証拠となるのだ。過去は、そのすべてを過去になにも負うところがないと、賢くも無知のままに信じている現在のなかで生きているのだ。ところで、過去を人工的によみがえらせ、過去を死者の国から呼び起こす文人は、世界の秩序を覆すことになる。かつてあったものを再創造するどころではなく——厳密にいえば、かつてあったものは二度とその存在を取り戻すことができないのだから——文人は、そのイメージと模造品をこしらえるのだ。すなわち、亡霊を。そしてこの亡霊は、あるいはこの場合、亡霊の亡霊、すなわちパンの亡霊は、生者、神々、そしてデルポイの神託を司る神なるアポロンを安心させるために作られたのではない。というのも、プルタルコスの語りのなかでは、死ぬことで、偉大なるパンは二度死ぬことになるからである。一度目は皇帝ティベリウス統治の時代に神霊として死に、二度目はパンより高等な存在も免れることのできない普遍的な死の、繰り返し解釈され、再解釈されるし、あるいは象徴として死ぬ。プルタルコスは、対話篇の続きの最後になって、神託の消滅に関するまた別の理由に言及するときに武装を解くふりはしているものの、第二の死は、最初の死よりも怖れるべきものであるという。とはいえ、神々をこれほど近くで脅かすことはほとんどないのだから、結局同じことである。ニーチェなら、このことを想起しうるだろう。

神々はつねに文人が語る内容を怖れる。アポロンの祭司であればそれが賛美であっても、あるいはとりわけそうであるからこそ、なおさら怖れるのだ。こうして、デルポイの神殿に掲げられる謎めいた〈E〉《エプシロン》という文字についての、プルタルコスのもうひとつのピュティアをめぐる対話篇の登場となる。この蘊蓄あふれる対話篇では、議論の参加者たちによる教養と学識の印象深い競演が繰り広げられていくなかで、多少とももっともらしいさまざまな仮説が引き合いに出されている。ギリシア語のアルファベット五番目の〈E〉は、古代世界の五人の賢者、あるいは自然界における数字の5の重要性と関連づけられ、さらには信者たちが神託を願う際に「わたしは……かどうか知りたいのです」というときに使う、「……かどうか」を意味する接続詞のE（ギリシア語では、「ei」あるいは「e」）という語と関連づけられることなどだ。しかし最終的には、神学的に異論の余地のない説得力を備えているひとつの解釈が有力視されることになる。アポロンに向けて発される「汝あり（ei）」を意味するEは、神々のみが真の意味で存在に与り、その一方で、死すべき本性をもつものはすべて、時間のめまぐるしい流れに流されるということを示している、というのだ。対話篇は、存在と神的なものについての見事な考察で、古代ギリシア・ローマの散文のなかでももっとも力強いページを締めくくっている。モンテーニュは、『レーモン・スボンの弁護』の最後で、ほとんど逐語的にこの部分を再録している。

われわれは、存在に対して、いかなる関与《コミユニカシヨン》ももちえない。人間性というものは、つねに誕生と死の中間にあって、自己については、曖昧で漠然としたイメージと、不確かで、弱い意見しか示さないのだから。もしも仮に、じっと一点に思索を集中して、その本質をつかまえようとしても、それは水をつかもうとするのに等しい。その性質からして、どこへでも流れていくものを、ぎゅっと押さえつけるほど、しっかりつかまえようと思っていたものは失われてしまうのだ。このように万物は、ある変化から別の変化への移行を免れないのであるから、理性がそこにリアルな実体を探し求めても、永遠に存続するものをなにも把握することができずに、失望するしかない。なぜならば、すべては存在し始めたばかりで、まだ全体となっていないか、あるいは、生まれないうちに死に始めているかのいずれかなのだから。

このように人間性は永遠の変化に従属することを示してから、プルタルコスは存在の言及に立ち戻る。

では、真にあるものとはいかなるものなのか。それは、永遠にして不生不滅のものであり、一瞬の時でさえこれに変化をもたらすことがないものである。なぜなら、時こそは、何か動くものとして、動かされる素材と共に現れ、いつも流れつづけて留まることがない。まるで生成消滅の容器のようなものだからである。したがって、少なくとも『やがて』とか『以前に』とか『あるだろう』とか『なった』とかいう表現は、おのずとそれがあらぬものであることの告白だということになる。というのは、存在の中にまだ生じていなかったり、すでに存在を止めていたりするものがあると語るのは、ばかげた奇妙なことだからである。そしてとりわけ、われわれがそれに注意を集中して『ここにある』とか『現にある』とか『いま』とかいうさいの時の部分も、理性がこれに深く沈潜すれば、やはり無に帰すことになる。なぜなら、その時の部分は必然的に未来と過去の方向へと押し出され、それを見ようとする人びとの眼からまるで光のように消え失せてしまうからだ。そしてもしも、測られる側にある自然がそれを測らぬものと同じ状態にあるのだとすれば、そこには何一つ留まっているものも、あるものさえなく、すべては時との関係によって生成し、消滅するものであることになるだろう。したがって、あるものについて『あった』とか『あるだろう』とか語るのは許されることでさえない。なぜなら、それらは本性的に存在のうちに留まることのないものの何らかの変化であり、変容だからである。(5)

プルタルコスにおいては、神殿に掲げられる名高いふたつの銘文を明快に総合することで、対話篇は締めくくられる。

しかしながら、少なくとも『汝あり (ei)』という表現には『汝自らを知れ』という銘文がある意味で対応しあっているばかりではなく、何らかの仕方でむしろ両者が調和しあってさえいるように思われるのだ。なぜなら、前者は、永遠にあるものとしての神に対する畏怖と崇敬の念をも

って唱えられるのに対して、後者は死すべき人間に対してその本性の無力さを想い起こさせる言葉だからである。(6)

これ以上巧みにデルポイの神に崇敬を示すことはできるだろうか。高度な神学的考察と、聖域の物質的現実とを——遠い過去の儀式、神秘的な記念碑群、謎めいた碑文——これ以上濃密に接続させることは不可能であろう。

おそらく、そこにこそ問題がある。というのも、プルタルコスのおかげで（他者の言葉を伝承すること——まさに文人の名誉である）今日まで保存されてきたヘラクレイトスの断片によれば、「デルポイの神託所の主は語りもしなければ隠しもしない。ただ徴《しるし》を与えるのみ」(7)だからである。アポロンのしるしと聖域に控えめに掲げられた〈E〉を、哲学的言説と概念的思索に変換すること、これは、神々のしるしを言語とロゴスの記号にすることで、「口利かぬ物たちの言語」(8)を決定的に裏切ることではないだろうか。『レーモン・スボンの弁護』のなかでプルタルコスを長く引用した後、モンテーニュは、この「異教徒によるこれほどの宗教的な結論」に驚き、困惑を感じているようである。アポロンの祭司がなんらかの仕方でキリスト教徒的に振る舞うからではなく、この教養を備えた異教徒に、彼が管理する信仰の原理とは、問題を来すことになる矛盾をはらむ、言葉と合理化に対する信仰が透かし見えるからである。プルタルコスが印象深い肖像を描き出している、この永遠かつ不変の神性は、実のところデロス島に生まれ、デルポイの神託所を創立する前に大蛇ピュトンを退治した神よりも、はるかに哲学者たちの唯一神に似通っているのである。不動の神は、これほどの冒険に満ちた人生を送ることはできまい。プルタルコスは冷静だった。対話篇ではプルタルコスの代弁者とおぼしき人物が、アポロンと太陽を同一視し続ける信者に対して、神性のより成熟した理解の高みへと引き上げる[9]。いまや神話は過ぎ去ったものなのだ。

　結局、偉大なるパンの死の物語に比べると、文人の哲学的・神学的議論は、デルポイの神をより効果的に殺す方法だといえる。パンの死の物語は、それでも、美しい歴史が作られるきっかけとなる。ひとりの神の死をめぐる記憶、あるいは墓というものは、永遠に存在し続け、わずかでも機会に恵まれれば、そのうえで奇跡すらも起こりうるだろう。一方で、合理的・超越的な神は、人間の織りなす歴史に深く関わってはこないのである。ひとりの文人がいかに既存の宗教の擁護に躍起になったからといって、神々の死を早める以外なにもできない。プルタルコスの憂鬱は、おそらく、この身を切られるような認識に由来している。

第17章 論争

文人の世界とは、人間の感情には動かされない空間であり、腐敗を免れた原初の天国の断片であり、学知が平和裡に浸透するよう与えられた島であり、わたしたちの世界を暗澹とさせる軋轢とは無縁の島であるなどと、無邪気にも信じる人は苦々しい失望を味わうはずだ。文人の人生ほど平和からかけ離れているものはない。たしかに賢人たちのくりひろげる戦いで、血が流れることは稀である。流されるのはある種の規則性に従ったインクだけである。しかし、ペン先は鋭利な刃物なのだ。

偉大な作品、埃をかぶった史料、忘れられた手稿を頻繁に閲覧することは、諸存在の関係を和らげるどころか、むしろ反対に、それらの不協和音を強調することになる。人間の条件を超越した事物、すなわち、人間の一生という時間の限界をはるかに超えて存在するテクストという対象とたえまなく接触し続けるとき、太古より続く伝統が遺した議論に参加しようと決心するとき、そして、死者との対話に入り込むとき、社会との単純な折り合いがくだらないものに見えてくることが懸念される。書物の尊厳を前にしては、人間の尊厳は持ちこたえることはできない。文献学的真実は妥協に悩むことはないのだ。

賢者たちの知がもたらす長い時間感覚のなかに生きる人にとっては、現在起きている心配事、一時的な契約、子どものころからの友情などを重要視することは難しいことなのだ。テクストの社会は、人間たちの社会を圧するのである。書物を頻繁に閲覧することが、よこしまな情動を抑制するとか、それに拍車をかけるという意味ではない。そうではなく、個々人を隔てる壁のなかに個人を閉じ込めようとする社会的な超自我を除去し、それを、一般的な社会性とほとんど相容れることのない治外法権の意識へと替えてしまうという意味である。

とりわけ知られているのが、賢人の守護聖人となっているヒエロニュムスの怒りである。彼と意見が対立してしまうと、不愉快な結末を味わうことになる。彼の旧友アクィレイアのルフィヌスと偉大なるアウグスティヌスのふたりは、そのことを身をもって味わった[1]。侮辱の嵐がふりそそぐのだ。ヒエロニュムスを非難したひとりは、ギリシア語のロバ(onos, asinus)とラテン語の鼻(nasus)を組みあわせて作った造語「ロバ鼻(Onasus)」[2]呼ばわりされるし、他に「玉なし連中[3]」と誹謗された者もいたのだ。

ヒエロニュムスは別の振る舞いができなかったのだろうか。彼の人生が、ギリシア語とヘブライ語で書かれたもっとも信頼性の高い聖書原典から、可能なかぎり忠実なラテン語訳を作ることに捧げられたと考えるとき、この桁外れの難事業にけちをつける人は、「澄みきった泉の水（fontis unda purissimi）」よりも「泥混じりの小川の水（caenosos riuulos）[4]」を好む輩だという非難に十分に値するだろう。テクストの正確さは、並外れた労力の末に得られるだけに、その正確さにおいて妥協してはならないのだ。

この下界とは異なる基準に従い、社会の規範からはずれた激しさと無骨さに満ちた文人の怒りは、聖なる怒りである。その怒りは、異なる現実、超越した現実、すなわち俗世には知られない固有の法則に準じたテクストの現実の存在をあらわにする。中国の文学的伝統の創始者で、礼法と宇宙的調和の伝道師である孔子でさえ、上に立つべき者が伝統的な規則を軽んじるとき、その不機嫌を抑えきれないのである。[5] 独裁者や文明の敵のすべてに対して、文化の継承にとって不可欠な怒りという反権力を用いることは容認されるべきである。

ほとんどの場合、文人の怒りの犠牲者になるのは文人自身であり、より正確にいえばその他の文人、同僚、あるいは少なくとも文人と自称する人々である。ひとりの文人の目から見て、その他の人々が文人の呼び名に値しないとか、文人の名を騙《かた》っているという疑いをかけられる可能性はつねにあるからだ。文人気取り、あるいはむしろ生半可な文人だと。自分より学識ある文人にしばしば出会う人は、むしろ偽学者たちの群がる世界にいるという確信の念をさらに強くする。

こうした論争で見過ごすわけにはいかないのが、ニーチェの第一作『悲劇の誕生』が契機となった論争であろう。この十九世紀の哲学の歴史を画する出来事のひとつは、興味深さにおいてはその内容に匹敵する文人たちの論争からはじまったのである。

今日、ニーチェの読者の多くはこの思想家から、高揚、純粋な周縁性、あらゆる原理と知からの解放、あらゆる価値や制度に対する反逆といったイメージを抱きがちである。それはゆえなきことではないが、こうした評判はやや安易にすぎ、煽動的であり、結局は完全に伝統に反した思想に迎合するものである。すなわち、世界に対する唯一効果的な抗議とは、社会とのしがらみを断ち、文化的ルーツから解放された個人によってしかなされえないというものだ。しかしそれは反対なのだ。少なくともアドルノが主張して以来、文化の研究と深化は、社会のあり様に対する本当の批判とはなりえないということは周知のことだからだ。[6] 思い切って、現代の理想の革命家像とは無知な人物なのだと一言加えてみることもできるだろう。

ニーチェのもたらした哲学的な革命に関していうならば、その進み方はまったく反対である。というのもその革命は、歴史的・文献学的真実の探求という名において行われるからである。[7] 当然のことだが、それに関連して想起されるのは、ニーチェがわずか二十五歳でバーゼル大学の古典文献学教授に任命されたという事実である。この任命に偶発的要素はまったくなかった。十年後にこの職を辞した後の残りの人生においてさえ、彼は文献学的探求にとりつかれ続けたのだから。

彼の眼には、古典古代の著作の研究と現代人の批判との間に直接的な関係性があるように見えたのである。伝統的な人文主義者が考えていたように、古典古代に現代性があるとか、現状に似たものが見出せるといったような理由からではない。その反対だ。本当の文献学者とは、ギリシア世界に、わたしたちの持っている諸価値に還元できないものがあることを認める者なのだ。彼は、その世界とわたしたちの世界との間に歴史の介在しない継続性があることを安易に想定するというあまりに広まりすぎた見方を拒絶する。そして、まさに古代のテクストが文献学者に差し出す根源的な他者性に気づくことにやぶさかでないがゆえに、文献学が自己の認識のための、とくにふさわしい方法となるのである。

「ギリシア文化をその全体で理解すると、それが終わったということがわかるだろう」とニーチェは、死後に出版される『われら文献学者（*Wir Philologen*）』と題された手記のなかで述べている。「それゆえ、文献学者は、わたしたちの教育や育成に対する大いなる懐疑論者なのである。これこそが彼の使命だ。ヴァーグナーやショーペンハウアーのように、新たな文化の覚醒が期待される力を予知できるなら、文献学者は幸せである。」[8]

今日でもなお、ギリシア語とラテン語教育の擁護者は、わたしたちの社会のすべてが古典古代に負っていることを示すことがもっとも説得的だと考えている。しかし、そうすることではからずも敵の罠にかかってしまうのだ。古代がわたしたちの精神に通底しているという理由だけだったら、古代人たちを経由することなく、わたしたち自身に直接関心を持つべきであり、ジャーナリズムや社会学のデータのみを読むべきだからである。これはすでに十分に行われていることだが、古代研究の手際の悪い弁護による、自閉した現代の教育法の補強には役立っていないようにみえる。

実際に主張しなくてはならないのは、これとは正反対のことだ。まさに、古代人たちは根本的にわたしたちと似ても似つかぬものだからこそ、彼らの著作は真剣に読まれ、研究されるに値するのだ。恒久的な下部構造の上に生活していることを信じている世界、あるいは同じことだが、表面的な新しさしか認めない世界において、文献学者はもっとも近くから観察する者である。古典作品のみならず、イデオロギーと感情も検討すべき対象となる。これは、文人の知を構成する規則と、文献学の分析方法と同じ方法によって検討がなされる。古代ギリシア語研究者は、テクストの誤植を見つけたり、正しい読み方を吟味したりしながら、その出所を確定するのと同じように、諸価値の系譜をたどり、誤解をのぞき、その訂正を提案する。ニーチェの試みはこれ以外のなにものでもなかった。文献学的探求が哲学へと舵を切ったこの特別な瞬間こそが『悲劇の誕生』なのだ。

しかし、青春期に書かれたこの著作の野心は一見すると、まだ限定的である。『音楽の精髄からの悲劇の誕生(9)』というもともとのタイトルには、その野心の基層の直感がうかがえる。アッティカ悲劇は本質的に音楽的なものだという事実が完全に忘れさられたことを、ニーチェはあらゆる学者たちを相手に示そうとした。これが文献学的手法による証明の第一段階である。第二段階はさらに哲学的かつ審美的な次元にある。本当の悲劇はすべて音楽的なものだと証明し、同時にヴァーグナーの起こした革命を援護すること。

しかしながら、タイトルそのものの書き方からしてすでにこの企ての限定的な失敗がかいま見えることとなる。人間の活動に関わる誕生とか、比喩的な精髄といった用語の使い方は、文献学的研究においてしかるべき地位をもっていないからだ。著者自身、この青年期の試みに、熱狂的かつなかば神秘的な特徴をのちに見出すことになる。ようするに伝統的文献学の枠組みに則っていると主張しているにもかかわらず、議論を十分に尽くさず、学問的基準を満たしていなかったということなのだ。(10)

しかし、ニーチェ自身がその失敗を告白する前から、彼が属していた大学界《アカデミズム》は、容赦なくこのことを彼に知らしめようとしたのである。文人を演出することで、論争がこの業界に固有の卓越性と繊細さの雰囲気を作りだしていると考えてはならないだろう。その反対に、非難の大波は次第にうねりを膨らませながら、若き学究に対して、その最大限の力をあびせかけるだろう。(11)

ニーチェは当初、献本したのにもかかわらず受け取りを知らせないライプチヒ大学の年老いた指導教官のフリードリヒ・リッチュルの沈黙に不安を覚え、彼に驚きの意を示した。リッチュルは丁重に返答したが、その手紙からは彼の感情がはっきりとうかがえた。倍率の非常に高いバーゼル大学の教授職を手にした偏愛する愛弟子の第一作は、リッチュルを深く失望させたのだ。ニーチェのたどる哲学的な論理展開が、文献学に固有の厳密さから遠ざかっていくことがはっきりとうかがえたのである。リッチュルのような老学究に受け入れがたかったこととは、ニーチェが知識にではなく、芸術にのみ人類を救済する特権を与えたことだった。(12) というのも、バーゼルの新任教授が文献学の傑作として著したこの著作が逆説的に、最後の段階で、文献学の実証主義的基盤に——ニーチェは芸術の力への賛歌をそれに対抗させる——非常に敵対的であることがあらわになったからである。

リッチュルだったから失望を穏便に表現できたのだ。だが、他の文献学者も同様というわけにはいかないだろう。文献学に対するニーチェの裏切りは、塹壕戦ともいうべき苛酷な戦いを引き起こすことになった。両陣の対照ぶりは際立っていた。一方は少数で、学問的正統性に欠けているものの、輝かしい才能に恵まれている。もう一方は無名だが、学者の共同体をよりよく代表していた。ニーチェのまわりには、バーゼル大学の同僚で、有名な歴史学者ヤーコプ・ブルクハルトと、やはり文献学の同僚であるエルヴィーン・ローデがいた。さらに、リヒャルトとコジマのヴァーグナー夫妻が論争に騒々しく介入してきた。正面には、それ以外のほとんどすべての者たち、たとえばドイツの文献学界のほぼ全体が対峙していた。相手陣営の見解は、秀才の集まることで名高い高等学校プフォルタ学園のニーチェの若き後輩、ウールリヒ・ヴィラモヴィッツ＝メレンドルフの冴え渡る論駁に表明されている。

一八七二年一月に『悲劇の誕生』が公刊された。著者の周囲からは熱狂的な歓迎を受けたが、その後沈黙が続き、稀に反応がある程度であった。たとえば、ある者は文献学からニーチェは失われてしまったといい、また別の者はニーチェの試みを一笑に付した(13)。では、いったいどこから論争の大々的な攻撃は仕掛けられたのか。そして、それは一回だけだったのか。

最初に示された敵意は間接的なものだった。ローデが好意的な書評を準備したが、『文学中央誌(*Literarisches Centralblatt*)』および『文献学年報(*Philologischer Anzeiger*)』というふたつの雑誌から掲載を拒否されてしまった。書き直しを経て、文学的影響力のない純粋な政治誌『北ドイツ一般新聞(*Norddeutsche Allgemeine Zeitung*)』に掲載された。

これが一八七二年五月二十六日のこと。この日から、すべてが加速する。五月三十日、ベルリンでヴィラモヴィッツの手による「バーゼル大学古典文献学教授フリードリヒ・ニーチェ氏の『悲劇の誕生』に対する反駁」と副題の付された「未来の文献学！」という攻撃文が発表された。[14] 六月二十三日、ヴィラモヴィッツのやり玉に挙げられたリヒャルト・ヴァーグナーが、ニーチェを擁護する内容のニーチェ宛の公開書簡を『北ドイツ一般新聞』に発表する。十月十五日、ローデはライプチヒで発表されたヴァーグナー宛公開書簡のなかでヴィラモヴィッツを猛烈に非難した。最終的には一八七三年二月、ヴィラモヴィッツは、ニーチェの作品を「救済する試み」に対抗して、攻撃文の続編を発表する。

ニーチェのその後の思想形成に継続的に影響をもたらし、その結果、哲学史そのものにも影響をおよぼすことになったこの記憶に残る論争のなかで、卓越した文献学者たちは論争に伝統的に使われてきたアイロニーと誹謗というふたつの形式を恥じることなく用いた。とりわけヴィラモヴィッツは前者のアイロニーを多用した。タイトルに感嘆符を使うことで、ニーチェの著作のいささか興奮気味の文体を公然と揶揄しているのだ。

では、この若き文献学者はニーチェのどの部分を批判しているのだろうか。ニーチェが、古代悲劇を「歴史批評的方法論」にのっとり、「歴史現象をそれが起こった時代の諸条件のみを手がかりにして理解する」[15] どころか、ショーペンハウアーとヴァーグナーを起点に解釈することで、文献学をまったくのところひっくり返してしまったという点だ。ニーチェの文献学は、過去から未来へと向かうのとは正反対に、未来から過去にさかのぼるという意味でのみ、「未来の文献学」なのである。そしてヴィラモヴィッツは、ニーチェがみずから主張するディオニュソス主義を十全に引き受けるべきだとうながすのである。

彼は、ディオニュソスの杖をとり、ギリシアに向けてインドから旅立つべきである。しかし、彼が学問を授ける教授職は辞するべきである。そしてドイツの若き文献学者たちではなく、虎と豹をみずからのまわりに集わせるべきである[16]！

未来なき「未来の文献学」に込められたアイロニーは痛烈だ。しかしニーチェは最終的に、多くの点で、この若き同僚が差し向けたプログラムを実行することになる。彼は教授職をなげうち、ニースやイタリアなど南方に向かい、哲学的言説の新しい形式を発明することになるだろう。

友人のために、ローデは若き攻撃者を作法通りに処刑する役割を引き受けた。ヴィラモヴィッツが内容に関わる議論に終始したのに対して、ローデは、個人攻撃で対抗することに良心の呵責を感じることはない。彼の反駁文においては、最初から最後まで、敵は「哲学博士（Dr. phil.）」としか呼ばれなかった。品位には欠けるが、対陣の教授群（ニーチェとローデ）との地位の違いを見せつけることによって敵を誹謗する手っ取り早い方法だ[17]。

加えて、ローデは無礼になることを気にもかけない。彼の書いた反駁文のドイツ語のタイトル（Afterphilologie）は「遅れた文献学」という意味であるが、これはきわどい多義性をもてあそんでいる。つまり、ヴィラモヴィッツがニーチェの「未来の文献学」に対抗して主張する学問は「過去に属し、過去に向けられている」ものであるというわけだ。しかしドイツ語の After という接頭辞は文字通りには肛門を意味している。したがって「遅れた文献学」は、「文献学の最後尾」、そして、ひどいときには「最低の文献学」となる。文人の研究の行く末はこのようなものなのだ。

とはいえ、ローデばかりを性急に責めないように。ヴィラモヴィッツは、罵りでは彼に数段先行しているからだ。その攻撃文の冒頭のエピグラフに、アリストファネスとおぼしき失われた詩句を数行引用し、間接的にニーチェの著作を「男色行為（katapugosunê）」ときわどくあてこすっていたではないか。[18]ギリシアの偉大な悲劇作家のほとんどだれにも知られていない断片を引用するという、学識の悦びのきわみは、ここでは侮辱する快楽へと直結している。文人ならではの快楽。そしてこのゲームの勝利者は、あちこちに教養あふれる引用とほのめかしをちりばめたヴィラモヴィッツであることに異論の余地はあるまい。

さらに歴史が彼に軍配を上げることになるだろう。一八七二年の時点では無名にすぎなかった「哲学博士」は、同時代でもっとも有名かつ信頼に足るギリシア語学者となり、最後はベルリン大学学長にまで昇りつめたのである。この時期には、このような相手に対して、激烈かつ不毛な論争に巻き込まれてしまったことを悔いている。

無意味な後悔だろうか。おそらくそうであろう。しかし、ヴィラモヴィッツの文献学者としての職業的成功と、論争家としての才能との間に興味深い関係があるとすれば、それは、どちらも一方なしでは成立しがたいということだ。[19]その見かけによらず、情熱というものは文人にとって実存の核となるものを形成する。論争と怒りは、日常生活におけるのとは決して一致しない価値の諸段階や暴力の限度とともに、情熱の一般的なメカニズムに組み込まれているのだ。これほどまでに日常の生活とは縁遠い困難な仕事に専念すれば、人々や世界との関係をいやがおうにも変容させることになる。

さらに深奥では、文人の生活と論争との間の絡み合いは、本来的には共存しているのである。それというのもヘラクレイトスが「争いは万物の父である」[20]と述べたように、争いはまた、真なる知の父であるからだ。真の知というものは、対立するものの対峙によってのみ姿を現すのである。とはいえそれも、ある知に対立するものが非知でないかぎりでの話ではあるが。いずれにしても、きりがないとはいえ、成果がないわけではない論争において、今日、ニーチェとヴィラモヴィッツという永遠の好敵手のふたりを参照しないことには、アテネの悲劇が正確にはどのようなものであるのかは知ることはできないであろう[21]。大義のある争いなどおそらく存在しないが、知識人の争いには大義があるのだ。

第18章 アカデミー

一四八六年十二月七日、ローマにあるエウカリウス・シルベールという印刷業者から、思想史のなかでももっとも驚嘆すべき書物のひとつとされる一冊が出版された。正確にいえば、それは書物でさえなく、むしろ、表紙のない四つ折り版で三十六枚にもわたる長大な招待状ともいうべきもので、次のような書き出しではじまっている。

以下に続く九百項目にわたる弁証法的、道徳的、物理学的、数学的、形而上学的、神学的、魔術的、カバラ的な命題群は、我自身の手によるものもあり、カルデア、アラビア、ヘブライ、ギリシア、エジプト、ローマの賢人の手によるものも含まれている。これらについて、我ことコンコルド伯ジョバンニ・ピコ・デッラ・ミランドラは公開で討論を行う予定である(1)。

さらに次の内容が加えられている。

これらの提題《テーズ》についての討論は公現祭〔旧典礼暦では一月六日〕の後に行われる。それまでは、これら提題はイタリアのすべての大学において公開される。哲学者や神学者のなかで議論をするためにローマへの来訪を希望する者は、その旅費については著者がみずからの財産から拠出する。(2)

本来、公開討論への招待自体は驚くべきことではまったくない。学生が博士論文《テーズ》審査を受ける際、大学の掲示板にその内容を掲示することは習慣となっていた。当時、提題は一枚の紙に要約されるものであった。

ピコの場合、ひとつどころか九百にもわたっているのだ。個々に見るとそれぞれは短いものである。一文に満たないものもある。これら提題の簡明さにもかかわらず、根源的に、その意味と射程がここでは変容しているのである。スコラ哲学の神学者、アラビアのアリストテレス学者、古代ギリシアの哲学者、新プラトン主義の神秘主義者、カバラ学者から借用されたこれらの命題が全体となって表すのは、それらが土台において共通しているという点である。いい換えれば、一見すると対立するようにみえる、かくまで多くの学説に通底している永遠の哲学なる存在である。(3)

ピコ・デッラ・ミランドラはコンコルド〔調和〕伯という称号を無意味に名乗ったのではない。こう名乗ることで彼は、イアンブリコス（「天体はそれ自体有害な影響をおよぼすことはない」）から、イブン・スィーナー〔＝アウィケンナ〕（「腐敗から人間を作り出すことは可能である」）にいたる、またヘルメス・トリスメギストス（「世界には、生のないものはない」）から、その影響下にある魔術師（「魔術を行うことは、世界を結婚させることにほかならない」）にいたる、あるいはキリスト教神学（「アダムが罪を犯していなかったら、神は顕現し、しかも十字架に架けられなかっただろう」）からカバラや（「十という数字にある四つの文字について説明しえるカバラの専門家であれば、いい表しえない名前から七十二文字よりなる名前を導き出す方法を知ることになるだろう」）、その反対の命題（「カバラ学者がたとえば、来るべき世紀に聖者たちによって維持されてきた輝かしい鏡の中で我々は列聖化されるべきだと主張しているが、彼らの論理にしたがえば、聖者は神の子の名において列聖化されるべきだという我々の主張と同じことである」）にいたる、(4) 思想の歴史全体と対峙しているのだ。その著者たちになおも根強い名声を与えているかくまで大量の提題が、当時二十三歳でしかなかった、有史以来もっとも博学な人物によって発表されたのである。

つねに知的で、しばしば謎めいていて、ときには顰蹙《ひんしゅく》を買うものの、最終的には世界に対する統一的な認識となる九百の提題というわけだ。三千年にわたる宗教的、神秘主義的、哲学的伝統が遺したあらゆるテクストが織りなす矛盾を検討することによって、永遠なる哲学（philosophia perennis）の誕生と宇宙の原理の啓示が用意されつつあったのだ。その現場に立ち会うには、一四八七年の公現祭に続く数日間の訪れを待ちさえすればよかったのである。

残念なことに、この素晴らしい計画は、計画のまま潰えた。これら提題が示すそれぞれの真実の意味とともに、永遠なる哲学は永久にわたしたちに知られることはないだろう。九百の提題をめぐる討論会は開かれなかったのだ。教皇インノケンティウス八世がそう決定したのである。委員会が開かれ、九百の提題のうち十三箇条が追及された。ピコはローマから逃亡し、サヴォワ地方で逮捕され、パリに移送されてからヴァンセンヌ城に監禁されたが、最後にソルボンヌ大学の圧力によって解放された。(5)この事件に関して、ソルボンヌ大学は教皇庁に対して若き碩学を擁護することを決してやめなかった。コンコルド伯自身、当時イタリア学派の華麗ではあるもののやや漠然とした雄弁よりも、ほとんど剝き出しの知を飾ることなく強調する、パリの大学で実践されている無味乾燥ともいえる論争方式に対する偏愛を表明していたのである。(6)数年後、ピコはフィレンツェで没した。享年三十一歳。死因は明らかではない。

それでも、九百の提題を著した著者によって実行されることのなかった計画から、思考は決して一個人によって産み出されるのではないという観念が残った。この観念は、従うにせよ抗うにせよ、人は伝統とともに思考し、あるいはまた、従うにせよ抗うにせよ、人は同時代の人々とともに思考するというふたつの相互補完的な様態をとる。知は集合的なものである。そこから次第に三つの関わりが浮かび上がることになるのだ。つまり書物と書物との関わり、人と人との関わり、そして人と書物との関わりである。

たしかにピコが深く影響を受けていたスコラ学者たちも、このことを知らないわけではなかった。

しかし、文献研究に没入していた若き伯爵のとてつもない企てから、中世の大学とは異なる知識人の共同体が必要とされていることがわかりはじめた。その共同体では、思考の勝ち抜き戦や、自由な討論が行われる開かれた空間が必要とされている。そこでは、集団的な真理の探究は、外的圧力や、学位の授与に必要となる過度な形式的規則などに屈することはない。その空間は、知的で友好的なのだ。議題に上る問題群が重要であれば、そこはいっそう友好的な空間となる。最終的にはピコの口から発されることはなかったが、開会式の感動的な演説草稿において、彼が「闘技場」とか「文学体育場(literaria palaestra)」と呼ぶ場所がその空間のことなのだ。(7)

この点については、はるか以前にアリストテレスが『ニコマコス倫理学』のなかで理論化していた。

智者の場合は、たとえ自分だけでいても観照的な活動を行うことができるのであり、それも、より智者であればあるほど、ますます然りである。はたらきを共にするひとびとを有しているならばおもうにいっそういいであろうが、それでもやはり、かかる活動を行うところのひとは最も自足的たることを失わないのである。(8)

「智者(sophos)」という語には、文人や賢人も含意されていることに留意しなければならない。さて、逆説的であるが、智者というのは人々に囲まれるほどより自足的となる。「はたらきを共にするひとびと」によって彼の自由度は高まるのである。いずれにしても、この協力者に主人の基本的経費を援助するだけの単なる従僕の姿を見てしまうのは、この言明の独創性を過小評価してしまうことになるだろう。「生に必須なもろもろの事物」という問題は、『ニコマコス倫理学』の数行前ですでに扱われており、アリストテレスはここでは別のことを主張している。彼が念頭に置いているのは、師であるプラトンが創設したアカデメイアにおいて、また彼のリュケイオンにおいて実践された集団による真実の探求のことなのだ。

これらをモデルとしたアカデミーが、十五世紀末期にイタリアで広まりはじめる。ゲミストス・プレトンとマルシリオ・フィチーノの着想から誕生したフィレンツェのプラトン・アカデミー、パノルミータとジョバンニ・ポンターノとがナポリで開設したアカデミー、ジュリオ・ポンポーニオ・レトがローマで開いたアカデミー、アルドゥス・マヌティウスがヴェネチアに創始したアカデミーなどはその一部にすぎない。むろんピコによるアカデミーもありえたはずだ。ところが、教会は異なる判断を下したのである。

礼儀正しく討論をするというのが、アカデミーの設立原理であった。礼儀作法によって議論が妨げられることはない。むしろその反対で、議論を可能にするものだ。論争が自由に行われるのは、論敵が互いに致死の深傷を負わせないという保証があるときのみである。この学術的《アカデミック》礼儀というルールは、一六六三年に《王立碑文・メダルアカデミー》という名で設立され、その後《王立碑文・文芸アカデミー》へと改名した団体の規約に明確に記されている。フランスにおける文人アカデミーの典型となったこの団体は、もともと国家記念碑の碑文やメダルの標語の起草を担ったが、時の推移に従ってその活動は人文主義的学識に関わるあらゆる領域へと拡大した。それは、言語、文学、歴史の研究はもとより、地理学にまでおよんだ[9]。

一七〇一年の詳細な規約によると、四十人のアカデミー会員は、火曜日と金曜日の週二回、三時から五時の間にルーヴル宮殿にて会合をもつことになっていた。会合日が休日の場合、前日か翌日に行われた。また九月八日から十一月十一日にかけては休暇期間であり、大きな宗教行事のある時期（「クリスマスから公現祭にかけて」、および復活祭の二週間、聖霊降臨祭の一週間）には会合は開かれなかった。休暇以外の時期に会員は、「二カ月以上個人的な事情で欠席すること[10]」はできなかった。以上の事実は、アカデミーの本質が会合にあることを示している。

十八世紀以来、その役割については過度な変容をこうむることはなかった。そのため、今日そこに出席する者は、会合の進行が極度に儀式化されていることに驚かざるをえないだろう。会合では、各会員がかわるがわる「著作の一部分[11]」を提示することを要請され、他の会員の審査を受けることになっている。恐ろしいまでの試練である。この制度が真に機能するのは、あらゆる誹謗中傷から距離をとった、相互の信頼関係が構築されている場においてのみなのだ。規約の第二十四条ではこのことが明文化されている。

アカデミーは、会員の一部が別の見解を示す場合において、彼らが、演説や文章において軽蔑や敵意のこもった言葉を使わないよう厳粛に見守っていること。また論争が感情的にもつれたとしても、アカデミーは彼らには節度をもって話すよう推奨するものである。[12]

この思いやりの規則は、アカデミー会員でない人物の作品を評する場合にも適応される。会員は「価値評価をする際、批判はせず、そこから得るところのある視点のみ提示する」[13]ことになっている。こうしてこのアカデミーは全幅の信頼と尊敬とが学識の自由な拡大に寄与する、体系化された平和な世界として現れるのである。

この平和が幻想にすぎないからこそ、この規約は知の秩序に内在する凶暴さを覆い隠す優雅な覆いとして機能しているのだろうか。奇妙なことに、一七八六年、国王が《王立碑文・文芸アカデミー》に新しい規約を賦与するときには、交流に礼儀正しさを求めるあらゆる条項が取り払われることになるだろう。第二十三条は次のような文面となった。

各年金つき会員および準会員は、アカデミーの総会にて読まれるために、自身の手になる著書を毎年提示すべし。名誉会員および自由準会員もまた同様の義務が課せられる。また出席した会員は、読んだものに対して所見を表明することが可能である。[14]

アカデミー会員の言論の自由をこれほど素っ気なく際立たせるものはない。これは無味乾燥な官僚主義的な行政文書の文体であり、この文体の普及は、ルイ十六世治世下においてすでにさまざまなところで見出されるものである。誕生して一世紀で、礼儀正しさはすでにアカデミーの第二の本質となっていたために、そのことを明記する必要がなくなったということなのか。それとも反対に、アカデミックな品行が後退しているなかにおいて、細部に異なる点はあるにせよ、数年後に荒れ狂うことになる革命の暴力の予兆をみてとるべきなのか。後者の仮説のほうが正しいという可能性は高い。年月を経ることで学問は、儀礼に満ちた貴族社会的な慣用に対して、独自の要求をするようになったはずである。論争と口論は、最終的にはつねに社交的談論を踏み越えていく。進化する文人たちの共和国がたどり着く先は、関係の表面的なおだやかさでしかなく、そのもっとも完成された形がアカデミーという制度なのである。

今日でもなお、板張りの豪華な部屋で開催される《碑文・文芸アカデミー》の会合では、会員の発表に対して同僚がある誤りを指摘するとき、それがどのような形で表明されようと、彼がどのように機転を利かせようと、その指摘に内在する暴力性というものは覆い隠すことはできないのである。あらゆる努力をしてもなお、この瞬間は苦痛であり続けている。公式的には知識人の領域から遠ざけられはしても、闘争のメカニズムはいつでも、新たに頭をもたげている。

外の凶暴な世界から守られた閉鎖的なユートピアであり、学識の集団的な生産にのみ集中するアカデミーは、ピコ・デッラ・ミランドラが作り上げようと空しくももがいた幻想であるが、それは今日でもなお有益かつ必要な幻想であり続けている。とはいえ、幻想とはもろいものだ。知の楽園から追放されるには、知恵の木に触れさえすればよい。これがコンコルド伯の九百一番目の提題であった可能性はあるだろう。

第19章 政治

文芸が共和国の外部に位置するからという理由でのみ、文芸共和国というものは存在する。かけ離れた世界である文芸は自身に固有の法則を課すのである。ところでこの自律性は、国家《シテ》にしてみれば耐えがたいものである。

『ニコマコス倫理学』で、アリストテレスは政治家を、賢者や哲学者、すなわち「観照（theôria）」に没頭する人と関連づけて論じている。政治家はもっとも偉大な名誉を享受するが、その活動はなお本質的に功利的なものである。つまり活動そのものが目的なのではなく、自分自身や国民の向上、すなわち国家の幸福という別の目的のために政治活動を行うのである。[1] 智者の活動は、それとはまったく異なっている。

この活動のみがそれ自身のゆえに愛されると考えられるであろう。まことに、この活動からは観照という活動それ自身以外の何ものも生じないのであるが、これに対して、実践的な諸活動からは、われわれは多かれ少なかれ行為そのもの以外に獲るところがあるのである。(2)

政治家と比較する以外に、文人の営みの自律性をこれ以上巧みに説明しうるだろうか。アリストテレスは観照という語に、まさに文人の営為をこめていたのではないだろうか。研究や真実の追究よりも、この真実を実際に所有していることがここでは問題になっており、神秘的な歓喜に近い宣言が伴っているのである。(3) いずれにしても、真実の追究がその所有の前提となっているとすれば、所有しているということの特徴は、たとえその度合いがわずかであれ、その追究のただなかに存している。とりわけ、観照に固有な「自律性」「自己充足」あるいは「自足性(autarkeia)」(4) はそうである。かくして、文人が行うような真実を得る目的で研究することは、この自足性を享受するためである。それがおおげさならば、少なくとも、そこに向けてあらゆる努力を惜しまないということになる。

さて、文人の自足性は——実際のものなのか希望なのかどうかは重要ではない——対立するふたつの結果を導くことになる。まずは、それは政治的な意味における自由を措定する。この自由は、諸権利をすべて認められた市民に付随するものである。ただし奴隷が文人になりえないということではなく(古代、家庭教師をつとめる奴隷や従者の身分の人々が存在した。そのような身分であっても彼らは文人であった)、学芸の知識は、必然的に自由な空間を持ちうる者に開かれている。それがたとえ隷属的な条件であってもである。完全なる奴隷的存在は、文人にはなれないのだ。たとえ、内的で純粋に知的な次元における自由であっても、知識こそが自由にしてくれる。いわんや、文人が自由市民であるとき、学芸から吸収した高次の自由が、多くの場合、市民的責任を十全に果たせるだけの能力をその文人に賦与し、事情をわきまえたうえで行動させることができるのではないか。『テュアナのアポロニウス伝』で著者のフィロストラトスは、ギリシア人哲学者のアポロニウスが、友人のデメトリオスやムソニウス・ルフスらとともに、ネロやドミティアヌスといったローマ皇帝といかに華々しく対立したかを伝えている。(5) 皇帝たちはあらゆる脅しを用いたのにもかかわらず、彼らを沈黙させることができなかったのである。文人の自由は、文人でない者の自由よりも効果的である。だからこそ、あらゆる政治的企てにおいて教育が重要となるのだ。このことに最初に気づいたのが『法律』を著したプラトンである。(6) そして民主主義に基づく国家において、以上のことはよりたしかなことなのである。

とはいえ、文人の自律性がもたらす効果は倒錯的なものだ。その自律性ゆえに、文人は自身の帰属する国家の周縁に位置せざるをえない。というのも、自律性が自分自身に固有の法ないし規則を賦与しうる政治的システムそのものとして特徴づけられ、とくに自由国家における政治のあり方を定義しているものだとすれば、それは文人を、国家の他の部分と共有すべき国益から遊離した特殊な目的を備える自律的な小さな共和国の一種として、必然的にみなすことになるからである。みてきたように、アリストテレスはこのことを指摘し忘れることはなかった。文人の活動の場合、それ自身のなかに固有の報いがあるという事実は明らかに、外的財産の獲得を目的とする政治的活動とは対立する。こうして文人は、きわめて曖昧なところに位置せざるをえなくなる。その知恵のおかげで、国家で権力を行使するためのあらゆる権利が得られることになるが、反対にそのまさに同じ知恵のせいで、彼は国家から隔離され、政府への参加を妨げられることになるのだ。より悪いことにはその豊富な知識ゆえに、文人は国家にとっていかがわしい存在となる。公益に無関心な自律的小国家が国の内部に形成されるのを許容することができないのが、総じて国家というものだからだ。

わたしたちに遺されたテクストだけで判断するならば、アリストテレスはこの問題を完全に解決したわけではなかった。智者を「他国人」[7]として扱い、国家に参加しない者とみなす。その結果政治に奉仕する者を持ち上げてはいても、アリストテレスは観照に没頭する者をもっとも幸福な存在とする。とはいえ観照に没頭する生活が、市民の生活とどのような関わりがあるのかは決して示さなかった。この哲学者がこの点について、きわめて曖昧な態度をとっていることは注目に値する。[8]青春時代には独立した民主主義国家であったアテネへの称賛と、征服者であるマケドニア人国家に対する忠誠心とに引き裂かれたアリストテレスには、解決の仕方は他に残されていなかったのだろうか。少なくとも、アリストテレスがアテネでリュケイオンを開校したのは、ギリシア人がマケドニア人に敗北したカイロネイアの戦いの後だったという事実は留意しておく必要があろう。この戦いでアテネ人はアテネにいながらにして他国人という身分になるのである。この波乱に富んだ歴史的背景がおそらく、哲学が一方で政治への積極的参加への賛歌と、侵略者によって権力を奪取されてしまった市民に残された唯一の資源である観照的な生活への賛歌との間で、さまよわざるをえないという事実を説明しているのだろう。この運命を決した瞬間よりこのかた、知識人の政治的参加という決定的な問題は、今日まで宙づりとなって、文人たちの生活をかき乱してやまないのだ。

　こうしてアリストテレスほどではないものの、ジュリアン・バンダもまた件の問題を明確に解決できたわけではなかった。バンダは名高い攻撃文書で、同時代の「知識人が政治的情熱の利を図り始め(9)」、そのうえ、たとえその度合いが小さなものであっても、知識人＝聖職者《クレルク》としての使命に似つかわしくない実践的な利益にかまけるようになったと非難した。たしかに彼のように、知識人を「その活動が実際目的を追求するのではなく、芸術、科学、形而上学的思索などの働き、ようするに、非世俗的な財の所有に喜びを求めつつ、いわば、『わが国はこの世にあらず』と言う人々(10)」と定義するのであれば、したがって文人を天使とみなす定義を認めるのであれば、知識人たちは実際のところその使命を裏切って、同時代の論争に不明瞭な形で巻き込まれるということになる。しかしまた、この定義が正しいかどうかもたしかなことではあるまい。世界から離脱する場合、「わが国はこの世にあらず」と述べるだけでは不十分である。まさにその反対であって、世界の法律とは異なる法に従う人々に、世界は脅威を感じる傾向があるのだ。そのうえ、暴力を伴う糾弾はすばやく行われるので、手続きという偽善によってその暴力性を隠蔽することは決してないといってよい。総督ピラトはイエス・キリストに有罪判決を出さなかった。とはいえ、彼は磔《はりつけ》には反対しなかったのである。自足する文人という存在は、巨大な危険にさらされているのだ。

また、バンダであっても知識人に対して、「正義と真実の宗教を、非実践的な価値として」、いい換えるなら「国家や階級や自己自身の利益から完全に遊離した」ものとして「公に説くのであれば、公共広場」に出頭する権利、ないしは義務を認めている。(11)さらにエラスムスやカント、ルナンの名を引用することも認めている。しかし、偉大なる抽象的な原理のみへの関心から導かれる立場と国家の生活における具体的な行動との境界は、見た目以上に区別しやすいものではないものの、国家というものは、みずからの都合のいいところにその境界を位置づけることができるものなのだ。その結果、ときには文人にとって決定的な結果をもたらすこともある。

文人が生きるところに、自由と自律性がある。いい換えれば、文人というのは本性上、危険な人物なのだ。その例は、はるか遠方の地に見出すことができる。孔子の人生は、魯から斉、斉から魯、魯から衛へと、君主たちの不確かともいえる引き立てに応じて移動する遍歴のうちに終わる。東洋における文人の父は、たとえ自分の命を危険にさらすことになっても、助言を授ける政府を、歴史に記された模範となる国家と比較しつつ非難することを抑えることはできなかった。文人の政治は、現在に対するたえまない不満に発するものであるが、最終的に権力の掌握へといたることはない。それは反権力なのだ。

『論語』のなかでも美文の誉れ高い一節で、孔子は弟子たちに訊ねている。「私が少し年長だからといって、私に遠慮することはない。お前たちは寄ると触ると、世の人は私の価値が分かっていないと不平を言っておる。では、もしお前を買おうという人が出てきたとき、何をしようとするのか〔遠慮なく言ってみよ〕」と。弟子たちは、国家の要職へ就きたいという隠れた野心をあらわにする。老師〔孔子〕はそれに微笑で答えるのみで、曾点のほうに顔を向ける。

曾点は瑟《しつ》を弾じていたが〔話を聞き、自分も考えていたのか〕、ときどき〔弾じく〕瑟の音が聞こえていた。しかし〔老先生に問われたので〕からりと瑟を置き、立ち上がって、こうお答え申し上げた。「私はお三方の考えと異なっております」と。しかし、老先生が「なにも構わない。それぞれが自分の気持ちを言うまでなのだから」とおっしゃられたので、〔曾点はこう話した。〕「春も末のころ、新しい春服を着て、成人が五六《ごろく》人、童子が六七《ろくしち》人、打ちつれて沂水《きすい》へ行き、そこで顔や手を清め、舞雩《ぶう》、あの雨乞い壇に上って春風に吹かれつつ遊び、日暮れのころ、歌を唱いつつ家路につきたいと思いまする」と。老先生は大きく溜息をつかれてこうおっしゃった。「私はお前の気持ちと同じだ」と。(12)

老師によるこの同意は意味深い。曾点の反応は、わたしたちが文人に期待する反応としてもっともふさわしいものである。兄弟弟子とは異なり、軍隊を指揮しようとか、小国を運営しようとか、儀式を執り行おうなどとは彼は考えない。だからといって政治性が減じるわけではない。実際、文人という存在そのものによる政治の乗り越えをはっきりと示すために、師が弟子とともに毅然として国家の要職から背を向けている文人の共同体が理想とされていることを、ここにみないわけにはいかないだろう。自然との調和と友情と詩情がここにはある。既存の政治の乗り越えはまた、別の政治のあり方を示しているのだ。そこでは文人の共和国を統べる原理が適応される。これについて、孔子はわたしたちに次のように伝えている。曰く、文人は政治のための政治を望むことなく、観照的生活のみを追求すればよいのだと。政治はそれに加えて早晩やってくる。なぜなら、そうなれば政治は、それ自体を目的とする必要がなくなるのだから。このように孔子の例は、アリストテレスが結局触れないままであった観照的生活と政治的生活とを接続するための鍵を提供する。すなわち、観照的生活はそれ自体で政治的提案として出現するのだ。政治はそれを受け入れるにせよ拒絶するにせよ、早急にそれを考慮することになったであろう。

したがって、四世紀下った漢の時代に、帝国の官吏に文人を採用する科挙がはじめて実施されるにあたっては、陰影に富んだ孔子の思想はいくぶんか単純化し、こういってよければ歪曲される必要があった。東アジアの大半で採用され、二十世紀初頭まで存続したこの官吏登用制度は、イエズス会が西洋諸国に導入する決定をするにいたって、世界的な成功を収めたのである。それでも、文人の世界と権力の世界とのある種の軋轢は存続していた。ときにその軋轢は、過度な暴力として現れた。前二一三年、始皇帝は、儒家の正典を焼き払い、多くの学者を生き埋めにする焚書坑儒を行った(13)。この弾圧が徹底的に行われていたとしたら、孔子の名前があらゆる記憶から消えていただけではなく、帝国の過去の痕跡さえ消え去っていただろう。完全にまっさらな土地で無から再出発すること、これはあらゆる革命にみられるユートピアである。こうした野望の前では、文人たちの存在は当然深刻な問題となり、唯一彼らを取り除く運動の拡大のみが解決策となる。

しかし権力と学者の対立がこれほど全面的に現れるのは稀である。多くの場合は、一個人が犠牲となるだけで終わる。日本において学問の神様とされる菅原道真の例はこれにあたるだろう。秀逸な学生だった道真は、任官後その才能を開花させ、醍醐天皇の朝廷で右大臣の地位にまで昇りつめた。これは、左大臣に次ぐ高い地位である。しかし、左大臣をつとめていた権勢を誇る藤原家の若き長者は、一介の学者ふぜいに代々続く藤原氏の特権を脅かされることに、長く耐え続けることはできなかった。突如道真は解任され、都から遠く離れた地に左遷となる。二年後の九〇三年、道真はその地で逝去する。(14) これが文人の運命である。権力の頂点にあってもなお、文人は周縁にあり続けるのだ。

しかし道真の物語は、この失意の死をもって終わるわけではない。死後まもなく、都は、台風、火事、疫病など異変にあいついで襲われた。亡き右大臣の祟《たた》りだと怖れた人々は、彼の怒りを鎮めるために神としてまつりあげることになった。それから時を経た現在でも、日本の多くの神社では道真が学問の神様、天神として信仰されている。その教訓は明白だ。文人にとって、天皇の大臣に任命されるよりも、死後の名声を得るほうがはるかに易しいということである。

ボエティウスやトマス・モアもまた同様に悲劇的な経験をしている。前者は〔東ゴート王国の〕執政官、後者は〔イギリスの〕大法官の地位に昇りつめたが、彼らをその地位にまで引き立てた権力者による手ひどい裏切りゆえに死刑に処せられた。

学芸は政治との、他の手段による継続、ないしはそのための下ごしらえである。なんぴともそれについては誤ってはいない。道真の政敵、キケロの政敵もしかり。キケロはカエサルの味方によって権力から遠ざけられると、哲学的行為のなかへと退避したようだった。その『共和国論』のなかでキケロは雄弁に、観照的生活と政治的生活の関係について考えるところをすでに述べていたのである。すなわち、状況が賢人の力を必要としたとしても、その人物が権力の行使について理論的かつ実践的にまえもって準備ができていないのなら、彼に国を救うよう求めたとしてもそれはばかげていると。そして、彼の個人的体験を喚起するのもばかげていると。その体験とはカティリナが共和政ローマの転覆を謀ったときのことである。

しかしそのさい、わたしは、もし当時執政官でなかったなら、何をなすことができただろうか。さらに、騎士階級の出身でありながら最高の名誉に到達したその経歴を幼少より一筋に歩まなかったら、どうして執政官となることができただろうか。[15]

特異な立論である。幼少より一筋に賢人に政治的生活に参画することを求めることで、キケロは彼自身が標榜するギリシア哲学の伝統的な思想とは、反対に向かおうとしているようである。しかしこの矛盾はうわべだけのものであって、そもそも文脈が異なるのである。キケロのこの考えが意味を持つのは、よく統制された政治的キャリアの果てに政府の要職への就任が可能となるような、極度に階層化されたローマ共和国の枠組みにおいてだけである。一方、アテネでは民主主義的なゲームによって、原理的に全市民がいつでも権利を行使する可能性があった。したがって、ローマで国家を救うため政府に参加するためには、文人といえどもひとつずつキャリアをステップアップしていかなければならないのである。

逆にいえば、政治的生活から距離をとる賢人の退避というものは、キャリアをすべてこなした後では一時的なものでしかありえない。古代ローマの歴史のなかで、第一級の学識者に押し上げることになる決定的な論文を執筆していたキケロもまた、そのように考えていた。同様に、彼には不幸なことではあるが、とりわけアントニウスといった彼の宿敵たちも同じことを考えていたのだ。アントニウスは、自身に向けられたキケロの度重なる弾劾演説「フィリッピカ」にひどく苛まれていたので、キケロの首級をあげることをたえず望んでいた。最終的には、若きオクタヴィアヌスが支援を約束したくたびれた雄弁家キケロの目的が権力の掌握だと気づいたとき、アントニウスの望みは叶うことになる。運命の究極的な残酷さ。刺客の手を逃れ、別荘に逃げ込んだキケロは、「学問教養を」[16]仕込んだひとりの解放奴隷の若者に裏切られることになる。その後、キケロの義理の姉はこの裏切り者に苛烈な処罰を科すことになった。この男に「自分で自分の肉を少しずつ切らせて火であぶり、それを無理やりに食べさせた」[17]という。まさに恩師に与えた運命を生きながらに再現したかのようであった。師を裏切ることによって、彼は自身の肉体を死へと明け渡したのではないだろうか。

それからかなり後のことになるが、キケロが亡くなって、共和政としてのローマの最後の防壁は崩れ落ち、国の新たな元首たちはラテン語文学の再構築に向けて躍起になる。並行して、ローマでは新しいことであるが、皇帝たちは次々に図書館を建設していった。ホラティウスやウェルギリウスのパトロンである資産家アシニウス・ポリオがその口火を切ると、ティベリウス帝、ウェスパシアヌス帝、トラヤヌス帝がそれに続く。アウグストゥス〔初代皇帝〕は自分のために二棟の図書館を建設したが、最初のものが建てられたのは彼の邸宅に近いパラーティヌスの丘のアポロン神殿であった。栄光のただなかにある帝王による、偉大な著述家への死後のささやかな手向けである。プルタルコスを信じるとするなら、[18]キケロを見捨てたアウグストゥスは、キケロに対する尊敬と称賛を惜しまなかったというのだが、本当だろうか。おそらくそうなのであろうが、より信憑性が高い説は、古代ギリシア、王立図書館の創設者であるシャルルマーニュのフランス、議会図書館のあるアメリカにおけるのと同様、ローマでは、図書館は権力を飾る存在であるとともに、道具としての役割も果たしていたという説だ。文人が国家から逃げ出すのは国家にとって危険すぎるのだから、多くの蔵書の存在は、彼らを監視する都合のよい手段となっているのだ。それがゆえなきことではないのは、文人たちが潜在的につねに裏切り者だからである。

　文人たちを恒久的に管理下におくために、アウグストゥスが宮殿に図書館を併設したのは、おそらく正しい判断であった。おそらく皇帝は、キケロが逃げ出した方向を刺客に教えた若者の名前を覚えていたのだろう。プルタルコスは彼の名を伝えている。その若者の名は、文を愛する者《フィロロゴス》であった。

第20章 戦争

文人たちにとって戦争ほど不都合な状況はない。文学はここではもはや無用の長物でしかないのだ。文化を破壊するとき、戦争はその代価を明らかにする。

それでも区別をしておこう。かつての戦争は、研究と絶対的に相容れないものではなかった。研究推進のために戦争が行われたことさえあったのだ。ナポレオンが元帥というよりも研究所所長として振る舞ったエジプト遠征がそれである。東洋学者《オリエンタリスト》、考古学者、地理学者、測量技師、博物学者、天文学者、芸術家こそが、この比類なき遠征における真の英雄だった。一七九八年五月十九日に出発した遠征軍が帰還したのは一八〇一年である。征服は短期間であった。しかしここから、テクスト版九冊、図版版十一冊の記念碑的事業『エジプト誌』が作られることになり、王政復古の時代にようやく全巻が出版された。知識は帝国よりも、持続的かつ貴重なのだ(1)。

征服は一時的なものでしかないと、いつだって軍人は気づいていたようだ。少なくとも優秀な軍人ならなおさらである。有能な戦略家ができたことなら、それを別の戦略家が解体することだってできるのだが、反対に、書物は存続する。戦争は本性上、書かれるものであり、戦いの後に、勝利や勝者の行軍の実録といった多くの記録が残される。敵は征服しなくてはならない。しかしとくに征服すべきは時間なのだ。かつて将軍の書き手は存在した。その嚆矢となったのがクセノフォンとカエサルであるが、この事実は無意味なことではない。時代を下って、モンリュックが、そしてド・ゴールがいる。低い階級では、武具と文学との結びつきはより不安定なものとなる。文章を書く軍人は、軍人であった作家ほど多くはない。スタンダールもクライストもヴィニーも軍人としての人生を早くに放棄していた。

ところで、ポール＝ルイ・クーリエ大尉には特別な地位を割り当てる必要があろう。ナポレオン軍の軽砲部隊の勇猛果敢な大隊長であり、比類なきギリシア学者でもあったクーリエは、イタリア遠征の際には行く先々で図書館を訪ね、ギリシア語写本を照合してまわった。フィレンツェでは、ロンゴスの小説『ダフニスとクロエ』の八ページ分の未刊行部分を発見する。パルマで読んだクセノフォンの『馬術について』は、騎兵将校には時宜を得たものだった。クーリエにとってクセノフォンは、古典ギリシアの他の作家とは別格の存在であった。彼は第一に兵士なのだ。「わたしの旅はひとりではありませんでした。クセノフォンがいたのです。つまり良き連れとの旅でした」と、クーリエはヴァチカン図書館館長ガエターノ・マリーニ閣下に書き送っている。「フィレンツェでは、劣悪な写本を三冊照合しました。苦労したわりにはそれらにはなんの価値もないという確信しか得られませんでした。閣下がお持ちの一冊とパリにある一冊のみが、有益な成果をもたらしてくれました。これらを手がかりに推測を重ねることで、数節を復元し、それについてはほとんど直すところはなくなりました。一言でいうならば、兵士ができることはすべてやったつもりです。学者が知り得ないことを、「餅は餅屋」という法則に従って解説したのです[2]」。まったくこれは、軍事的以上に文献学的な遠征の物語であった。少なくとも表面的にはそうである。そのことは、最後のホラティウスの「餅は餅屋（その道の人がその仕事に従事する)[3]」という意味の引用がことさら際立たせている。いい換えるならば、唯一騎兵だけが、馬術に関する論考を正確に編集できるということだ。こうして馬上の学者は、室内の学者に力添えをすることになる。

文人である兵士は、同類の著書を読むのを好む。移動がつきものであるがゆえに、書物が少ないことを甘んじて受けざるをえない軍人の図書館は、逆境にある仲間たちの溜まり場と化す。エリートという外面の保持に汲々とする古代の戦争において真実であったことは、よけいなものを背負い込みたくないという民主主義の近代戦争においては、なおさら真実となる。以前より稀になった待機する時間は、稀になったという意味で近代戦争では貴重である。アルベール・ティボーデは次のように証言している。「兵隊用の鞄に入るだけの本しか持ち歩けなかったときには、三冊の本で事足りた（リュックサックと肩掛け鞄の容量が許せば六冊となる)。モンテーニュとウェルギリウスとトゥキュディデスだ。一九一四年時に兵士だった者は、歴史の重要な時期を詩とともに生きた。宿営地で泉の水を手ずから汲むように、わたしはモンテーニュから命の水を、ウェルギリウスから詩の水を、トゥキュディデスからは歴史の水を汲んでいた。ここでは泉が永遠なる存在と混同されていたのだ。ナイアッド、ニンフ、パルクという三つの形、フランス、古代ローマ、古代ギリシアという三つの形が、わたしの鞄の周りで完璧な合唱のごとく連なっていた。そして器用なシビュラはわたしにこう教えてくれたのだ。他の何千もの図書館の残滓であり証人でもあるこの三冊の図書館は、はるか昔に燃やされて存在しなくなった六冊、九冊、十冊、百冊、千冊、一万冊の書物よりも、はるかに高価なものであったと(4)」。

ここで示唆されているのは、クマエのシビュラである。ローマの未来を予言した九冊の書物の購入をタルクィヌスが拒否したため、シビュラはまず三冊を焼き、ついで三冊を焼いた。最後の三冊を燃やそうとすると、突如タルクィヌスは後悔にかられ、結局、残りの三冊を最初の九冊分の値段で買い取ることになった。戦争もまた、シビュラよりはるかに凶暴に未来を破壊するのである。一九一九年、「祖国のために死んだ(5)」作家の数は四百五十人を数えた。日の目を見ることのなかった書物が四百五十冊以上あるということになる。戦没者墓地の傍らには、墓地に眠る作家によって決して書かれることのなかった書物を収める図書館が建てられるべきだったのだ。ここで話をフランスにかぎる必要はないだろう。連合国のロシア、イギリス、イタリアはいうまでもなく、国境の向こう側のドイツにあっても状況に違いはないのだ。第一次世界大戦は、全盛期にあった何千人もの文人の未来の可能性を潰したのである。新しい世紀が登場し、それ以前の記憶から切り離された文化を作り出すには十分なことであった。これに比べれば、シビュラによって燃やされた六冊の本などたいしたことではない。

しかし残された三冊の書物は、それゆえきわめて貴重なものである。これらは偶然に選ばれたのではない。モンテーニュの文章には宗教戦争の、ウェルギリウスのそれにはローマ内戦の、トゥキュディデスにはペロポネソス戦争の影響が色濃く残っている。文人兵士であったティボーデは、他の文人兵士の経験を読むことで慰めを見出す。しかし、書くことによって、ティボーデはもっと先まで行く。まさに彼らについて書くのだ。自身が管理する寒くひとけのない軍営で、伍長のティボーデは三冊の書物の研究に取り組み、余白に書き込みをしたり、傍らの兵士たちの眼には、近しい者に宛てた単なる手紙にしか見えないものを紙に書いたりする（このような状況で、自分のために書くなどというのは決して普通なことではなかった）。事実、トゥキュディデスは彼にとって、銃後に控える両親や友人よりも、近しい存在ではなかったか。文人の共同体は、時代の違いをものともしない。戦争とインクは、強いつながりを作り出すことになる。

「この四年間ほど紙に書き散らした時代はなかった」とティボーデは強調する。[6] いわば世界の終わりが来る前に書く、こうした差し迫った奇妙な感情を、遠征にある文人は味わう。ルートヴィヒ・ヴィトゲンシュタインは、歩哨としてロシア軍が展開する東部戦線で、あるいは捕虜となったイタリアで、『論理哲学論考』を書いた。[7] 原題がラテン語なのは、単なる気取りによるものではない。戦闘のただなかでヴィトゲンシュタインは、諸国家の戦争の狂気がまさに破壊しようとする、思想におけるヨーロッパ的伝統の永続性をラテン語原題を用いることで絶望的に表明するのだ。アランも同様である。

わたしは補給馬車の幌の下にいた。騒々しく落ち着きのない夜だった。運転手は、アルコールを飲んでも恐怖心を消せなかった。馬も怖がっていた。幌の下の暗がりにいると、鋭い音や爆発音が聞こえてきた。すきまからは、恐ろしい光がかいま見える。馬車から降りて歩けば、爆発から逃れられるかもしれないというよこしまな考えにとらわれる。わたしは自分が英雄だとはまったく思わなかった。信仰者が祈りを捧げるように、わたしはそのときデカルトへの礼賛の気持ちでいっぱいになった。後になってそれらをそのまま文章にし、それが気に入ったものになった。一部は『八十一章』に収められることになる。その文章には煙硝の匂いが漂っているが、わたしはもはや恐怖を感じなかった。[8]

こうした状況を背景に書かれた『精神と情念に関する八十一章』は一九一七年に公刊された。並行して、この哲学者が自分に宛てて書いたダ・ヴィンチ、ミケランジェロ、ラファエロの絵葉書をもとにして、『芸術の体系』も公刊された。[9]「わたしはキャベツの芯に囲まれたところで彫刻について一章をしたためたことを覚えている」[10]とはっきり彼は書き残している。いろいろ考えてみても、補給の任務よりも危険ではないが、野菜屑のなかでの重労働は、文学的な観点から眺めれば非生産的ではないのである。

しかし道中同様、調理場においても、前線同様、軍営においても、デカルトはすぐれて文人兵士の典型的な人物であった。周囲に弾丸が飛び交うなか、アランはデカルト礼賛に全身全霊を傾けた。ティボーデは「狭く粗末な兵舎をデカルトの〝炉部屋〟へと変えたい」と考えていた[11]。バイエルン伯の軍隊が冬季滞在地として選んだこの地区〔ウルム近郊の村〕にある、この名高い「炉部屋」に、デカルトは一六一九年の終わりごろ滞在していたのである。ここで「方法の主たる規則」が、まさに温められた状態で誕生した[12]。こういうものが、戦地にある文人の書斎なのである。

それにしてもデカルトは、逆説的な文人である。同一人物といえるだろうか。伝記の著者によれば、デカルトはむしろ「自分の受けた教育と書物にもとづく偏見」から解放されようとしたのではなかったか[13]。デカルトは、図書館に引きこもる伝統的な文人のまさに対極的な存在である兵士となることを選択した。彼にとっての戦争は、書物に書かれている知識を標的とした哲学的な戦争なのだ。伝記の著者バイエは「武器をとる肚《はら》を定めながらも、彼は、世間という舞台の上であらゆる身分の人々によって演ぜられるいろんな芝居において、決して役者として振る舞うことなく、つねに見物人であろうと決心した」と伝えている[14]。つまり、読者という語を使うのも可能であろうが、見物人としてのデカルトにとって、唯一開くに値する偉大な書物とは、世界にほかならない。この書物的な知の粛清が行われるやいなや、デカルトの炉部屋には世界という書物以外はなくなってしまった。

強制的に思想から閉め出されたにもかかわらず、書物は、夢、すなわち身体を経由して、力強く回帰する。一六一九年十一月十日、「驚くべき学問の基礎」を発見すると、哲学者は立て続けに三つの夢を見る。最後の夢では、《一冊の辞書》と《詩全書……と題された様々な詩人の詩華集》がしかるべきところに置いてあったという。この夢は著しく好意的に解釈され、「論考を一本書き上げる」という決心が固まる。そして「一六二〇年の復活祭までに仕上げ」たいとデカルトは考える。彼はさらに、「この作品の出版について」相談するために「書店主探し」をしようとしさえしたのだ[15]。書物を超越できたと確信したものの、最終的には「哲学者たちの著述[16]」よりも詩人の作品により深みを見出さざるをえなくなるとは、見事な逆転というほかない。

バイエルンの炉部屋において文芸は、敵対的な存在であるこの戦士〔デカルト〕に打ち克つことになろう。炉部屋は思想にとっては前線から遠く離れた避難所ではなく、戦場なのだ。こうした戦争のみが遂行するに値する。

第21章 戴冠

ふたりの伝令の謎について。

一三四〇年九月一日九時ごろ、騎兵がひとり、ソルグ川源流近くのペトラルカ邸にて取り次ぎを頼んだ。伝令は、ペトラルカにローマ元老院からの公式書簡を手渡した。それは、《桂冠詩人（lauream poeticam）[1]》なる称号を授与するため、永遠なる都市ローマへの訪問を要請する内容であった。同日の七時間後、別の伝令が、偉大なる碩学のもとに一通の書簡を携えてやってきた。今度は、パリ大学によるもので、フランス歴代の王が首都としたパリに、やはり桂冠を受領しに来るよう要請するものであった。実に奇妙な話だ。まずもって文人が、古代ローマで行われていた競技会に倣った、桂冠授与の栄誉を得ること自体が異例であり、ましてや二度も提案があるというのは稀有なことである。しかも、徒歩での移動が数週間もかかる二都市が、同日にひとりの人物に対して同じ提案をしたことを考え合わせると、通信がかくも緩慢な当時にあっては、これは奇跡に属するといえよう。しかし、この挿話は、ペトラルカ自身が下すべき決断に関する助言を乞うため、名高い庇護者であるジョヴァンニ・コロンナ枢機卿に宛てて書いた同日付の手紙で報告されていることなのだ。ペトラルカの言葉を信じるなら、手紙には印璽の押された二通の書簡も同封されたという。

これが微妙な問題をはらんでいることは理解されよう。同情の余地さえあるだろう。というのも、ここかしこから同時に求められるという満足感あふれる純粋なひとときが過ぎ去ってしまうと、かたや世界の端々にまで拡大した帝国の名高い古都ローマと、かたやキリスト教信仰においてもっとも有力な大学を擁した西洋随一の都市パリとの間で、もっとも無難な選択が求められているからである。どちらを選べば、一方にとって不義理となる度合いが少ないだろうか。カトリック教会の枢機卿への書簡のなかで、このイタリア人詩人はすでに心を固めていたようだった。貴重な桂冠を拝領しに行くべきはローマだと。皇帝ドミティアヌスが導入したカピトリウム競技会が行われたのは、まさにこの地ではなかったか。スタティウスがこの競技会の詩の競技で勝利して桂冠詩人となったということはだれも疑うまい[2]。こうなれば友人であるパリ大学学長ロベルト・デ・バルディに宛てて釈明の意を表明しさえすればよかった。戴冠の儀式の際にも、ペトラルカは自身の決断の正しさを主張することになる[3]。

とはいえ、やり遂げるには本当に困難なことがあるものだ。みずからを、桂冠に値する人物だと示さなくてはならないのだ。詩人の美徳を保証する人物に、ペトラルカはナポリ王でありプロヴァンス伯であるロベール・ダンジューを選ぶ。学識と叡智において評判の王であれば、嫉み深い人々に対する壁となってくれると考えたのだ。一三四一年、詩人はアヴィニョンを発った。マルセイユに着くと海路で王の宮廷へと向かった。宮廷では三日間「昼から夜まで」(4)、ペトラルカは人文主義者のナポリ王と詩について私的に語らい、ついで公の場でも会見した。三日目、ロベール・ダンジューはペトラルカが桂冠詩人にふさわしいと宣言した。ナポリ王国から桂冠授与の申し出があったが、ペトラルカはローマ以外の地での祝典は望まなかった。王は、詩人の旅路に同伴するには年老いすぎていたのだ。そこで、王は証書をしたためた。伝令たちに先導され、詩人は懐に価値ある書類を携え、ついにあこがれの都へと赴くことができたのである。

戴冠の儀式は一三四一年四月八日、復活祭当日とされた。すでにナポリにおいても王による審査は復活祭の構成に準じていた。キリストが磔刑の三日後に復活したように、ペトラルカの合格が認定されたのも三日目の復活祭当日というわけだ。詩人の言葉によると、戴冠の儀式はローマのカピトリウムの丘の上にある、セナトリオ宮の講堂にて厳粛に執り行われたという。

突如、合図があり、ローマのもっとも高貴な一団を形成する人々が集まってきました。カピトリウムの講堂は嬉々たるささやき声でざわついていました。年輪を刻んだ宮殿の壁までもが儀式に参加しているかのようでした。ファンファーレが吹き鳴らされると、人々はひしめきあい、一目見ようとお互い邪魔し合っていました。わたしは、涙で胸までぬらした友人たちが感情の昂まりにたえきれずいまにも呼吸が止まりそうな様子を目にしたように思います。わたしが登壇すると、ラッパの音は止み、ざわめきも静まりました。冒頭は親愛なるウェルギリウスの示唆に富む一句で十分なのです。それによって演説をはじめることができるからです。長くは話しません。というのも詩人の法がそれを禁じているからです。詩の女神《ムーサイ》たちの聖なる権利は軽々には侵害しないものです。とはいえわたしこそ、つかのまとはいえ詩の女神たちを人々の集まる都市にとどまらせるために、アポロンを奉る山の頂から連れ出したのではなかったでしょうか。わたしの演説の後で、オルソーが格調高い弁舌をふるい、最後にデルポイの冠をわたしの頭上に載せてくれたのです。ローマ市民の喝采が鳴り響きました。(5)

これだけではない。ステファーノ・コロンナ閣下が礼賛の辞を述べ終わると、ペトラルカはカピトリウムの丘を下り、聖ピエトロ寺院の祭壇に桂冠を捧げたのである。

なんたる厳粛さ、荘厳さであろうか。感情がこみ上げてこよう。人々はローマ帝国の栄光の時代がよみがえったかのような心境を抱いたであろう。しかし、それははるか昔のことだ。一三〇九年来、教皇はアヴィニョンに居を構えることとなり、以前のカトリックの都はそれ自身の陰でしかなくなってしまっていた。弱体化の止まない元老院はまもなく、コーラ・ディ・リエンツォという独裁者に権力の座を明け渡す。ペトラルカの報告は理想を描いているにすぎず、現実はまったく異なっていたのだ。当初の予定では、ナポリ王の名代が詩人に冠を授けるはずだったが、道中に襲撃されてしまう。元老院のオルソー・デラグィラーラが儀式を執り行うことに決まったのは直前のことだった。その後、帰途についたペトラルカは、ローマを出るやただちに山賊の襲撃に遭い、ローマ市街へと引き返すことを余儀なくされる。彼が護衛とともに出発できるのは、ようやく翌日になってからのことだった。(6)前日に戴冠の名誉に与った者が国元に戻る際に、危うく八つ裂きにされかねなかったことほど、ローマの荒廃を明白に示しているものはあるまい。往時のローマの平和《パクス・ロマーナ》はもはや幻でしかなかった。

これほどの混乱のなかにあっても、ペトラルカはつねにひとつの理想を抱いていた。新しい力を可視化させること、物事の新しい秩序をうちたてること、すなわち詩の力であり秩序である。たしかにこうした世紀にあって、ペトラルカのみが桂冠詩人という偉大な称号を受けたわけではない。古代に行われた詩と音楽の祭典を別としても、すでに一三一五年十二月三日、パドヴァで人文主義者の執政官アルベルティーノ・ムッサートの戴冠式が行われている。(7)しかしこのときの祝典は、博士号授与式の段取りによく準じた大学様式の儀式とでもいうべきものだった。ダンテや文法学者のコンヴェネヴォーレもまた、アポロンの月桂冠に値する功績があったものの、桂冠は死後葬式において与えられたものである。

ゆえにペトラルカの場合は、事態はまったく別の次元にあったといってよい。まずそれは王によるものだった。詩人の戴冠が、ロベール・ダンジューの威光に部分的に与っていたことは明らかである。ローマ元老院という唯一の権威が与える栄冠を受けることができた一方、彼は王権以外から栄冠を得たいとは望んでいなかった。このために戴冠式当日のペトラルカは、ナポリ王が下賜した上衣をまとって出席した。君主が不在であっても、この詩人が王家の威光によってかくまでに輝いていたことはだれの目にも明らかであった。キリスト教的象徴についていえば、ペトラルカ自身によると、それはつねに詩の規則や慣例と不可分の関係にあるという。戴冠式の実際の日付についてはまだ疑いがもたれるものの、詩人がその栄光を全面的に関係づけたかったのはまさに復活祭そのものであった。「だが私は、甘美な愛に心奪われ、パルナス山の人なき険路に向かっていく[8]」という、その日彼が発した演説の冒頭は、詩神ウェルギリウスの詩句から選ばれたものであった。これは土地と場所に違いはあるものの、聖書の一句を用いる説教の構造をよくなぞったものだった。

《人なきパルナス山》からカピトリウムの聴衆への移行は単なる形式だけのものではなかった。この移行は、さまざまな価値の回帰を必要とし、新しい力、すなわち過去に命じられ、時のなかで評価された言葉、神に触発された言葉の勝利を知らしめる。ついで「苦労が多く、そしてわたしにとっては必ずや危険であるこの小径の途上にて、わたしは自分自身を案内役とする。もちろん、そのために多くのことが足取りを邪魔するだろうことは念頭にはあるが[9]」、とペトラルカは演説を続ける。《案内役（dux）》という語に、「指導者」の意が含まれていることを忘れるべきではない。「ローマ帝国的」かつ「詩的[10]」な桂冠詩人の二重の本性が、この演説のライトモチーフとなっているのだ。自身の言葉の力によってのみ、詩人は王も教皇もなき永遠の都に、一時的ではあるが、超越的な第三の秩序を降臨させる。王権とキリスト教とがともにこの地を見放したとき、世界システムの別の形が可能となる。そこでは、政治的加担ではなく隠遁生活が保証され、真実から美が保護され、富から稀少さが、力から優しさが保護される。こうして、詩的世界は混乱状態にあるとはいえ、王権と教皇の正統性という裏付けを得て、一三四一年四月八日、この世につかのま、降臨したのであった。

以上のことだけではなく、ペトラルカの戴冠には、前例と同列には比較できない点がある。前例では戴冠の栄誉に与ったとき、ムサートは五十四歳、死後となったがダンテとコンヴェネヴォーレはそれぞれ六十歳と七十歳あたりであった。ペトラルカといえば、三十六歳でしかなかった。この段階の経歴のみで、彼が他人をおしのけて桂冠詩人に値する人物でありえただろうか。たしかなことはなにひとつわからない。俗語で百余の詩篇を上梓していたとはいえ、これをもって賞を与える根拠となるのか。少なくとも公式には考慮されないだろう。ラテン語作品のみが意味を持つからだ。当時ペトラルカの手によるラテン語作品は十五篇を数えるほどで、これらのうちに目を引くほどの規模のものはない。おそらくこの頃、アフリカを主題にした大規模な詩の草稿を知人に回覧させていたのであろう。しかし厳密にいえば、文壇に影響力をおよぼしうる権力者、とくにコロンナ一族との交際があった以外には、ペトラルカの戴冠を正当化しうるものは一切ないといってよい[11]。ペトラルカにおいて、《桂冠への野心(vaghezza di lauro)》[12]こそが、作品を実現する遠因となっていたことは、まだ三十歳当時に書かれた数々の若書きの詩が物語っている。桂冠《ラウロ》への渇望、あるいは詩に詠われるヒロイン、ラウラへの渇望、この掛詞《かけことば》が単なる偶然であるのかは知るよしもない。ずっと後になった晩年、ペトラルカはボッカッチョに宛てた最後の手紙で、若さゆえの理不尽ともいえる傲慢さ、そして結果的には妬みと敵愾心しか招かなかった桂冠詩人という称号を得たことに対して後悔を表明することになる[13]。

最期に悔い改めるまで、ペトラルカは使えるだけの人脈を駆使したからこそ、一三四〇年九月、ふたりの伝令が立て続けに、閉ざされた峡谷《ヴォクリューズ》に現れたのだ。これは少なくともペトラルカが語っていることだ。いまになってみると、事実はいささか異なっていたと考えることができる。そしてこれがふたりの伝令の謎を解く鍵となるのである。おそらく大いに働きかけた結果、詩人はまずソルボンヌの招聘状を受け取った。これはやや戸惑うことだった。というのも彼にとって、大学からの戴冠は最後の手段だったからである。そのため、ローマからの伝令の到着まで——しかしどれぐらい遅くなるのだろうか——ソルボンヌへの返答を先延ばしにしようとしたにちがいない。この類いの違いは、見せ方とか演出の違いによるものなのだ。そして、ようやくその狂気じみた夢想が叶い、王家とキリスト教の権威に裏付けられた戴冠が実現したのである。黄金時代とはいえないが、月桂樹のように青く若い、新しい時代の幕開けだ。ペトラルカの人文主義者としての一歩が踏み出され、まるで詩がこの世を支配するかのようである。彼の時代の始まりである。以来数世紀、少なくともルネサンスの時代とロマン主義の時代まで、ペトラルカが時代の枠組みとなる。これはまた、文学が席巻する時代の端緒ともなるのだ。かくまで強力な象徴となり、世界と言葉との関係を転覆するほどの壮大な計画を着想し、それを組織的に実現していくこと、これこそ、デルポイの木の枝で編まれた栄冠に十分に値することではないか。ペトラルカはまだ認められるほど偉大な作品を書いてはいなかった。しかし、文人の皇子として聖別されるには、読んだという事実が、たくさん読んだという事実こそが重要なのである。そして言葉の力を信じたという事実もまた、重要なのである。

第22章　島

文人が世界に属しているのは見かけにすぎない。その領域は他所《よそ》、すなわち島や山なのだ。しかも一方はもう一方へと変容しうる。この変容に、克服しがたい困難などない。重要なのは隠遁生活という特徴である。「だが私は、甘美な愛に心奪われ、パルナス山の人なき険路に向かっていく(1)」とは、桂冠詩人に戴冠されたペトラルカが引用したウェルギリウスの言葉である。文人はだれもが自分のパルナス山やアルカディアを抱いている。それらは難攻不落の隠れ家であり、もうひとつの現実へと通じる通路でもあり、すなわち、なんら非現実的なものではない別の世界へと――テクストと書物の世界、詩神と巨匠の世界へと――開かれた扉なのだ。ヴァントゥ山〔プロヴァンス地方の独立峰〕、ミラノ、ヴェネチア、パドヴァに近いアルクア、どれもが比類のない場所だとはいえ、互換性がありそうなこれらの土地に、ペトラルカは相次いで滞在した(2)。山でなければならないということはないのだ。山は、内面の理想郷《アルカディア》が可視化されたしるしにすぎない。つまり山とは、書物が山積していることを意味しているのだ。巨大な山——。ペトラルカは当時、個人ではもっとも多くの蔵書を所有していたといわれている。(3)

山に事欠けば、文人は概して書斎で満足するだろう。書物の山積は、それだけでパルナス山となるからだ。可能であれば、モンテーニュのように、塔の三階にその山を築けばよい。塔の一階は礼拝堂が占め、二階は《寝室とその続きの間》であり、館の主人は三階でときどき「ひとりになるために」横になる。(4) 館は、「名前のとおり小山の上に立って」(5) いる。モンテーニュ、すなわち山《モンターニュ》。ボルドーにあるとはいえ、これはまさにパルナス山なのだ。

水はなくとも島である書斎について、モンテーニュは次のように描写している。

> 書斎は円形をなし、わたしの卓と椅子のあるところだけが直線になっている。わたしのいるところからぐるっと円くなっているからわたしを囲んで五段にならんだ本が一目で見渡せる。書斎からは三方に豊かな視野が果てしなく開け、室内には直径十六歩の空間がある。

三つの窓と壁づたいに広がる五段の書架を備えたモンテーニュの書斎は、宇宙に浮かぶ完全な円、現実と知を見渡す夢想的な観測点である。理想郷《ユートピア》のすべてがここにそろっている。百五十年ほどたった後、ジョナサン・スウィフトが、知能ある者は宙を浮く円形のラピュタ島にのみ住まうという理想郷の想像をようやくすることになる。旅行者ガリヴァーは、生活の瑣末事を処理するよりも、彗星の軌道を計測することに夢中になる住民たちに対して揶揄するのを緩めることはないが、きわめて正確に島の描写をしている。(6)しかしいま問題になっているのは、科学よりもむしろ文学である。

外見から簡単に、塔の書斎はラピュタ島に比べて絵空事でないと判断することはできまい。「わたしは〔書斎で〕一生の大部分の日を、また一日の大部分の時間を過ごす」とモンテーニュは明言している。しかし、どうして彼の言葉を信じることができようか。彼が使う時間のほとんどは、一家のこと、政治のことで占められているというのに。(7)さまざまな義務をおざなりにして、人生のすべてを研究に捧げる文人という自己描写こそが、むしろ絵空事なのだ。しかしこの絵空事は、賢者という立場と分かちがたく結びついた、なくてはならない絵空事なのだ。書斎はだから、理想的な空間、日常の現実とは隔絶したものとして現れる。

ここがわたしの居場所である。わたしはここにおけるわたしの支配を絶対的なものにしようとつとめる。そしてこの一隅だけは、夫婦、親子、市民の共有から引き離そうとつとめる。ここ以外では、わたしはどこでも口先だけの権威しかもっておらず、その実質も疑わしいものにすぎない。

他所では生活のあらゆる苦難にさらされていても、文人は自分の王国では絶対的な君主となれる。水や空気や壁で――なんであろうとかまわない――隔離された書物の島に、至高の自由を行使せんがために文人は旗を掲げるのだ。書斎のただなかで一日の大半を過ごす文人。それがたとえ正確には現実に対応していないとはいえ、モンテーニュはこうした姿を後世に伝えたかったのである。

さらにいえば、こうした態度は彼の著書についての当初の計画、つまり他の書物に対する註釈からできあがった書物という計画に適合しているだろう。モンテーニュが中心に据えたのは、他の作品に囲まれて書かれた作品である。(8)『エセー』は繊細かつ特異な体験を称揚することで結ばれているが、それは引用の実践と不可分の関係にある。引用は、もっとも博学な実践というわけだ。この背理は、文人でない者にとって背理となるものである。しかし、文人にはそれは自明なことであろう。文人にとって、テクストはそれ自体で探求されるべきひとつの世界だし、そのうえ、テクストは現実を把握する固有の方法を、長い時間をかけて磨き上げてきた。そうであるがゆえに、経験的世界は必然的に書物を通して文人にもたらされる。こうして、保護されていると同時に全方向に開かれ、盲目的であると同時に全方向を見渡せる《パノプティック》という、島、塔あるいは山の形象《フィギュール》へと結びつくのだ。

実在の塔すらなくてもかまわない。ヴァイマールにおいてゲーテは、書斎を自邸の奥まった場所に据えただけだった。(9)書物だけで十分な城壁となる。もちろん窓も必要だ。

書斎というイメージからか文人は、島であると同時に世界であるような書物を編むという密やかな夢を追い求める。それが島であるというのは、特定のある一点の知識に関わるからだ。また、それが世界であるというのは、註釈、引喩、引用が無限に繰り広げる作用から、知の全体を包みこむ緻密な織物ができあがるからである。そこでは文化全体が位相を変えるのだ。

モンテーニュの死後二十年足らずたってシェイクスピアは、最後の芝居〔『テンペスト』〕で全知全能の文人の理想像を世に問うた。ここでは島は、現実に存在するものである（芝居がそう設定している）。公爵位を弟に簒奪されたプロスペローはミラノを追放され、娘のミランダとともに船旅に出てから十二年の歳月がたった。しかし、これは比喩にとどまらない。すでにその治世時でも、主人公は《学問技芸》と《秘術》(10)に全面的に没頭したいがために、執務はすべて弟のアントーニオに任せていたのである。「書斎があれば、それで領地は十分」(11)とプロスペローは述べ、のちに書斎を自分の国よりも「大事にしている」(12)と告白する。宮殿で蔵書の堆積のなかに逃避すること、そして、キャリバンの支配する場所へと島流しにされること、これらにいかなる違いがあるだろうか。公爵はもっとも貴重な蔵書に囲まれているのである。ミラノであっても、海上であっても、結局どちらも島なのだ。

貴族のゴンザーローが、失脚した君主がとても大事にしていた蔵書の幾冊かを島に送ることを許可したとき、プロスペローの島は書斎となったのであり、同様にしてモンテーニュの書斎も島となったのである。双方とも絶対的主君として振る舞い、双方とも書物に自分の権力を見出す。キャリバンはその点を心得ていたので、支配者のプロスペローに逆らうために、これらの書物を奪い、燃やすよう人に勧めるのである。なぜなら「本さえなければ、奴はただの朴念仁(13)」だからである。実際、プロスペローは地上と天上とに起こるあらゆることを書物を通じて知る。しかし、最終的には、芝居の結末で島を出立するときに、彼は（魔法の）書物を破壊することを明言するのだ。プロスペローはその書物を「人の手に届かぬ深海の水底に(14)」沈めてしまうだろう。これ以上、島と書斎の同一性が明白に表現されうることはないだろう。というのも、どちらか抜きで、どちらかを見捨てることはできないからだ[15]。

極端で絶望的な場合において、たとえばシェイクスピアの芝居よりもはるかに現実味を帯び、別な意味で悲劇的な情勢においては、一冊の書物だけが島、あるいは救命道具の役割をする。ひとりの文人がナチスドイツに執拗に追い回されたために、最良の蔵書を少しずつ手放さざるをえなくなる。もはや取られるものも尽き果てたとき、彼の手元には一冊の書物だけが残った。レー枢機卿の『回想録』である。「部屋にひとりでいるとき、こうやってわたしは《偉大なる世紀》を呼び出すのです[16]」と一九四〇年七月十九日、ヴァルター・ベンヤミンは書いた。それは、失われた島の最後の断片であり、読書の最後の悦びであった。そして彼がしがみついた岩礁もまた、嵐《テンペスト》に消え失せてしまうだろう。その後、逃亡を続けるなか『赤と黒』や『チボー家の人々』の最終巻に手を触れる機会が訪れる[17]。しかしもはや手遅れだった。数週間後にベンヤミンが自死するときには、すでに島は水没しているはず。キャリバンが勝利をおさめたのだ。プロスペローたち賢者は芝居の一幕においてのみ、より容易に生き残ることができるにすぎないのだ。

第23章 夜

太陽は万人に平等に沈むわけではない。梟《ふくろう》は黄昏に飛び立つ。文人とは夜の人間である。そして、効果的で心地よい人工照明が発明されるはるか昔から、文人はつねに夜の人間だとみなされてきた。あたかも研究と夜には本質的な類似性があるかのように。

その類似のひとつは孤独と関係している。一世紀、クィンティリアヌスはこの点について、「弁論家たる者は、田園、森に隠遁生活するよりも、夜に仕事をせよ」と断固たる主張をしていた。事実、田舎の風景は過度に誘惑の力を磨き上げるのだ。「森の心地よさ、足下に流れる小川の流れ、枝を吹き抜けるそよ風のさざめき、鳥の歌、またごく単純にいってまわりに広がる景色に視線を思うままに向けられるという自由、こうしたことがすべてわたしたちを魅惑する。わたしの感覚では、これらの魅力は精神の緊張ではなく、弛緩をもたらすように思える」(1)と修辞学の大家は明言する。これとはまったく反対に、彼はデモステネスにならって、気を散らせるものがなにもない場所に引きこもるべきだという。

それだから、夜中に起きていると（lucubrantes）、夜のしじまと、閉ざされた部屋、それにぽつんと光るランプの明かりがあれば、それらがシェルターになってくれる(2)。

全感覚をまどろませることによって、夜は思索に十分な余地を与える。書物とテクストをのぞけばあらゆる空間は暗闇だ。なにごとにも耐えうる健康がなければできない、大いなる冒険である。「なぜなら本来なら休息し、健康の恢復のための時間を、わたしたちはもっとも苛酷な労働のために費やすのだから(3)」。また、それ以外の可能性がなければ、結局、夜に働かざるをえないのではないか。書くということは、「そこに快楽を見出すとき、日中の時間があれば十分である。ただ忙しい者だけが、夜の時間まで浸食されるのである(4)」。クィンティリアヌスは、このことにとてもこだわりつつ、食事に関しては節食、粗食をなによりも推奨する。それより数年前に、すでに医者のケルススが文人に同様の助言を――「徹夜をする場合（lucubrandum）、食後すぐにではなく、消化が終わってからするべし(5)」――与えていた。夜更けの探検は軽々にするものではないのである。研究には特有の食事法があるのだ。

ケルススとクィンティリアヌスのふたつのテクストには同じ動詞 lucubrare ――フランス語では

veiller〔徹夜する〕――が用いられているが、より正確には《煌々とランプを照らして研究する》という意味か、あるいは、この造語を用いるのを許していただけるなら、《煌々とランプを照らす（lamper）》という意味となる。ここから派生する名詞形lucubratioもまた存在する。クィンティリアヌスは「そのたびにわたしたちはさわやかで、安らかな気持ちで臨む徹夜は、孤独（secreti）になるのにもっとも適している」(6)と明言する。この《徹夜（lucubratio）》という単語の背後に、夜闇に煌々と灯されているランプの明かりを感じる必要があろう。文人の夜は、まずこのランプの明かりによって定義される。その象徴的次元は明らかであろう。

ガストン・バシュラールは、蠟燭の焔《ほのお》について一冊の書物を捧げた文人である。その明かりのもとで研究したことのある者にとって、それは限りなき夢想の対象である。「孤独の友たる蠟燭は、なかんずく、孤独の仕事の友」であると哲学者は書いた。

> 蠟燭は空の個室を照らしているのではない。それは一冊の書物を照らしているのだ。夜、蠟燭に照らされている書物とともに、ただひとり――書物と蠟燭、精神と夜との二重の闇に浮かぶ、二つの光の離れ島。(7)

蠟燭の照らす明かりが空間を定めている。その空間は夜闇のなかに迷い込んだ島であり、ランプの光が描き出す円錐状の山である。文人はそこに逃避する。夜闇に灯る光に住まうということが、文人の使命であり、そのもとで仕事をする人は、バシュラールによれば《初刷りの版画[8]》なのだという。しかし蠟燭の明かりはそれ自体が神秘的なものである。それは長い間、賢人にとって存在の問題を提供し続けてきたのだった。

人々は分厚い書物のなかに世界の組織を研究していたが、なんと単なるひとつの焔が――おお、知識へのなんたる愚弄！――やってきてじかにその個有の謎を課するのだ[9]。

いったい焔とは何なのだろうか。焔はどうやって生まれ、いかにして燃え続け、そして消えるのか。何千年にもわたる長い間、これは完全なる神秘であり続けた。光のただなかにある闇だったのだ。

ここに、研究と夜のふたつめの類似点があると思われる。夜は、それまでとは異なる実存の組織のなかに誘う。そこでは、あらかじめ当然とされることはなにもなく、確信は蠟燭の焔のごとくゆらめき、陰が遠ざかるのはさらに遠くに落ち着くためにすぎず、光さえも謎めいている。夜になると、書物によっていにしえの巨匠たちが不意に読者と同時代人となる、そのような別の時間が忍び込むのである。ここにはなんらかの魔法が働いている。文法（grammaire）と魔術書（grimoire）とには、語源にとどまらない関係があるだろう。文人にとって、あらゆるテクストは魔術書となるのだ。というのもテクストは、魔術書の意味を復元するというあくなき征服の対象であるから。そしてテクストが失われた知識を宿しているがゆえに、つねに魅惑を呼び起こすからであり、たえず不可解であろうとしているからなのだ。文人は、知識ある者ではない。知識を希求し、必要なら寝る間も惜しむ者のことである。煌々と照らされた夜（lucubratio）は、文人の孤独＝秘密（secretum）なのだと、文字通りクインティリアヌスは語ったのだ。

第24章　死

一九八〇年二月二十五日午後三時四十五分ごろ、パリのエコール街四十四番地の横断歩道を、ひとりの文人が渡ろうとしていた。左側を注意深く確認し、ついで右側も確認すると、車道を渡ろうとした。二列駐車した自動車のために、視界は遮ぎられていた。突然、スデーヌ・クリーニング社のトラックが一台飛び出してきた。トラックは彼を轢いた。意識不明になったその人物は、サルペトリエール病院に搬送され、一カ月の間入院することになる。

当初、容態は案ずるほどではなかった。友人たちが見舞いに来た。彼らと議論もしたという。ところが、少しずつ、かつて患った肺の病気が再発する（若い頃、彼はサナトリウムで長期療養をしたことがある）。気管に挿管をするだけでなく、切開する必要もあった。院内感染であることも判明した。その後、病が彼の命を奪ったのは三月二十六日午後一時四十分のことだった。(1) コレージュ・ド・フランス文学記号学講座教授ロラン・バルトはこうしてこの世を去った。
交通事故、病院、外科手術——。文人の死というものは、一般的な死と区別しがたいものである。政情不安や戦争という例外をのぞけば、栄光に包まれるのでもなく処刑されるのでもない。凡庸で、味気なく、憐れでしかない死。人は兵士として死ぬことはできる。書斎の机に広げた大型本に俯して死ぬのでないかぎり、おそらく人は文人として死ぬことはあるまい。

とはいえ、文人の生が本質的に二重のものであれば、それは文化という非物質的な記号に生物的次元の存在を与えるのではないだろうか。そうであれば文人の死もまた、この二重の本性を持たないことがいかにしてあるだろうか。文人の死が、文人という存在をあらしめてきた研究と共鳴しないことが、いかにしてありえるだろうか。

虚無に生命を吹き込むテクストを受け渡す人《パサー》、文化の数え切れない墓地を訪ね、魂たちを——まずは本人の魂を——導く者。生者より死者と親しむ文人は、あらゆる点で冥府を流れる川の渡し守、あるいは冥府への導き手ヘルメスたる資格をそなえている。とはいえ、カロンが冥府へと導くのとは反対に、文人は魂を生の方向に導く。冥府のレテ川の水を飲むと記憶は忘却されるというが、テクストという水によって忘却は記憶へと、無知は知へと恢復する。

よみがえらせる仕事は、死とその悲しみに対する特別な意識を前提とする。ラザロの墓の前で、イエスはまず涙を流された。(2) 知と身体と死という三つの語は、一般的に考えられているよりもはるかに強く結びついているのだ。バルトは憂いを帯びた挿話によって、この三者の相互依存を説き示す。

学生のころ、わたしが唯一愛し、あこがれたのはギリシア学者のポール・マゾン先生だ。彼が亡くなったとき、ギリシア語にかかわるあらゆる知識が、彼とともに消え去ってしまった、そして別の身体が deiknumi という動詞の活用にはじまる、終わりなき文法の道のりをあらためてたどらなくてはならないのだとすれば、彼の死は悔やんでも悔やみきれなかった。

そして、「快楽同様、知はそれぞれの身体とともに亡くなるものだ」と付け加える。[3] ところが、このバルトの思索は、逆説的にもアマドゥー・ハンパテ・バーがユネスコで行った有名な演説の「アフリカでは老人が死ぬと、図書館が燃えるのだ」[4] という一節に結びつくように思われる。このように、本質的に口伝によって継承される文化の脆弱性は、書き言葉中心の文明と対置されることによって特徴づけられる。すなわち個々人が書物には書かれていない知識の所有者となっている世界の脆弱性である。

西洋の文人の状況は一見すると、まったく別のものだ。もし書斎と著作が死後も残るのであれば、なにゆえバルトのように、文人の消滅を嘆かなくてはならないのか。この問いに、バーのスーフィー信仰の導師のティエルノ・ボカールが、プラトンだったらそうしたであろう応答をしている——ふたりとも口伝と書き言葉の端境にある文化に属しているのだから、この類似になんら驚くことはない。ボカールは「書き言葉はものであるが、知はそれとはまったく異なるものである。書き言葉は知の写真ではあっても、知そのものではない。知は、人間内部にある光である」[5]という答えを示した。

この次元においては、口伝の文化と書き言葉の文化との区別は消滅する。もっとも博識であっても、あらゆる図書館全体の知識に基づいているとしても、知は人間存在のなかで、生動感をともなって活性化されないかぎりは存在しないも同然である。知識は、まさしく実存の次元と不可分なのだ。文人は、死と忘却に抗い、たえまなき労働によって知を受肉させるのである。これこそがポール・マゾンの死でバルトが明るみに出そうとしたことなのだ。「学問をするとき、自分はまだ十分でないという気持ちをいつも持て。しかも、得たものは失わないと心掛けよ」[6]と孔子は語っている。

この死活的脅威を回避するために、バルトはセミネールという演習に希望の道を見出した。セミネールは、恩師の死去に対する保証として着想されたのだ。学生、同僚、友人との定期的な集いは、知識を集団化することによって、喪失の危険を協働して回避しようとする。[7]この企ては首尾よくいったようだ。バルトの弟子たちは、彼の死から三十年にもならんとする今なお、彼の思想を活発に維持し続け、豊かな成果をもたらしている。孔子も同様の振る舞いをしたのではなかったか。弟子たちは、数世紀、数千年を超えてなお、孔子の教えを輝かしいままに保ち続けたのである。

とはいえ、個人が消滅する瞬間はやってくる。死の接近は、察知されうるものとなる。孔子はその前兆となる夢を見ていた。「太山くずれんか。梁柱くだけんか。賢人は死なん」[8]と詠じた。これほど抒情的とまでいかなくとも、バルトもまた賢人の態度を引き受ける。彼の提示する知識が、これほど彼自身の実存と混じり合うことはなかった。個人的経験に決然と根ざす、コレージュ・ド・フランスでの最後の二年間の講義の内容がそれを物語ってあまりあるだろう。扱うテーマは《小説の準備》。これは、バルトが述べるように、「過去のさまざまな作家たちがその小説を準備するために用いてきた技法に関する情報を収集」[9]するよりは、講義に出席する聴衆と分かち合うための、自身の成熟と小説のエクリチュールを実験することが主題であった。研究の時間と人生の時間を一致させる試みによって、この企ては、すぐれてポスト・モダン的様相を帯びてくる。メタ・ランガージュの消滅を確認しつつ、エピステモロジーの境界をないまぜにする。[10] こうして、批評と作家はもはや解きほぐせないほどにもつれることになる。

同時にこの企画には、極度にプレ・モダン的ななにかがある。というのも、体験の時間と知識の時間、すなわち実体験と思考を明確に区別せず、口承と書き言葉との間でいまだ揺れ動いている、書き言葉による文明の揺籃期へと関心を差し向けるようううながすからである。こうしてバルトは、文人の実存という、その誕生以来存在し続けてきた不変の要素を見出す。知は人間を変容させるが、この変容こそ、知の試練におとらず、知が本物であるための条件なのである。

したがって、賢人の最期、すなわちその身体の消滅はまさに、あるひとつの知の終焉なのだ。この世を去る最後の瞬間、文人をとらえる憂鬱はここに由来している。孔子は慨嘆して、「天下に道が無くなってから久しい」[11]といった。バルトは「おそらくは死につつある」文学の《失効のしるし》を書き記している。[12] 彼は、喪失の鋭い感情にじわじわとさらされていたのだ。デリダが、バルトの末期のテクストに、死が遍在していることを強調したのはゆえなきことではなかった。[13]

なにかが文人の死とともに無に帰す。これは否定しようもない。しかし、別のなにかは生き残る――。教え、弟子たち、テクスト、書物が。文人の身体の非物質的な増殖が、不死へといたる機会をもたらしている。《死してなお生きるのは善きことかな（E bello doppo il morire vivere anchora）》[14]とは、十五世紀末期ミラノの人文主義者ベルナルディーノ・コリオの座右の銘である。これはあらゆる文人にあてはまる銘であろう。

バルトに話を戻そう。講義の後半の回になると、家、病気、時間の使い方など作家の生活を、具体的に詳細に研究する。こうした方法をとることで、書くという企て一切が体現された次元を呼び起そうとしたのだ[15]。その当時バルトは、それと並行して「研究と読書の楽しみに、食べ物や生活空間や旅行や友人たちなどに関する楽しみ」についての思索が一体化しているような、《生きる術》をめぐる著作を作ろうと企てている[16]。バルトは自分の講義に向けて、《作品としての生[17]》と書き記している。彼の頭のなかでは、まずは小説家の生が問題になっているが、ひょっとしてこのいい回しを彼自身にも適用しうる見込みがあると思っていたのではないだろうか。それはなんら誤った推測ではない。というのも、まさにそれこそが文人の生の正しい定義なのだから。

作品としての生――。これは、《小説の準備》をめぐる講義が、小説家のためにあえて着手したように、賢人の物質的側面に向き合ってきた本書のタイトルともなりうるだろう。この偶然の一致は意味なきことではない。バルトのひとつの企てが、数十年を経て、控えめに、また別の企てを喚起しうるということなのだ。潜在的な作品が、世代から世代へと循環する。時間を越えて知の小片がよみがえる。その根拠は、つましいものではあれ明白なるものだ。すなわち死は、その見かけによらず、文人の生の最終章ではないということ——。

そしてページがめくられる。書物はふたたび閉じられ、棚に戻される。図書館の照明は徐々に消されていく。暗闇が覆う。明日には、また別の読者たちがやって来るだろう。

原註

緒言

（1）Giacomo Leopardi, *Zibaldone*, Paris, Allia, 2004, p. 2453（pagination du manuscrit autographe）(30 mai 1822).

第1章

（1）Sima Qian, *Mémoires historiques*, chap. 47, en annexe de Confucius, *Entretiens avec ses disciples*, trad. André Lévy, Paris, Flammarion, 1994, p. 215.〔司馬遷「孔子世家」『史記（世家下）新釈漢文大系第八七巻』、吉田賢抗訳、明治書院、一九八二年、七九七〜七九九頁〕を参照せよ。

（2）Plutarque, *Cicéron*, dans *Vies*, t. XII, Paris, Les Belles Lettres, 1976, p. 67 (II, 1-861 c) : « anôdunôs kai aponôs ».〔プルタルコス『プルタルコス英雄伝（下巻）』、村川堅太郎訳、ちくま学芸文庫、一九九六年、二七四頁〕ギリシア語からの翻訳は筆者による。断りがないかぎり、後につづく引用も同様。

（3）Confucius, *op. cit.*, p. 35 (II, 4). Trad. d'après A. Lévy et d'après les commentaires de Séraphin Couvreur dans son édition des *Quatre Livres*, Taipei, 1972, p. 77.［孔子『論語　増補版』、加地伸行訳、講談社学術文庫、二〇〇九年、三六頁。訳者の加地伸行は本書で採録した読み下し文に、さらに現代語訳を添えている］

（4）　Néhémie, chap. VIII, dans *La Bible de Jérusalem*, Paris, Fleurus / Cerf, 2001, p. 816-817.［「ネヘミヤ記」（第八章）、『旧約聖書』、新共同訳、日本聖書協会、二〇〇一年、七四九～七五一頁］「エズラ記」で語られている（第七章～第十章）エルサレムの地へのエズラの到着は、上下「歴代誌」および「エズラ記」「ネヘミヤ記」の年代記作者がアルタクセルクセス一世の治世を述べているのだとすれば、王の支配の七年目すなわち紀元前四五八年のことである。ところが、テクストはこの点について曖昧である。アルタクセルクセス二世を指しているのであれば、紀元前三九八年となる。聖書の正典が書かれて以降のユダヤ教の伝統には、書記官エズラは、黙示録的なイメージの影響を被りやすい預言者的な人物とされ、また神的霊感にうながされて、焚書にされた聖書の内容を五人の書記に四十日間にわたって口頭で伝え、内容を復元したという説がある（*Quatrième Livre d'Esdras*, dans *La Bible : écrits intertestamentaires*, Paris, Gallimard, 1987, p. 1393-1465）。キリスト教的伝統においても、エズラは預言者として、「エズラの展望」「エズラ書第五巻」「第六巻」などの黙示録的文書に描写される（*Écrits apocryphes chrétiens*, Paris, Gallimard, 1997, p. 593-670）。

（5）　文字通りに訳すと「尊厳におけるゆとり」となる。Cicéron, *Pro Sestio*, Cambridge, Harvard University Press, 1984, p. 168（XLV-98）［キケロー「セスティウス弁護」『キケロー選集一　法廷・政治弁論I』、宮城徳也訳、岩波書店、二〇〇一年、二八八頁。訳書では「名誉ある平安」と訳される］、および *Correspondance*, t. III, Paris, Belles Lettres, 1971, p. 141（*Ad familiares*, I, 9, 21）［キケロー「縁者・友人宛書簡集I」『キケロー選集十五　書簡III』、高橋宏幸・五之治昌比呂・大西英文訳、岩波書店、二〇〇二年、六五頁。訳書では「品格ある和平」と訳出される］を参照せよ。

（6）　たとえば、次の部分を参照されたい。Confucius, *op. cit.*, p. 37-38 et 41（II, 23 et III, 14）。［孔子『論語　増補版』、五二～五三頁（第二章「為政」第二三節）および六八頁（第三章「八佾」第一四節）に対応］

（7）　Sima Qian, *op. cit.*, p. 215.［司馬遷「孔子世家」、七九九頁。ただし訳文はフランス語からのもの］

（8）　Cicéron, *Traité des lois*, Paris, Les Belles Lettres, 1968, p. 3 (1. 1, 1-5).［キケロー「法律について」『キケロー全集八

哲学I』、岡道男訳、岩波書店、一九九九年、一八三頁〕

第2章

（1） Ernst H. Kantorowicz, *Les Deux Corps du Roi* (1957), dans *Œuvres*, Paris, Gallimard, 2000, p. 657-658.〔エルンスト・H・カントーロヴィチ『王の二つの身体』、小林公訳、平凡社、一九九二年、二四頁〕

（2） Sima Qian, *Mémoires historiques*, chap. 47, trad. André Lévy, dans Confucius, *Entretiens avec ses disciples*, Paris, Flammarion, 1994, p. 130-143.〔司馬遷「孔子世家」、八〇四頁〕

（3） 地下にある受付ホールの天井高は二七メートルで、閲覧室の天井高は二二メートルである。ドミニク・ペローによる設計図は、*Bibliothèque nationale de France, 1989-1995*, Bâle, Birkhäuser, 1995, p. 130-143を参照せよ。

（4） Celse, *De medicina*, Londres, Heinemann, 1971, p. 44 (1. I, 2, 1).

（5） Giacomo Leopardi, lettre à Pietro Giordani, 2 mars 1818, dans *Lettere*, Milan, Mondadori, 2006, p. 128.

（6） *Id.*, *Zibaldone*, Milan, Mondadori, 1997, vol. I, p. 115（pagination du manuscrit autographe) (7 juin 1820).

（7） *Ibid.*, p. 1597-1598 (31 août-1er septembre 1821).

（8） *Ibid.*, vol. II, p. 2702 (20 mai 1823).

（9） *Ibid.*, vol. I, p. 1610 (2 septembre 1821).

（10） *Ibid.*, p. 207-208 (11 août 1820), 233 (8 septembre 1820), 1599-1602（31 août-1er septembre 1821).

（11） Jorge Luis Borges, *Essai d'autobiographie* (1970), dans *Livre de préfaces*, Paris, Gallimard, 1980, p. 280を参照せよ。

（12） *Id.*, « Poema de los dones » (1959), dans *El hacedor*, repris dans *Obras completas*, t. II : *1952-1972*, Barcelone, Emecé, 1989, p. 187.〔J・L・ボルヘス「天恵の歌」『創造者』、鼓直訳、岩波文庫、二〇〇九年、九四頁〕

第3章

（1） Virginia Woolf, *A Room of One's Own*（1929), Oxford, Oxford University Press, 1992, p. 60-62（trad. fr. : *Une chambre à soi*, Paris, 10-18, 1996, p. 70-73).［ヴァージニア・ウルフ『自分だけの部屋』、川本静子訳、みすず書房、一九九九年、六九～七二頁］

（2） *Ibid.*, p. 9.［前掲書、一〇頁］

（3） Émilie du Châtelet, *Les Lettres de la marquise du Châtelet*, Genève, Institut et Musée Voltaire, 1958, vol. II, p. 294（lettre à Jean-François de Saint-Lambert, vers le 15 juin 1749）; citée par Robert Mauzi dans son édition du *Discours sur le bonheur*, Paris, Les Belles Lettres, 1961, p. 54-55.

（4） とくに、キケロの演説 *Pour le poète Archias*, Paris, Les Belles Lettres, 1989, p. 40-43（§ 12-16）［キケロー「アルキアース弁護」『キケロー選集二　法廷・政治弁論II』、谷栄一郎訳、岩波書店、二〇〇〇年、八〇～八三頁］と *Tusculanes*, Paris, Les Belles Lettres, 1968-1970, vol. I, p. 4-8（l. I, § 1-8）［キケロー「トゥスクルム荘対談集」『キケロー全集十二　哲学V』、岩谷智・木村健治訳、岩波書店、二〇〇二年、三～一〇頁］、および vol. II, p. 139-142（l. V, § 68-72）［前掲書、三二一～三二四頁］を参照せよ。

（5） シャトレ夫人の引用は以下より。*Discours sur le bonheur*, Paris, Payot & Rivages, 1997, p. 52-55.

（6） ウルフが、実際のところ話題にしているのは、フランス語翻訳が示すような《自分の寝室（chambre à soi)》や《夫とは異なる寝室（chambre à part)》ではなく、《自分用の部屋（pièce à soi)》である。

（7） このエピソードは清少納言自身が『枕草子』の跋文で語っていることである。

第4章

（1） ギリシア語で書かれたヒッポクラテスの第一の箴言はラテン語で伝統的にこのように訳されてきた。Hippocrate,［*Œuvres*］, t. IV, Cambridge, Harvard University Press, 1992（*Aphorismes*［*Aphorismoi*］, I, 1）: « Ho bios brakhus, hê de tekhnê makrê［...］. »

（2） Jules Barthélémy-Saint-Hilaire, *M. Victor Cousin, sa vie et sa correspondance*, Paris, Hachette, 1895, t. II, p. 510-513.

（3） Ehrgott Andreas Christoph Wasianski, *Immanuel Kant in seinen letzten Lebensjahren. Ein Beitrag zur Kenntnis seines*

Charakters und häuslichen Lebens aus dem täglichen Umgange mit ihm, dans Ludwig Ernest Borowski *et al.*, *Wer war Kant ?*, s. l., Neske, 1974, p. 225 : « kann ein Mensch gesunder sein, als ich ? » を参照せよ。

（4）　Theodor Gottlieb von Hippel, *Der Mann nach der Uhr, oder der ordentliche Mann. Ein Lustspiel in einem Auzuge*（1766）, dans *Sämmtliche Werke*, t. X : *Kleinere Schriften*, Berlin, Reimer, 1828, p. 371-416 ; trad. fr. : *L'Homme à la minute, comédie en un acte*, dans Adrien Chrétien Friedel, éd., *Nouveau Théâtre allemand*, t. IV, Paris, 1782, p. 255-328 を参照せよ。

（5）　François Rabelais, *Gargantua*（1535）, chap. XXIII, dans *Œuvres complètes*, Paris, Gallimard, 1994, p. 65.［フランソワ・ラブレー『ガルガンチュア（ガルガンチュアとパンタグリュエル1）』、宮下志朗訳、ちくま文庫、二〇〇五年、一九一頁（第二三章）］

（6）　Pierre de Ronsard, *Discours des Misères de ce temps*, dans *Œuvres complètes*, t. II, Paris Gallimard, 1994, p. 1055-1057（« Response de Pierre de Ronsard aux injures et calomnies de je ne sçay quels predicantereaux et ministreaux de Genéve », 1563, v. 477-552）. また、Yvonne Bellanger, *Le Jour dans la poésie française au temps de la Renaissance*, Tübingen, Gunter Narr, 1979, p. 77-78 を参照せよ。

第5章

（1）　Nicola Spinosa, *Ribera*, Naples, Electa Napoli, 2003, p. 244 を参照せよ。

（2）　ニコラ・スピノーサが手に入れたカタログでは《ディオゲネス》には A177 という整理番号がつけられている（この絵の見事な複製が、Alfonso E. Pérez Sánchez et N. Spinosa, *Jusepe de Ribera 1591-1652*, New York, Metropolitan Museum of Art, 1992, p. 122 に掲載されている）。また《天文学者》は A209 である（複製は、Fernando Benito Doménech, *Ribera 1591-1652*, Valence, Bancaja, 1991, p. 129 を参照せよ）。《父に祝福されるヤコブ》は A170（複製は、*op. cit.*, p. 126-127 を参照せよ）。さらに仮説的なことだが、ツーソン市アリゾナ大学に所蔵されている一六三一年作《哲学者》に描かれた人物が、髭はないが、モデルだったのではないかと考えられる（A72；複製は、F. B. Doménech, *op. cit.*, p. 70 に掲載）。白髪ではあるがやはりモデルとしてプラド博物館所蔵の《聖フェリペ》（A85）やノースレー・

ホールのダービー伯爵コレクションの一六四〇年作《老いた乞食》（A236）などが挙げられる。またモデルの問題とは独立して、ツーソン市の《哲学者》の光線の使用法は、頭と手のみに光があたっているという点で、ボルドー美術館の絵と酷似している。ついでに、失われてしまった作品《鏡に映る哲学者》の複製画（B15）が存在しているということも指摘しておこう。

（3）二〇〇七年四月の時点で美術館はこの解説を添えていた。

（4）René Descartes, *Discours de la méthode* (1637), I, dans *Œuvres et Lettres*, Paris, Gallimard, 1953, p. 131.［ルネ・デカルト『方法序説』、谷川多佳子訳、岩波文庫、一九九七年、一七～一八頁］

（5）*Ibid.*, p. 134 (*Discours*, II).［前掲書、一九～二〇頁］

（6）Jean Baudoin, *Iconologie*, Paris, Mathieu Guillemot, 1644, II, p. 194 (*s. v.* « Désir d'apprendre »).

（7）Guy de Tervarent, *Attributs et Symboles dans l'art profane*, Genève, Droz, 1997, p. 298 ; ill. 26.

（8）Cesare Ripa, *Iconologia*（1593）, Rome, 1603, p. 444-445 (*s. v.* « Scienza »).

（9）*Ibid.*, p. 499 (*s. v.* « Verità »).

（10）*Ibid.*, p. 501 (*s. v.* « Verità »).

（11）*Ibid.*, p. 18 (*s. v.* « Ammaestramento »).

（12）*Ibid.*

（13）J. Baudoin, *op. cit.*, II, p. 129 (*s. v.* « Instruction »).

（14）C. Ripa, *op. cit.*, p. 445 (*s. v.* « Scienza »).

第6章

（1）Robert Borgen, *Sugawara no Michizane and the Early Heian Court*, Cambridge, Harvard University Press, 1986, p. 107. 英語版からフランス語に翻訳したのだが、「江」を「黄河」と訳したことで道真の原文を歪曲する可能性があるとしても、害にならない程度の中国趣味に訴えたいという欲望に抗しきれなかった。天神さまのお許しがありますように！

（2）　*Ibid.*, p. 111.

第7章

（1）　この小道具の写真と解説については次の研究を参照せよ。Eric Gubel, dir., *Le Sphinx de Vienne*, Bruxelles, Ludion, 1993, p. 168-169.

（2）　*Le Jardin du lettré*, Boulogne-Billancourt, Musée Albert-Kahn, 2004, p. 264-271 を参照せよ。

（3）　*Op. cit.* 226-229 et David Holzman, « Les Sept sages de la forêt des bambous et la société de leur temps », *T'oung Pao*, vol. XLIV, 1956, p. 328-346 および Audrey Spiro, *Contemplating the Ancients*, Berkeley, University of California Press, 1990, p. 44-64 et *passim* を参照せよ。

（4）　Cicéron, *Tusculanes*, V, 105 : « le loisir lettré ».［キケロー「トゥスクルム荘対談集」『キケロー全集十二　哲学V』、三四二頁。なお翻訳では、「文人のゆとり」は「学識に捧げられた閑暇」と訳されている］

（5）　Edmund Engelman, *La Maison de Freud*, Paris, Seuil, 1979, p. 72, 74-75, 84 et *passim*.

（6）　Sigmund Freud, *Briefe an Wilhelm Fliess, 1887-1904*, Francfort, Fischer, 1986, p. 399 (lettre du 1er août 1899).［『フロイト　フリースへの手紙　1887-1904』ジェフリー・ムセイエフ・マッソン編、ミヒャエル・シュレーターードイツ語版編、河田晃訳、誠信書房、二〇〇一年、三八七頁（一八九九年八月一日付書簡）］。当該部分の引用は以下の論文より行っている。Lydia Marinelli, dans L. Marinelli, dir., « *Meine... alten und dreckigen Götter* », Francfort, Strœmfeld, 1998, p. 11.

（7）　S. Freud, lettre à Stefan Zweig du 17 février 1931, dans S. Zweig, *Briefwechsel mit Hermann Bahr, Sigmund Freud, Rainer Maria Rilke und Arthur Schnitzler*, Francfort, Fischer, 1987, p. 192.［ステファン・ツヴァイクに宛てた書簡の翻訳は、『フロイト著作集　第八巻』、生末敬三訳、人文書院、一九七四年、四〇七頁から転用した］

（8）　フロイトによる蒐集の構成とその歴史については、次の研究を参照せよ。Peter Gay, Wendy Botting et J. Keith

Davies, notamment, dans Lynn Gamwell et Richard Wells, dir., *Sigmund Freud and Art*, Londres, Thames and Hudson, 1989, p. 15-16, 184-185 et *passim*. また以下の研究も参考のこと。Joachim Sliwa, *Egyptian Scarabs and Seal Amulets from the Collection of Sigmund Freud*, Cracovie, Polska Akademia Umiejetnosci, 1999.

（9）　E. Engelman, *op. cit.*, p. 19（trad. Edgar Roskis）.

（10）　*Ibid.*, p. 19-20.

（11）　この点については、これまで引用してきた研究に加えて、以下の研究を参照せよ。Stephen Barker, dir., *Excavations and Their Objects*, Albany, State University of New York Press, 1996. および、Janine Burke, *The Sphinx on the Table*, New York, Walker, 2006.

（12）　ロンドンのナショナル・ギャラリーに所蔵されているアントネロ・ダ・メッシーナの《聖ヒエロニュムス》と、ヴィットーレ・カルパッチョが描いた、ベネチアのサン・ジョルジョ・デリ・スキアヴォーニ信徒会に収蔵されている《聖アウグスティヌスの書斎》（このフレスコ画については本書第11章「動物」を参照せよ）がとりわけ思い起こされる。書斎とともに描かれた最初の文人はペトラルカである。これについては以下の研究書を参照せよ。Wolfgang Liebenwein, *Studiolo*, Modène, Panini, 1988, p. 39-40 et Dora Thornton, *The Scholar in His Study*, New Haven, Yale University Press, 1997. および、Jean Clair, « La mélancolie du savoir », dans J. Clair, *La Mélancolie*, Paris, Gallimard, 2005, p. 204.

（13）　Gilles Corrozet, « Le blason de l'estude », dans *Les blasons domestiques*, Paris, 1539, f. 33-35 v° ; cité par D. Thornton, *op. cit.*, p. 178-179.

（14）　S. Freud, *Gesammelte Werke*, t. X, Francfort, Fischer, 1973, p. 430-431（« Trauer und Melancholie［Deuil et mélancolie］», 1915）. Trad. Janine Altounian *et al.*, dans *Œuvres complètes*, t. XIII, Paris, Presses universitaires de France, 1994, p. 263-264.［「喪とメランコリー」『フロイト全集十四』、伊藤正博訳、岩波書店、二〇一〇年、二七六頁］フロイトのメランコリー観の曖昧な位置づけについては Alexandra Triandafillidis, *La Dépression et son inquiétante familiarité*, Paris, Éditions universitaires, 1991 を参照せよ。

（15）　この絶望は、アンヌ・ラリュが *L'Autre Mélancolie*, Paris, Hermann, 2001, p. 114-121 で強調するように、肯定的な意味合いがないわけではない。

第８章

（１）　Juvénal, *Satires*, Paris, Les Belles Lettres, 1983, p. 91（VII, 69-71）.［ペルシウス／ユウェナーリス『ローマ諷刺詩集』、国原吉之助訳、岩波文庫、二〇一二年、一九四頁（第七歌）］『アエネーイス』の一節は次を参照せよ。Virgile, *Énéide*, Paris, Les Belles Lettres, 1989, p. 99-100（VII, 445-457）et 102（511-522）.［ウェルギリウス『アエネーイス（上）』、泉井久之助訳、岩波文庫、一九七六年、四六四〜四六五頁、四七〇頁（第七歌四四五〜四五七行、および五一一〜五二二行）］

（２）　現代の状況については、次の堂々たる社会学的研究を参考のこと。Bernard Lahire, *La Condition littéraire*, Paris, La Découverte, 2006.

（３）　Aristote, *The Nicomachean Ethics*, Cambridge, Harvard University Press, 1990, p. 612（X, VII, 1, 1177 a 18）.［アリストテレス『ニコマコス倫理学（下）』、高田三郎訳、岩波文庫、一九七三年、一七四頁（第十巻第七章）］

（４）　*Id.*, *The Metaphysics*, vol. I, Cambridge, Harvard University Press, 1989, p. 8（I, I, 981 b 23）.［『アリストテレス全集十二　形而上学』、出隆訳、岩波書店、一九六八年、七頁］

（５）　*Id.*, *The Nicomachean Ethics*, p. 612（X, VII, 4, 1177 a 28）.［アリストテレス『ニコマコス倫理学（下）』、一七四頁（第十巻第七章）］

（６）　現代における文学的な呪いの歴史については、Pascal Brissette, *La Malédiction littéraire*, Montréal, Presses de l'Université de Montréal, 2005 を参照せよ。

（７）　Julien Benda, *La Trahison des clercs*（1927）, Paris, Grasset, 1995, p. 131 *sqq*.［ジュリアン・バンダ『知識人の裏切り』、宇京頼三訳、未來社、一九九〇年、一四六頁以降］

（８）　Ch・ウルバンとE・ルヴェスクが編集した Jacques Bénigne Bossuet, *Correspondance*, Paris, Hachette, 1909, vol. I,

p. 253-254 と、Georges Minois, *Bossuet*, Paris, Perrin, 2003, p. 212-214 の情報量の多い註釈を参照せよ。

（9） J. B. Bossuet, Lettre au maréchal de Bellefonds, 9 septembre 1672, dans *Correspondance*, vol. I, p. 253.

（10） *Ibid.*《享受（*conjouissance*）》とは辞書（Furetière, *Dictionnaire universel*）によれば、《訪れた財産を人とともに悦ぶ》という意味である。

（11） *Ibid.*, p. 254-255. Le *domestique*〔「家中の者」と訳出した〕という語には、召使いを含めた家にいる者全員、家事全般という意味がある（Furetière, *Dictionnaire universel*）。

（12） Ch. Urbain et E. Levesque, *loc. cit.*, p. 493-494 を参照せよ。

（13） G. Minois, *op. cit.*, p. 230 *sqq.* を参照せよ。

第9章

（1） 一八八九年六月十五日の出来事の詳細はすべて、翌日発行の『フランス共和国官報』とその後数日間にわたって報道された『ジュルナル・デ・デバ』紙の記事に拠っている。

（2） Ernest Renan, *Œuvres complètes*, Paris, Calmann-Lévy, 1948, t. II, p. 1010-1011（« Peut-on travailler en province ? », dans *Feuilles détachées*）.

（3） *Grand Dictionnaire universel du XIXe siècle*, Paris, Larousse, 1866-1879, vol. XIII, p. 1385（art. « Rose »）.

（4） Maurice Barrès, *Huit jours chez M. Renan*（1886）, Paris, Émile-Paul, 1913.

（5） *Le Livre d'or de Renan*, Paris, Joanin, 1903, p. 43 et Léon Dubreuil, *Rosmapamon*, Paris, Ariane, 1945, p. 74. および、Anne-Marie de Brem, *Tréguier et la maison d'Ernest Renan*, Paris, Monum - Éditions du patrimoine, 2004, p. 39 を参照せよ。

（6） Martin Heidegger, *Holzwege*, Francfort, Klostermann, 1977, p. 28（« Der Ursprung des Kunstwerkes », 1936）: « Im Aufgehenden west die Erde als das Bergende. » Trad. Wolfgang Brokmeier（*Chemins qui ne mènent nulle part*, Paris, Gallimard, 1980, p. 45）.

第10章

（1）　Mark Morford, « The Stoic Garden », *Journal of Garden History*, vol. VII, n° 2, avril-juin 1987, p. 154-155 を参照せよ。

（2）　Pierre Grimal, *Les Jardins romains*, Fayard, 1984, p. 361-362 を参照せよ。

（3）　Cicéron, *De l'orateur*（*De oratore*）, Paris, Les Belles Lettres, 1985, t. I, p. 17（I, VII-29）.［キケロー「弁論家について」『キケロー選集七　修辞学Ⅱ』、大西英文訳、岩波書店、一九九九年、一七頁］

（4）　*Ibid*., t. II, p. 15-16（II, V-21）.［前掲書、一四四頁］

（5）　*Ibid*., t. II, p. 16（II, V-22）.［前掲書、一四四頁］

（6）　Pétrarque, *La Vie solitaire*（*De vita solitaria*, 1346-1366）, Grenoble, Millon, 1999, p. 44-65（l. I, sect. 2）.

（7）　*Ibid*., p. 316-357（l. II, sect. 7-9）.

（8）　Leon Battista Alberti, *I libri della famiglia*（1433 env.）, Turin, Giulio Einaudi, 1994, p. 244（III）: « La villa sola sopra tutti si truova conoscente, graziosa, fidata, veridica. Se tu la governi con diligenza e con amore, mai a lei parerà averti satisfatto ; sempre agiugne premio a' premii. Alla primavera la villa ti dona infiniti sollazzi, verzure, fiori, odori, canti ; sforzasi in piú modi farti lieto, tutta ti ride e ti promette grandissima ricolta, émpieti di buona speranza e di piaceri assai. »

（9）　Didier Érasme, *Opera omnia*, t. I, 3 : *Colloquia*, Amsterdam, North-Holland Publishing Company, 1972, p. 235（*Convivium religiosum*）: « Abstine, inquit, sus, non tibi spiro. »

（10）　Lucrèce, *De la nature*（*De rerum natura*）, Paris, Les Belles Lettres, 1985, t. II, p. 139（VI, 973-975）［ルクレーティウス『物の本質について』、樋口勝彦訳、岩波文庫、一九六一年、三〇六頁］; Aulu-Gelle, *Les Nuits attiques*（*Noctes Atticae*）, Paris, Les Belles Lettres, 1967, t. I, p. 5（préface, 19）.

（11）　Juste Lipse, *Opera omnia*, Wesel, André van Hoogenhuysen, 1675, t. II, p. 507-508（*Epistolarum selectarum centuria quinta miscellanea postuma*, 77, à Gaspar van Diemen, 12 novembre 1605）: « Post libros, duæ sunt avocationes, vel solatia : Hortus, & Canes. » Cité par Jan Papy, « Lipsius and His Dogs : Humanist Tradition, Iconography and Rubens's Four Philosophers », *Journal of the Warburg and Courtauld Institutes*, LXII, 1999, p. 167.

（12） J. Lipse, *op. cit.*, p. 776-788（*Epistolarum selectarum centuria prima ad Belgas*, 44）を参照せよ。

（13） *Ibid.*, p. 112（*Epistolarum selectarum centuria prima miscellanea*, 91, à Charles de l'Écluse）: « Cariores mihi bulbi illi Tuliparum selectarum, quos ad me mittis, quam si globulos totidem ex auro vel argento. Vulgus non credat ? ego de meo animo & ex animo loquor. Grandes tibi gratias habeo : & cùm habeo, debeo : ac debebo semper. » Cité en partie par M. Morford, *op. cit.*, p. 167-168.

（14） J. Papy, *op. cit.*, p. 190-197 を参照せよ。

（15） J. Lipse, *De constantia*, Anvers, Plantin, 1599, p. 43（II, II）: « O gaudii & liquidæ voluptatis vere fons ! ô Venerum & Gratiarum sedes ! mihi in vestris umbraculis quies & vita sit : mihi fas remoto extra civicos tumultus, inter has herbas, inter hos noti ignotique orbis flores, hilari & hiante oculo oberrare : & modò ad hunc occidentem, modò ad illum exorientem manum vultumque circumferre : & cum vagâ quadam allucinatione, curarum hîc omnium falli & laborum. » Trad. d'après l'éd. de Tours, 1592.

（16） *Ibid.*, p. 45-46（II, III）: « Itaque vides veteres illos Sapientes ? in hortis habitarunt. Eruditas hodie doctasque animas ? hortis delectantur, & in iis divina illa pleraque scripta procusa, quæ miramur, & quæ nulla temporum series aut senectus abolebit. Viridi illi Lycæo tot dissertiones de naturâ debemus : umbriferæ Academiæ, & moribus, & ex hortorum spatiis diffusi uberes illi Sapientiæ rivi quos bibimus, & qui fæcundâ diluvie orbem terræ inundarunt. Scilicet attollit se magis erigitque ad alta iste animus, cùm liber & solutus videt suum cælum, quàm cum ædium aut urbium carceribus tenetur inclusus. Hîc mihi vos poëtæ duraturum aliquod carmen pangite, hîc vos litterati meditamini & scribite, hic vos Philosophi de tranquillitate, de constantiâ, de vitâ & morte disputate. En Lipsi, quæ vera hortorum usio & finis, otium inquam, secessio, meditatio, lectio, scriptio : & ea tamen omnia velut per remissionem & per lusum. Ut pictores, longâ intentione hebetatos oculos, ad specula quædam & virores colligunt : sic nos hîc animum defessum, aut aberrantem. Et cur celem te meum institutum ? Pergulam illam topiario opere vides ? Hæc musarum mihi domus est, hæc sapientiæ meæ gymnasium & palæstra. » Trad. d'après l'éd. de Tours, 1592.

（17） *Id.*, *Opera omnia*, t. II, p. 143（*Ep. sel. cent. II misc.*, 15, à Dominique Lampson, 19 juin 1587 : « Lipsiani horti lex »）: « K.

III. SERMONES etiam ne exléges. / JOCARI licet. / NARRARE licet : / ROGARE licet : / Sed nihil SERIUM. / GRATIARUM hic locus est. / K. IV. Siquid AMOENIUS tamen in STUDIIS ; / Inter AMBULANDUM / Dissere, doce, disce. / Et MUSARUM hic locus est. » Cité par Nathalie Dauvois-Lavialle, « Juste Lipse et l'esthétique du jardin », dans C. Mouchel, éd., *Juste Lipse (1547-1606) en son temps*, Paris, Champion, 1996, p. 229-230. また、M. Morford, *op. cit.*, p. 151-154 を参照せよ。

第11章

(1) Montaigne, *Essais*, Paris, Presses universitaires de France, 1992, p. 661 (II, XVII). ［モンテーニュ『エセー5』、宮下志朗訳、白水社、二〇一三年、一一八頁］

(2) ルイ・ル・ジャールのことである。Michèle Fogel, *Marie de Gournay*, Paris, Fayard, 2004, p. 27.

(3) Gédéon Tallemant des Réaux, *Historiettes*, Paris, Gallimard, 1960, vol. I, p. 380.

(4) Juste Lipse, lettre du 5 mai 1597, dans Marie de Gournay, *Œuvres complètes*, Paris, Champion, 2002, vol. II, p. 1941.

(5) この呼び方をだれが最初にしたのか、先ほど同様、留保するべきである。

(6) Jean-Marc Chatelain, *La Bibliothèque de l'honnête homme*, Paris, Bibliothèque nationale de France, 2003, p. 13-18 を参照せよ。

(7) M. de Gournay, *op. cit.*, vol. I, p. 565-567.

(8) *Ibid.*, p. 1811-1812.

(9) G. Tallemant des Réaux, *op. cit.*, p. 380.

(10) Maurice Cauchie, « Nicole Jamin, la suivante de Mlle de Gournay, est-elle fille d'Amadis Jamin ? », *Revue des bibliothèques*, 32e année, nº 10-12, octobre-décembre 1922, p. 289-292 を参照せよ。

(11) Michel de Marolles, *Suitte des Mémoires de Michel de Marolles, abbé de Villeloin*, Paris, Sommaville, 1657, p. 99.

(12) この絵画の主題を最初に解読したのが次の研究である。Helen I. Roberts, « St. Augustine in *St. Jerome's Study* : Carpaccio's Painting and Its Legendary Source », *The Art Bulletin*, vol. XLI, nº 4, décembre 1959, p. 283-297. クラウディア・

チエリ・ヴィーアも次の研究の序文で、このフレスコ画に関する興味深い分析を提案している。Claudia Cieri Via propose une analyse intéressante de cette fresque dans sa préface à Wolfgang Liebenwein, *Studiolo*, Modène, Panini, 1988, p. XV-XVI.

（13） *Hieronymus : vita et transitus*, Venise, 1485, fol. 22 ; cité par H. I. Roberts, *op. cit.*, p. 297.

（14） 文人の飼い犬の絵画はほかにも、Bernardino Corio, *Patria historia*, Milan, 1503 の表紙の版画や、大英博物館に収蔵されている、ロレンツォ・ロット（Lorenzo Lotto）による書斎にいる司祭を描いた一五三〇年頃の水彩画、およびローマのバルベリーニ宮殿に収蔵されているジローラモ・カルピとされる貴族の肖像画などが挙げられる。これらの図像は次の本を参照せよ。Dora Thornton, *The Scholar in His Study*, New Haven, Yale University Press, 1997, p. 7（fig. 7）, 38（fig. 24）, 141（fig. 87）. 文人の書斎画に現れる犬の主題については、次の研究を参照されたい。Patrick Reuterswärd, « The Dog in the Humanist's Study », *Konsthistorisk tidskrift*, vol. L, n° 2, 1981, p. 53-69.

（15） Tommaso Landolfi, « La petite chatte de Pétrarque »（« La gattina del Petrarca »）, dans *Sinon la réalité*（*Se non la realtà*, 1960）, Paris, Christian Bourgois, 2006, p. 53-62 を参照せよ。

第12章

（1） *Perinde ac cadavar*.「屍のように従順」はイエズス会のモットー。

（2） François Rabelais, *Gargantua*, chap. LIII, dans *Œuvres complètes*, Paris, Gallimard, 1994, p. 140.［フランソワ・ラブレー『ガルガンチュア（ガルガンチュアとパンタグリュエル１）』、宮下志朗訳、ちくま文庫、二〇〇五年、三八〇頁（第五三章）］

（3） *Report of the Royal Commission on the Universities of Oxford and Cambridge*, 1874 を参照せよ。

（4） William Empson, *Seven Types of Ambiguity*（1930）, New York, New Directions, 1966.［ウィリアム・エンプソン『曖昧の七つの型』、岩崎宗治訳、研究社、一九七二年］

（5） *College Orders and Memoranda 1907-1946*, p. 210. この引用は、次に挙げるハーフェンデンによる比類のない伝

記に掲載されていたものである。John Haffenden, *William Empson*, Oxford University Press, 2005, vol. I, p. 242. ハーフェンデンの提供する伝記、とくに第一巻（vol. I, p. 230-273）に、この逸話に関する筆者の知識はすべて拠っている。

（6）　W. Empson, lettre à I. A. Richards, cité par J. Haffenden, *op. cit.*, p. 250.

（7）　Thomas Walter Laqueur, *Le Sexe en solitaire*, Paris, Gallimard, 2005 を参照せよ。

（8）　J. Haffenden, *op. cit.*, vol. I, p. 232-239 ; vol. II, p. 376-431 を参照せよ。

（9）　W. Empson, « Letter I », dans *Collected Poems*, San Diego, Harcourt Brace Jovanovich, 1956, p. 19 : « Where is that darkness that gives light its place ? / Or where such darkness as would hide your face ? // Our jovial sun, if he avoids exploding / (These times are critical), will cease to grin, / Will lose your circumambient foreboding ; / Loose the full radiance his mass can win / While packed with mass holds all that radiance in ; / Flame far too hot not to seem utter cold / And hide a tumult never to be told. »

第13章

（1）　Saint Jérôme, *Lettres*, t. III, Paris, Les Belles Lettres, 1953, p. 33 (lettre LIV à Furia en 395, 10).

（2）　少なくとも、『聖ヨハネス・カッシアヌスの講話』というフィクションに語られていることである。*Conférences* de saint Jean Cassien, t. II, Paris, Éditions du Cerf, 1958, p. 10（VIII, I）; cité par René Draguet, dans *Les Pères du désert*, Paris, Plon, 1949, p. XLVI. また、*Comment vivre ensemble*, Paris, Seuil / IMEC, 2002, p. 144-147.［ロラン・バルト『いかにしてともに生きるか（コレージュ・ド・フランス講義 1976-1977 年度［ロラン・バルト講義集成Ｉ］）』、野崎歓訳、筑摩書房、二〇〇六年、一五六頁を参照せよ］

（3）　Armand Jean de Rancé, *Réponse au Traité des études monastiques*, Paris, François Muguet, 1692, p. 54-65（I, chap. VII : « Réponse à ce que l'on dit, *que les Etudes ont esté établies par saint Benoist même dans ses Monasteres* ; & à ce que l'on prétend, *qu'elles ont esté en usage dans les plus anciens Monasteres, c'est-à-dire dans ceux de l'Orient.* »）et Alfred de Vigny, *Daphné*（vers 1837）, Paris, Garnier, 1970, p. 304-305（1re lettre）. および、Anatole France, *Thaïs*（1890）, dans *Œuvres*, t. I,

Paris, Gallimard, 1984, p. 721 *sqq.* を参照せよ。

（4） Georg Wilhelm Friedrich Hegel, *Briefe von und an Hegel*, t. III : *1823-1831*, Hambourg, Felix Meiner, 1969, p. 185 (lettre 559, 3 septembre 1827) : « wir haben uns nicht lange beim déjeuner verweilt (d. h. um 11 Uhr Koteletts gegessen und eine Bouteille Wein getrunken) ». Trad. J. Carrère, dans *Correspondance*, Paris, Gallimard, 1990, t. III, p. 162.

（5） *Id.*, *Briefe*, p. 188 (lettre 560, 9 septembre).

（6） *Ibid.*, p. 188-189 (lettre 561, 13 septembre) : « Lavements, Fomentationen und Tisanen ganz auf französische Weise ».

（7） *Id.*, *Briefe*, p. 188 (lettre 560, 9 septembre).

（8） Ehrgott Andreas Christoph Wasianski, *Immanuel Kant in seinen letzten Lebensjahren*, dans Ludwig Ernest Borowski *et al.*, *Wer war Kant ?* , s. l., Neske, 1974, p. 220 et 228 を参照せよ。

（9） L. E. Borowski, *Darstellung des Lebens und Charakters Immanuel Kants. Von Kant selbst genau revidiert und berichtigt*, dans *Wer war Kant ?* , p. 193 : « Sein Tisch bestand aus drei Schüsseln, nebst einem Beisatz von Butter und Käse und im Sommer noch von Gartenfrüchten. Die erste Schüssel enthielt jederzeit eine Fleisch-, größtenteils Kalbssuppe mit Reis, Graupen oder Haarnudeln. Er hatte die Gewohnheit, auf seinen Teller noch Semmel zur Suppe zu schneiden, um sie dadurch desto bündiger zu machen. In der zweiten Schüssel wechselten trocknes Obst mit verschiedenen Beisätzen, durchgeschlagene Hülsenfrüchte und Fische miteinander ab. In der dritten folgte ein Braten ; ich erinnere mich aber nicht, jemals Wildbret bei ihm gegessen zu haben. Des Senfs bediente er sich fast zu jeder Speise, auch liebte er sehr die dicke Butter zu Gemüsen und Fleischspeisen und sann selbst darüber nach, wie die dicke Butter am besten durch fixe Luft zubereitet werden könnte. Butter und Käse machten für ihn noch einen wesentlichen Nachtisch aus. Und da er selbst so sehr den Käse liebte, so sahe er es auch gern, wenn seine Gäste Freunde vom Käse waren. Daher scherzte er oft mit meinem Bruder, daß dieser über zwei wichtige Gegenstände der Unterhaltung, nämlich über Käse und Tobakrauchen, nicht mitsprechen könnte. Er aß ein feines, zweimal gebackenes Roggenbrot, das sehr wohlschmeckend war. Der Käse wurde öfters fein gerieben auf den Tisch gesetzt. Unter allen Käsesorten war ihm der englische am liebsten, aber nicht der rötliche, der ihm mit Moorrübensaft gefärbt zu sein und deshalb so leicht seinen

Geschmack zu verändern schien, sondern der seltnere weiße. Bei großen Gesellschaften kam noch eine Schüssel und ein Beisatz von Kuchen hinzu. Die Lieblingsspeise Kants war Kabeljau. Er versicherte mich eines Tages, als er schon völlig gesättigt war, daß er noch mit vielem Appetit einen tiefen Teller mit Kabeljau zu sich nehmen könnte. »

(10)　*Ibid.*, p. 194 : « einen leichten roten Wein, gewöhnlich Medoc ».

(11)　Giacomo Leopardi, *Zibaldone*, Milan, Arnoldo Mondadori, 1997, vol. III, p. 4184（pagination du manuscrit autographe）: « molti si trovano, che dando allo studio o al ritiro p. qualunque causa tutto il resto del giorno, non conversano che a tavola, e sarebbero *bien fachés*［sic］di trovarsi soli e di tacere in quell'ora ». Trad. B. Schefer.

(12)　Matthieu, XV, 11.［「マタイによる福音書」（第一五章第一一節）、（新）二九頁「口に入るものは人を汚さず、口から出て来るものが人を汚すのである」］

(13)　たとえば、一八六八年四月十日、モンパルナス通りのサント＝ブーヴ宅に会食者が集まった「金曜の晩餐」が挙げられる。

(14)　Plutarque, *Banquet des sept sages*（*Tôn hepta sophôn symposion*）, 156 D, dans *Œuvres morales*, t. II, Paris, Les Belles Lettres, 1985, p. 219-220.［プルタルコス「七賢人の饗宴」『モラリア2』、瀬口昌久訳、京都大学学術出版会、二〇〇一年、二三〇頁］

(15)　これらの質問はすべてプルタルコスの「食卓歓談集」から借用したものである。*Propos de table*（*Sumposiaka*）de Plutarque, dans *Œuvres morales*, t. IX, 1972-1996, 3 vol.［プルタルコス「食卓歓談集」『モラリア8』、松本仁助訳、京都大学学術出版会、二〇一二年］

(16)　Christian Jacob, « Athenaeus the Librarian », dans D. Braund et J. Wilkins, dir., *Athenaeus and His World*, Exeter, University of Exeter Press, 2000, p. 103 を参照せよ。

(17)　*Pepaideumenoi, philologoi.* どちらもほぼ同じ意味でフランス語の文人（lettrés）に相当する。

(18)　Plutarque, *Préceptes de santé*（*Hugieina paraggelmata*）, XX, 133 A, dans *Œuvres morales*, t. II, p. 124.［プルタルコス「健康のしるべ」『モラリア2』、一五四頁］

第14章

（1）　Aristote, *Problèmes*, Paris, Les Belles Lettres, 1994, vol. III, p. 34 (XXX, 1, 954 b 16-18).［アリストテレス『アリストテレス全集十一　問題集』、戸塚七郎訳、岩波書店、一九八八年、四一八頁。なお人名表記は適宜変更している］この『問題集』がアリストテレス自身の手によるものではなく、彼の弟子たち、とくにテオフラテスの手によると主張する研究も複数ある。メランコリーについては、次の研究をとりわけ参照されたい。Raymond Klibansky, Erwin Panofsky et Fritz Saxl, *Saturne et la mélancolie* (1964), Paris, Gallimard, 1989.

（2）　Aristote, *op. cit.*, p. 29 (953 a 10-14).［前掲書、四一三頁］

（3）　*Ibid.*, p. 29 (953 a 25-29).［前掲書、四一四頁］

（4）　*Ibid.*, p. 36 (954 a 39-40).［前掲書、四一八頁］

（5）　Cicéron, *Tusculanes*, Paris, Les Belles Lettres, 1968-1970, vol. I, p. 50 (I, XXXIII-80).［キケロー「トゥスクルム荘対談集」『キケロー選集十二　哲学V』、七九〜八〇頁］

（6）　Yves Hersant, « L'acédie et ses enfants », dans Jean Clair, dir., *Mélancolie*, Paris, Gallimard, 2005, p. 54.

（7）　Marsile Ficin, *Three Books on Life* (*De vita*, 1489), Binghamton, Center for Medieval and Early Renaissance Studies, 1989, p. 113-121 (I, III-VI) : « Litterati pituitæ et atræ bili obnoxii sunt », « Quot sint causæ quibus litterati melancholici sint vel fiant », « Cur melancholici ingeniosi sint et quales melancholici sint eiusmodi, quales contra », « Quo pacto atra bilis conducat ingenio ».

（8）　E. Panofsky, *La Vie et l'Art d'Albrecht Dürer* (1943), trad. Dominique Le Bourg, Paris, Hazan, 1987, p. 258. および、Peter-Klaus Schuster, « *Melencolia I* : Dürer et sa postérité », dans J. Clair, dir., *op. cit.*, p. 90-103 を参照し、さらに本書第7章「書斎」も参照せよ。

（9）　Meury Riflant, *Le Miroir des mélancholicques*, [Rouen], Petit, 1543, frontispice. 最後から二番目のページに出てくる、さらに直接的表現である「交尾の後は、いかなる動物も憂鬱になる」と比較せよ。また Aristote, *op. cit.*, p. 35 (XXX,

1, 955 a 23)［アリストテレス『アリストテレス全集十二　形而上学』、四二一頁］を参照せよ（「性交の後にも、大多数の者は沈んだ気持ちになる」）。

（10）　Aristote, *op. cit.*, p. 33 (XXX, 1, 954 b 1-4).［前掲書、四一八頁］

（11）　M. Ficin, *op. cit.*, p. 112-115 (I, IV).

（12）　Timothy Bright, *A Treatise of Melancholy* (1586), Londres, Stansby, 1613, p. 296（XXXVII）: « aboue all, abandon working of your braine by any studie, or conceit ». Trad. Éliane Cuvelier, dans *Traité de la mélancolie*, Grenoble, Millon, 1996, p. 240.

（13）　*Ibid.*, p. 295 : « Of the labours of the minde, studies haue great force to procure Melancholy if they be vehement and of difficult matters and high mysteries : and therefore chiefly they are to bee avoided. » Trad. É. Cuvelier, *op. cit.*, p. 239-240.

（14）　*Ibid.*, p. 296 : « such matter of study is to be made choise of, as requireth no great contention, but with a certaine mediocritie, may vnbend that stresse of the minde, through that ouervehement action, and withall carie a contentedness thereto, and ioy to the affection ». Trad. É. Cuvelier, *op. cit.*, p. 240-241.

（15）　Leon Battista Alberti, *Avantages et inconvénients des lettres* (*De commodis litterarum atque incommodis*, c. 1430), Grenoble, Millon, 2004.

（16）　Robert Burton, *The Anatomy of Melancholy* (1621), Oxford, Clarendon Press, 1989-2000, vol. I, p. 307（part. 1, sect. 2, memb. 3, subd. 15）: « wee can make *Maiors* and officers every yeare, but not Schollers : Kings can invest Knights and Barons, as *Sigismond* the Emperour confessed ; Universities can give degrees ; and *Tu quod es, è populo quilibet esse potest* ; but he nor they, nor all the world can give learning, make Philosophers, Artists, Orators, Poets ». 強調原著者。

（17）　Wolf Lepenies, *Melancholie und Gesellschaft*, Francfort, Suhrkamp, 1969, p. 22-37 ; Pascal Brissette, *La Malédiction littéraire*, Montréal, Presses de l'Université de Montréal, 2005 ; J. Clair, « Une mélancolie faustienne », dans J. Clair, dir., *Mélancolie*, Paris, Gallimard, 2005, p. 452-461 を参照せよ。

（18）　Aristote, *op. cit.*, p. 36 (XXX, 1, 955 a 36-39).［アリストテレス『アリストテレス全集十二　形而上学』、四二一頁］

第15章

（1）　*L'Imitation de Jésus-Christ*, Paris, Plon, 1950, p. 5（l. I, chap. II）: « Quiesce a nimio sciendi desiderio, quia magna ibi invenitur distractio et deceptio. / Scientes libenter volunt videri et sapientes dici. / Multa sunt, quæ scire parum vel nihil animæ prosunt. / Et valde insipiens est qui aliquibus aliis intendit, quam his quæ saluti suæ deserviunt. / Multa verba non satiant animam, sed bona vita refrigerat mentem, et pura conscientia magnam ad Deum præstat confidentiam. » Trad. Félicité Robert de Lamennais.［トマス・ア・ケンピス『キリストにならいて』、大沢章・呉茂一訳、岩波文庫、一九六〇年、一七頁（第一巻第二章）］

（2）　Pétrarque, lettre à Boccace du 28 mai 1362, dans *Lettres de la vieillesse*, Paris, Les Belles Lettres, t. I, 2002, p. 46-75（I, 5）; cité par Ugo Dotti, *Pétrarque*, Paris, Fayard, 1991, p. 294-295 を参照せよ。

（3）　この論争の経緯については以下の研究に多くを負っている。Blandine Kriegel, *L'Histoire à l'âge classique* (1988), Paris, Presses universitaires de France, 1996 ; en particulier, t. I et *Jean Mabillon*, p. 103-160 ; t. II. および、*Les Académies de l'histoire*, p. 19-167.

（4）　*Questions proposées à tous les Religieux Bénédictins de la Congrégation de Saint Maur, par le Bureau de Littérature, établi à l'Abbaye de Saint Germain des Prés*. Paris, Valleyre l'aîné, rue de la vieille Bouclerie, à l'Arbre de Jessé, 1767 を参照せよ。これらの課題は、マビヨンの論考 *De monasticorum studiorum ratione*（p. 1-12）の付録として出版された。課題実例はすべてその付録に掲載されている（p. 13-17）。マビヨン自身、「修道院における研究について（*Traité des Etudes monastiques*, Paris, Charles Robustel, 2e éd. 1692, vol. II, p. 198-254）」の末尾に課題の長大なリスト（« Liste des Principales Difficultez qui se rencontrent dans la lecture des Conciles, des Peres, & de l'histoire ecclesiastique par ordre des siécles »）を作成している。

（5）　フランスにおける「異教の驚異」に関する論争は、当時すでに一世紀以上の歴史があった。以下の著作を参考にせよ。Marc Fumaroli, « Les dieux païens dans *Phèdre* », dans *Exercices de lecture*, Paris, Gallimard, 2006, p. 228-231.

（6） 当時の修道会規則によれば、修道士の修道院間の移籍は可能であった。

（7） Armand Jean de Rancé, *De la sainteté et des devoirs de la vie monastique. Seconde Édition, reveuë & augmentée*, Paris, François Muguet, 1683, vol. I, p. 262-263 (chap. IX, question V).

（8） クレレ修道院の尼僧のことである。詳細は以下を参照せよ。Jean Mabillon, *Reflexions sur la réponse de M. l'Abbé de La Trappe, Au Traité des Études monastiques*, Paris, Charles Robustel, 2e éd. 1693, vol. I, p. 225 (chap. XVII).

（9） A. J. de Rancé, lettre à l'abbé Nicaise, 4 juin 1693, citée par François René de Chateaubriand, *Vie de Rancé* (1844), Paris, Marcel Didier, 1955, vol. II, p. 265.

（10） A. J. de Rancé, *Réponse au Traité des Études monastiques. Par M. l'Abbé de la Trappe*, Paris, François Muguet, 1692, p. 150 (chap. XIV).

（11） J. Mabillon, *De monasticorum studiorum ratione ad juniores studiososque congregationis sancti Mauri monachos*, Paris, Valleyre l'aîné, 1767, p. 4 : « Cibus animæ lectio est, quam si non subinde ipsi suppedites, jejuna & languens ad omnia erit. Non experientia quævis, non labor qui corpore exercetur, non ipsa divina officia sapient, si animus piarum lectionum usu non fuerit recreatus. Inde cor siccum & aridum erit, pigra erunt rerum spiritalium desideria, quæ flammæ instar, sublato lectionis oleo & alimento, restinguentur. »

（12） *Id.*, *Reflexions sur la réponse de M. l'Abbé de La Trappe*, vol. I, p. 227 (chap. XVII)；cité par B. Kriegel, *op. cit.*, t. I, p. 153. マビヨンは「ヨハネによる福音書」第五章第三九節を参照している（「あなたたちは、聖書の中に永遠の命があると考えて、聖書を研究している。ところが聖書はわたしについて証しをするものだ」）。

（13） J. Mabillon, *Traité des Études monastiques*, vol. I, p. 20-22 (part. I, chap. II).

（14） *Id.*, *Reflexions sur la réponse de M. l'Abbé de La Trappe*, vol. I, p. 203-204 (chap. XV).

（15） *Id.*, *Traité des Études monastiques*, vol. II, p. 195（part. III, chap. V）: « Quotidie morimur, quotidie commutamur : & tamen æternos nos esse credimus. Hoc ipsum quod dicto, quod relego, quod emendo, de vita mea tollitur. Quot puncta notarii, tot meorum damna sunt temporum. Scribimus atque rescribimus : transeunt maria epistolæ, & scindente sulcum carina, per singulos fluctus ætatis nostræ momenta minuuntur. Hoc solum habemus lucri, quod Christi nobis amore sociamur. » Trad. J. Mabillon.

第16章

（1）　この経緯についてはタルムードに幾度となく記されている。とりわけ以下の研究を挙げておく。*The Fathers According to Rabbi Nathan*, Atlanta, Scholars Press, 1986, p. 42-44（*Abot de rabbi Natan*, chap. IV）. および、*Hebrew-English Edition of the Babylonian Talmud*, t. XIV, Londres, Soncino, 1990, p. 255-259（*Gittin* 56 b）. 以下も参照せよ。Jacob Neusner, *A Life of Yohanan ben Zakkai*, Leyde, Brill, 1970, p. 157-166. および、Solomon Schechter et Wilhelm Bacher, « Johanan b. Zakkai », dans Isidore Singer, dir., *The Jewish Encyclopedia*, New York, Funk and Wagnalls, 1901-1906, t. VII, p. 214-217.

（2）　Gustave Flaubert, *Correspondance*, Paris, Gallimard, 1991, vol. III, p. 191（lettre à Edma Roger des Genettes, 1861）; cité par Marguerite Yourcenar, *Œuvres romanesques*, Paris, Gallimard, 1982, p. 519（*Carnets de notes de « Mémoires d'Hadrien »*）. 強調はフロベール。

（3）　François Rabelais, *Quart Livre*, chap. XXVIII［フランソワ・ラブレー『第四の書（ガルガンチュアとパンタグリュエル4）』、宮下志朗訳、ちくま文庫、二〇〇九年、二六四～二六六頁］。同じ逸話に関してプルタルコスは、Plutarque, *La Disparition des oracles*（*Peri tôn ekleloipotôn krhêstêriôn*）, 419 b-d, dans *Moralia*, t. V, Cambridge, Harvard University Press, 2003, p. 400-402.［プルタルコス「神託の衰微について」『モラリア5』、丸橋裕訳、京都大学学術出版会、二〇〇九年、二六九～二七一頁］で言及している。次のジャン＝クリストフ・バイイによる見事な註釈も参照せよ。Jean-Christophe Bailly, *Adieu : essai sur la mort des dieux*, La Tour d'Aigues, Éditions de l'Aube, 1993.

（4）　Lactance, *Institutions divines*, IV, 28.

（5）　Michel de Montaigne, *Essais*, Paris, Presses universitaires de France, 1992, p. 601-603（II, XII）.［ミシェル・ド・モンテーニュ『エセー4』、宮下志朗訳、白水社、二〇一〇年、二九〇～二九一頁（第二巻、第十二章）］。またプルタルコスの証言は、*L'E de Delphes*（*Peri tou ei tou en Delphois*）, 392 e – 393 b（19-20）, dans *Moralia*, t. V, p. 242-244.［プルタルコス「デルポイのEについて」『モラリア5』、一六六～一六七頁］を参照せよ。

（6）　*Ibid.*, 394 c (21), p. 252.［プルタルコス「デルポイのEについて」、一七二頁］: « Alla ge tôi ei to ‘ gnôthi sauton ’ eoike pôs antikeisthai kai tropon tina palin sunadein ; to men gar ekplêxei kai sebasmôi pros ton theon hôs onta dia pantos anapephônêtai, to d’ hupomnêsis esti tôi thnêtôi tês peri auton phuseôs kai astheneias. » Trad. Frédérique Ildefonse, Paris, Flamma¬rion, 2006, p. 117.

（7）　ヘラクレイトス（Héraclite, Diels-Kranz 93）をプルタルコスが引用したもの。Plutarque, *Pourquoi la Pythie ne rend plus d’oracles en vers* (*Peri tou mê khran emmetra nun tên Puthian*), 404 d (21), dans *Moralia*, t. V, p. 314 : « ho anax, hou to manteion esti to en Delphois, oute legei oute kruptei alla sêmainei ».［プルタルコス「ピュティアは今日では詩のかたちで神託を降ろさないことについて」『モラリア5』、二二六頁］

（8）　Charles Baudelaire, *Les Fleurs du mal* (« Élévation »).［シャルル・ボードレール「高翔」『ボードレール全詩集Ⅰ』、阿部良雄訳、ちくま文庫、一九九八年、四一頁（『悪の華』所収）］

（9）　Plutarque, *L’E de Delphes*, 393 c – 394 a (21), p. 246-250.［プルタルコス「デルポイのEについて」、一六八～一七〇頁］

第17章

（1）　たとえば、アウグスティヌスに宛てた第一〇五書簡を参照せよ。Saint Jérôme, *Lettres*, vol. V, Paris, Les Belles Lettres, 1955, p. 100-103.

（2）　*Ibid.*, vol. II, 1951, p. 86 (lettre XL, à Marcella, en 384).

（3）　文字通りには、ヒエロニュムスは彼らを「宦官司祭にふさわしい（ガリアの）去勢馬（*Gallicis canteriis*）」と誹謗した（*ibid.*, vol. II, p. 19 : lettre XXVII, à Marcella, en 384)。

（4）　*Ibid.*, p. 17.

（5）　たとえば以下のくだりを参照せよ。Confucius, *Entretiens* (*Lun yu*), Paris, Gallimard, 1989, p. 24 (III, 26).［孔子『論語　増補版』、七九頁（第三、第二六節）］

（6） Theodor Wiesengrund Adorno, *Prismes*（*Prismen*, 1955）, Paris, Payot, 2003, p. 7-26（« Critique de la culture et société », 1951）.［Th・W・アドルノ『プリズム——文化批判と社会』、竹内豊治・山村直資・板倉敏之訳、法政大学出版局、一九七〇年、三〜二六頁］

（7） Jean-Michel Rey, *L'Enjeu des signes*, Paris, Seuil, 1971 et Viktor Pöschl, « Nietzsche und die klassische Philologie », dans Hellmut Flashar, Karlfried Gründer et Axel Horstmann, dir., *Philologie und Hermeneutik im 19. Jahrhundert*, Göttingen, Vandenhoeck & Ruprecht, 1979, p. 141-155. および、Éric Blondel, *Nietzsche, le corps et la culture*, Paris, Presses universitaires de France, 1986, p. 133-189 を参照せよ。

（8） Friedrich Nietzsche, *Kritische Studienausgabe, 8*, Munich, Deutsche Taschenbuch Verlag, 1988, p. 38（3［76］）: « Die griechische Cultur vollständig begreifend sehen wir also ein, dass es vorbei ist. So ist der Philologe der *grosse Skeptiker* in unseren Zuständen der Bildung und Erziehung : das ist seine Mission. – Glücklich, wenn er, wie Wagner und Schopenhauer, die verheissungsvollen Kräfte ahnt, in denen eine neue Cultur sich regt. » Trad. d'après Philippe Lacoue-Labarthe et Jean-Luc Nancy, dans F. Nietzsche, *Considérations inactuelles, III et IV*, Paris, Gallimard, 1988, p. 279.

（9） これは一八七二年の初版につけられたタイトル（*Die Geburt der Tragödie aus dem Geiste der Musik*）である。一八八六年版でタイトルは『悲劇の誕生——あるいはギリシア精神とペシミズム（*La Naissance de la tragédie, ou : Hellénité et Pessimisme*［*Die Geburt der Tragödie. Oder : Griechenthum und Pessimismus*］）へと差し替えられた。

（10） F. Nietzsche, *La Naissance de la tragédie*, Gallimard, 2002, p. 13-14（« Essai d'autocritique »［« Versuch einer Selbstkritik », 1886］, 3）.［フリードリヒ・ニーチェ「自己批評の試み（一八八六年）」『悲劇の誕生』、秋山英夫訳、岩波文庫、一九六六年、一四〜一六頁］

（11） Charles Andler, *Nietzsche*, t. I, Paris, Gallimard, 1979（1re éd. : 1958）, p. 438-441 ; William Musgrave Calder III, « The Wilamowitz-Nietzsche Struggle : New Documents and a Reappraisal », *Nietzsche-Studien*, vol. 12, 1983, p. 214-254 ; Michèle Cohen-Halimi, « Une philologie excentrique », dans *Querelle autour de « La Naissance de la tragédie »*, Paris, Vrin, 1995, p. 11-24 を参照せよ。

(12)　Friedrich Ritschl, lettre à F. Nietzsche, 14 février 1872, dans *Querelle autour de « La Naissance de la tragédie »*, p. 35.

(13)　F. Nietzsche, lettre à Erwin Rohde, 30 avril 1872, *ibid.*, p. 73.

(14)　Ulrich von Wilamowitz-Möllendorff, *Zukunftsphilologie ! Eine erwidrung auf Friedrich Nietzsches, ord. professors der classischen philologie zu Basel, « geburt der tragödie »*, dans *Der Streit um Nietzsches « Geburt der Tragödie »*（1969）, Hildesheim, Olms, 1989, p. 27. 伝統的なドイツ語の慣用に逆らって、ヴィラモヴィッツは名詞の頭文字を大文字にしなかった。

(15)　*Ibid.*, p. 31 : « jede geschichtlich gewordene erscheinung allein aus den voraussetzungen der zeit, in der sie sich entwickelt, zu begreifen ».「未来の文献学」という表現にはヴァーグナーの「未来の芸術作品」という表現、そしてルートヴィッヒ・ビショッフによる「未来の音楽」というパロディーも反響している（M. Cohen-Halimi, *loc. cit.*, p. 18 を参照せよ)。ニーチェもまた、『善悪の彼岸』（一八八六年）の副題で「未来の哲学」について言及することになる。

(16)　*Ibid.*, p. 55 : « ergreife er den thyrsos, ziehe er von Indien nach Griechenland, aber steige er herab vom katheder, auf welchem er wissenschaft lehren soll ; sammle er tiger und panther zu seinen knieen, aber nicht Deutschlands philologische jugend ».

(17)　非公開な場所では、ローデははるかに激しい内容のことを述べている。「唾棄すべき金満ユダヤが災難をもたらした！」とヴィラモヴィッツの攻撃文の公刊直後、ニーチェに書き送っている。（« Da wäre ja der Skandal, in widerwärtigster Judenüppigkeit ! », lettre du 5 juin 1872, dans *Nietzsche Briefwechsel*, t. II, vol. 4, Berlin, De Gruyter, 1978, p. 11 ; trad. d'après Max Marcuzzi, dans *Querelle autour de « La Naissance de la tragédie »*, p. 128）.

(18)　*Ibid.*, p. 27.

(19)　C. Andler, *op. cit.*, p. 439 を参照せよ。

(20)　Héraclite, Diels-Kranz 53 : « polemos pantôn men patêr esti ».

(21)　Caroline Noirot, « Présentation », dans U. v. Wilamowitz, *Qu'est-ce qu'une tragédie attique ?*, Paris, Belles-Lettres, 2001, p. XVI を参照せよ。

第18章

（1） Jean Pic de la Mirandole, *Conclusiones nongentae*, Florence, Olschki, 1995, p. 6 : « De adscriptis Numero Noningentis Dialecticis, Moralibus, Physicis, Mathematicis, Meta-Physicis, Theologicis, Magicis, Cabalisticis, cum suis tum sapientum Chaldaeorum, Arabum, Hebraeorum, Graecorum, Aegyptiorum, Latinorumque placitis, disputabit publice Johannes Picus Mirandulanus Concordiae Comes. »

（2） *Ibid.*, p. XII. イタリア語の翻訳から引用者が訳出した。ラテン語の原典は、残念ながら複製がない。

（3） Olivier Boulnois, « Humanisme et dignité de l'homme selon Pic de la Mirandole », dans J. Pic, *Œuvres philosophiques*, Paris, Presses universitaires de France, 1993, p. 328-332 を参照せよ。

（4） J. Pic, *900 conclusions philosophiques, cabalistiques et théologiques*, Paris, Allia, 1999, conclusion n° 268, p. 74 : « Nulla est vis cœlestium astrorum quantum est in se malefica » ; n° 161, p. 48 : « Possibile est hominem ex putrefactione generari » ; n° 350, p. 94 : « Nihil est in mundo expers vitæ » ; n° 784, p. 194 : « Magicam operari non est aliud quam maritare mundum » ; n° 585, p. 150 : « Si non peccasset Adam, Deus fuisset incarnatus, sed non crucifixus » ; n° 884, p. 222 : « Qui sciuerit explicare quaternarium in denarium, habebit modum, si sit peritus Cabalæ, deducendi ex nomine ineffabili nomen LXXII literarum » ; n° 882, p. 220 : « Quod dicunt Cabalistæ, beatificandos nos in speculo lucente reposito sanctis in futuro seculo, idem est præcise sequendo fundamenta eorum, cum eo, quod nos dicimus, beatificandos sanctos in filio ». Trad. d'après Bertrand Schefer.

（5） Giuseppe Tognon, préface, dans J. Pic, *Œuvres philosophiques*, p. xxxiv-xxxv を参照せよ。

（6） J. Pic, *900 conclusions*, p. 18 : « In quibus recitandis, non Romanæ linguæ nitorem, sed celebratissimorum Parisiensium disputatorum dicendi genus est imitatus, propterea quod eo nostri temporis philosophi plerique omnes utuntur » の読者への献辞を参照せよ（「これらの提題を言語化するために、ピコはローマの言葉を真似たのではなく、パリでつとに名高い論争家たちの文体を真似た。というのもわたしたちの時代のほぼすべての哲学者がその文体を用いていたからである。」）

（7） J. Pic, *De la dignité de l'homme*（*De hominis dignitate*）, Paris, Éditions de l'Éclat, 2005, p. 50.

(8)　Aristote, *The Nicomachean Ethics* (*Éthique à Nicomaque*), Cambridge, Harvard University Press, 1990, p. 614 (X, 1177 a) : « ho de sophos kai kath' hauton ôn dunatai theôrein, kai hosôi an sophôteros êi mallon ; beltion d' isôs sunergous ekhôn, all' homôs autarkestatos ». 〔アリストテレス『ニコマコス倫理学（下）』、一七四頁（第十巻第七章）〕

(9)　Blandine Kriegel, *L'Histoire à l'âge classique*, t. III : *Les Académies de l'histoire*, Paris, Presses universitaires de France, 1996, p. 171-220を参照せよ。碑文アカデミーが管轄した分野は、「王立碑文・文芸アカデミー規約」第二十一章に明白な形で記されている（*Règlement Pour l'Académie royale des Inscriptions & Belles-Lettres. Du 22 Décembre 1786*, Paris, Imprimerie royale, 1787, p. 5-6)。

(10)　Art. XIV-XVII du *Règlement ordonné par le Roy pour l'Académie Royale des Inscriptions & Médailles* (16 juillet 1701), dans les *Lettres patentes du Roy, Qui confirment l'établissement des Académies Royales des Inscriptions & des Sciences*, Paris, Muguet, 1713, p. 5.

(11)　*Ibid*., p. 6, art. XXI.

(12)　*Ibid*., p. 6, art. XXIV.

(13)　*Ibid*., p. 6, art. XXVI.

(14)　*Règlement Pour l'Académie royale des Inscriptions & Belles-Lettres. Du 22 Décembre 1786, op. cit*., p. 6-7, art. XXII.

第19章

(1)　Aristote, *The Nicomachean Ethics* (*Éthique à Nicomaque*), Cambridge, Harvard University Press, 1990, p. 614-616 (X, VII, 1177 b 12-15). 〔アリストテレス『ニコマコス倫理学（下）』、一七五頁（第十巻第七章）〕

(2)　*Ibid*., p. 614 (X, VII, 1177 b 1) : « Doxai t' an autê monê di' hautên agapasthai ; ouden gar ap' autês ginetai para to theôrêsai, apo de tôn praktikôn ê pleion ê elatton peripoioumetha para tên praxin. » 〔前掲書、一七四〜一七五頁（第十巻第七章）〕

(3)　ルネ・アントワーヌ・ゴーティエとジャン・イヴ・ジョリフとの註釈を参照せよ。Aristote, *L'Éthique à*

Nicomaque, Louvain-la-Neuve, Peeters, 2002, t. II, vol. 2, p. 855-860.

（４） Aristote, *The Nicomachean Ethics*, p. 612（X, VII, 1177 a 28）.［アリストテレス『ニコマコス倫理学（下）』、一七四～一七五頁（第十巻第七章）］

（５） Philostrate, *Vie d'Apollonios de Tyane*, dans *Romans grecs et latins*, Paris, Gallimard, 1976, p. 1166-1183, 1256-1335（IV, 35-V, 11 ; VII, 1-VIII, 27）.

（６） その国家像において、プラトンは教育を担う大臣の地位を最上級に置いた。*Les Lois*, Paris, Les Belles Lettres, 1975, p. 128（VI, 765 e）.［プラトン「法律――立法について」『プラトン全集十三　ミノス・法律』、森進一・池田美恵・加来彰俊訳、岩波書店、一九七六年、三五八頁］を参照せよ。

（７） Aristote, *Politique*, t. III, Paris, Les Belles Lettres, 1986, p. 62（VII, II, 1324 a 16）.［アリストテレス「政治学」『アリストテレス全集十五　政治学・経済学』、山本光雄訳、岩波書店、一九六九年、二七七頁（第七巻第二章）］R. A. Gauthier et J. Y. Jolif, *op. cit.*, p. 861 にある引用を利用した。

（８） Aristote, *Politique*, p. 66-68（VII, III, 1325 a 16 – 1325 b 32）.［前掲書、二八一～二八五頁（第七巻第三章）］

（９） Julien Benda, *La Trahison des clercs*（1927）, Paris, Grasset, 1995, p. 132.［ジュリアン・バンダ『知識人の裏切り』、一四七頁］

（10） *Ibid.*, p. 131-132.［前掲書、一四六～一四七頁］

（11） *Id.*, *La Fin de l'éternel*（1928）, Paris, Gallimard, 1977, p. 53.

（12） Confucius, *Les Entretiens de Confucius*（*Lun yu*）, trad. Anne Cheng, Paris, Seuil, 1981, p. 93（XI, 24 ou 25, selon les éditions）.［孔子『論語　増補版』、二六三～二六八頁。ここでは読みやすさを優先して、読み下し文ではなく加地伸行による現代語訳を用いた。補足も『論語』訳者によるもの］

（13） A. Cheng, *Histoire de la pensée chinoise*, Paris, Seuil, 1997, p. 277 を参照せよ。

（14） Nobusada Nishitakatsuji, *Dazaifu Tenman-gu*, Fukuoka, Dazaifu Tenman-gu, 1982, p. 50-57 を参照せよ。

（15） Cicéron, *La République*, l. I, Paris, Les Belles Lettres, 1989, p. 201（VI-10）.［キケロー「国家について」『キケロー

選集八　哲学I』、一二頁（第一巻第六章）］: « […] in qua quid facere potuissem, nisi tum consul fuissem ? Consul autem esse qui potui, nisi eum uitae cursum tenuissem a pueritia per quem, equestri loco natus, peruenirem ad honorem amplissimum ? »

（16）　*Ibid.*, p. 123（49, 3 – 886 a）: « tas sarkas apotemnonta tas hautou kata mikron optan, eit' esthiein ênagkasen. »

（17）　Plutarque, *Cicéron*, 48, 2 - 885 d, dans *Vies*, t. XII, Paris, Les Belles Lettres, 1976, p. 122 : « en grammasin eleutheriois kai mathêmasin ». Trad. Robert Flacelière et Émile Chambry.［プルタルコス『プルタルコス英雄伝（下）』、三三六頁］

（18）　*Ibid.*, p. 124（49, 5 – 886 b）.［前掲書、三三七〜三三八頁］

第20章

（1）　*Description de l'Égypte ou recueil des observations et des recherches qui ont été faites en Égypte pendant l'expédition de l'armée française*, Paris, Imprimerie impériale, puis royale, 1809-1828, 22 vol. Voir Robert Solé, *Les Savants de Bonaparte*, Paris, Seuil, 2001, p. 207-212.

（2）　Paul-Louis Courier, lettre du 6 mars 1808, dans *Correspondance générale*, Paris, Klincksieck, 1978, t. II, p. 13.

（3）　Horace, *Épîtres*, II, I, 116.［ホラティウス『ホラティウス全集』、鈴木一郎訳、玉川大学出版部、二〇〇一年、六二八頁、なお訳語は文脈に応じて変更した］

（4）　Albert Thibaudet, *La Campagne avec Thucydide*（1922）, dans Thucydide, *Histoire de la guerre du Péloponnèse*, Paris, Laffont, 1990, p. 7. 兵隊の俗語で *Azor* はリュックサックを指す。

（5）　Auguste Dupouy, *Écrivains morts pour la patrie*, dans Charles Le Goffic, *La Littérature française aux XIX*[e] *et XX*[e] *siècles*, vol. II, Paris, Larousse, 1919［ou plutôt 1923］, p. 286-289. *l' Anthologie des écrivains morts à la guerre*（dir. Thierry Sandre, Amiens, Malfère, 1924-1926）の冒頭四巻にも四百五十人の名前が挙げられており、続く第五巻にも、戦闘で直接亡くなったのではない百人の作家の名前が追加されている。

（6）　A. Thibaudet, *loc. cit.*

（7）　Ray Monk, *Ludwig Wittgenstein*, Londres, Cape, 1990, p. 137-166 を参照せよ。

（８） Alain, *Souvenirs de guerre*（1937）, dans *Les Passions et la Sagesse*, Paris, Gallimard, 1972, p. 503.

（９） *Ibid*., p. 537.

（10） *Ibid*., p. 544.

（11） A. Thibaudet, *op. cit*., p. 3.

（12） René Descartes, *Discours de la méthode*（1637）, II, dans *Œuvres et Lettres*, Paris, Gallimard, 1953, p. 132.［ルネ・デカルト『方法序説』、一一頁］

（13） Adrien Baillet, *La Vie de Monsieur Descartes*, Paris, Horthemels, 1691, vol. I, p. 91（II, II）.［一六九二年に出版された本書簡略版の翻訳が存在する。アドリアン・バイエ『デカルト伝』、井沢義雄・井上庄七訳、講談社、一九七九年。ここでは簡略版の翻訳を参考にしつつ、適宜不足部分を補足している。対応箇所は、三九頁］

（14） *Ibid*., p. 41（I, IX）.［前掲書、一二三頁］

（15） *Ibid*., p. 82-83, 86（II, I）.

（16） *Ibid*., p. 84. これはおそらく一六一九年から一六二〇年にかけて書かれた未完の『オリンピカ』の断章群のことを指しているはずだ。これについては、ライプニッツの筆写などを中心に、間接的な証言しか残っていない。R. Descartes, *Œuvres philosophiques*, t. I : *1618-1637*, Paris, Garnier, 1992, p. 61-63 を参照せよ。

第21章

（１） Pétrarque, *Lettres familières*（*Rerum familiarum libri*）, Paris, Les Belles Lettres, 2002, vol. II, p. 49（l. IV, 4）. また、les lettres 5 à 9, p. 51-65 も参照せよ。ペトラルカの戴冠については、次に掲げるアーネスト・ハッチ・ウィルキンスを参考せよ。Ernest Hatch Wilkins, « The Coronation of Petrarch »（1943）, dans *The Making of the « Canzoniere » and Other Petrarchan Studies*, Rome, Storia e Letteratura, 1951, p. 9-69, et *Vita del Petrarca*, Milan, Feltrinelli, 1990, p. 43-48. またユゴ・ドッティの文献も参照せよ。Ugo Dotti, *Pétrarque*, Paris, Fayard, 1991, p. 62-77. 詩人の戴冠に関する研究は、マルク・フュマロリの著作を参照せよ。Marc Fumaroli, *L'École du silence*, Paris, Flammarion, 1994, p. 129-134.

（2）　ペトラルカ自身もそう信じていた（*Collatio laureationis*, VI, 1, p. 1264）。

（3）　*Ibid.*, VI, 2, p. 1264-1266.

（4）　*Id.*, *Lettera ai posteri*, 31, p. 56 : « a meridie ad vesperam » ; cité par E. H. Wilkins, « The Coronation of Petrarch », p. 47.

（5）　Pétrarque, *Epistolæ metricæ*, II, 1, v. 38-53, cité par E. H. Wilkins, « The Coronation of Petrarch », p. 63-64 : « subitumque vocati / Romulei proceres coeunt ; capitolia læto / Murmure complentur ; muros tectumque vetustum / Congaudere putes ; cecinerunt classica ; vulgus / Agmina certatim glomerat, cupidumque videndi / Obstrepit. Ipse etiam lachrymas, ni fallor, amicis / Compressis pietate animis, in pectore vidi. / Ascendo ; siluere tubæ, murmurque resedit. / Vna quidem nostri vox primum oblata Maronis / Principium dedit oranti, nec multa profatus ; / Nam neque mos vatum patitur, nec iura sacrarum / Pyeridum violasse leve est ; de vertice Cyrræ / Avulsas paulum mediis habitare coegi / Vrbibus ac populis. Post facundissimus Vrsus / Subsequitur fando. Tandem mihi Delphica serta / Imposuit, populo circumplaudente Quiritum. »

（6）　Pétrarque, *Lettres familières*, IV, 8, p. 63.

（7）　Jean-François Chevalier, « Albertino Mussato », dans Albertino Mussato, *Écérinide*, Paris, Les Belles Lettres, 2000, p. XI-XVIII ; Manlio Dazzi, *Il Mussato preumanista*, Vicence, Neri Pozza, 1964, p. 67-68. および、E. H. Wilkins, « The Coronation of Petrarch », p. 21-23 を参照せよ。

（8）　Virgile, *Géorgiques*, III, v. 291-292.［ウェルギリウス「農耕詩」『牧歌／農耕詩』、小川正廣訳、京都大学学術出版会、二〇〇四年、一五九頁（第三歌、二九一～二九二行）］は、ペトラルカの *Collatio laureationis*（p. 1256）に引用されている。

（9）　Pétrarque, *Collatio laureationis*, VIII, 2, p. 1268 : « me in tam laborioso et michi quidem periculoso calle ducem prebere non expavi, multos posthac, ut arbitror, secuturos. »

（10）　*Ibid.*, XI, 25, p. 1282 : « laurea tam cesarea quam poetica ».

（11）　戴冠の正統性についての詳細な議論は次の研究を参照せよ。E. H. Wilkins, « The Coronation of Petrarch », p. 29-35.

（12）　Pétrarque, *Canzoniere*, Paris, Bordas, 1989, p. 58（7 : *La gola e 'l somno...*, v. 9）et 76（23 : *Nel dolce tempo...* , v. 43-

44）.

（13） *Id.*, *Le « Senili » secondo l'edizione Basilea 1581*（*Epistolæ seniles*）, Savigliano, L'Artistica Editrice, 2006, p. 295（XVI ou XVII, 2, lettre du 28 avril 1373）；cité par Wilkins, « The Coronation of Petrarch », p. 69.

第22章

（1） Virgile, *Géorgiques*, III, v. 291-292.［ウェルギリウス「農耕詩」、一五九頁（第三歌、二九一～二九二行）］は、ペトラルカの *Collatio laureationis*（p. 1256）に引用されている。

（2） Marc Fumaroli, « Académie, Arcadie, Parnasse : trois lieux allégoriques du loisir lettré », dans *L'École du silence*, Paris, Flammarion, 1994, p. 22-23 を参照せよ。

（3） Michele Feo, « La biblioteca », dans M. Feo, dir., *Petrarca nel tempo*, s. l., Comitato nazionale per le celebrazioni del VII centenario della nascita di Francesco Petrarca, 2003, p. 458 を参照せよ。

（4） Michel de Montaigne, *Les Essais*, Paris, Gallimard, 2007, p. 869（III, iii）.［モンテーニュ『エセー　五』、原二郎訳、岩波文庫、一九六七年、七七頁］

（5） *Ibid.*, p. 870. 以下につづくモンテーニュの引用はすべて原書同頁［前掲書、七七頁～七八頁、強調訳者］より。

（6） Jonathan Swift, *Voyages de Gulliver*（1726）, dans *Œuvres*, Paris, Gallimard, 1988, p. 163-182（III, I-III）.［スウィフト『ガリヴァ旅行記』、中野好夫訳、新潮文庫、一九五一年、一八三頁～二〇七頁（第三編第一章～第三章）］

（7） Alain Legros, *Essais sur poutres*, Paris, Klincksieck, 2000, p. 223 を参照せよ。

（8） モンテーニュにおける引用の重要性と両義性についてはとりわけ、Antoine Compagnon, *La Seconde Main*, Paris, Seuil, 1979, p. 278-306.［アントワーヌ・コンパニョン『第二の手、または引用の作業』、今井勉訳、水声社、二〇一〇年、三六二頁～四〇〇頁］を参照せよ。

（9） Gisela Maul et Margarete Oppel, *Goethes Wohnhaus in Weimar*, Weimar, Stiftung Weimarer Klassik, 2002, p. 90-91 を参照せよ。

(10)　William Shakespeare, *La Tempête* (*The Tempest*, 1611), dans *Œuvres complètes : Tragicomédies II, Poésies*, Paris, Laffont, 2002, p. 412 (I, 2, v. 73 et 77). ［シェイクスピア『あらし』(『夏の夜の夢・あらし』所収)、福田恆存訳、新潮文庫、一九七一年、一五七頁］

(11)　*Ibid*., p. 414 (v. 109-110) : « my library / Was dukedom large enough ». ［前掲書、一五九頁］

(12)　*Ibid*., p. 416 (v. 168-169) : « volumes that / I prize above my dukedom ». ［前掲書、一六一頁］

(13)　*Ibid*., p. 474 (III, 2, v. 83-84) : « for without them / He's but a sot ». ［前掲書、二二四頁］

(14)　*Ibid*., p. 503 (V, 1, v. 56-57) : « And deeper than did ever plummet sound / I'll drown my book. » Trad. Victor Bourgy. ［前掲書、二五三頁］

(15)　『あらし』を脚色し、見事に映画化を果たしたピーター・グリーナウェイは、プロスペローの本に正しくも大きな役割を持たせた（映画『プロスペローの本』、一九九一年）。

(16)　Walter Benjamin, lettre à Gretel Adorno (10 juillet 1940), dans *Gesammelte Briefe*, t. VI : *1938-1940*, Francfort, Suhrkamp, 2000, p. 470 (en français dans le texte). また、lettre à Hannah Arendt (8 juillet 1940), *ibid*., p. 468 ; citée par Jennifer Allen dans sa préface à W. Benjamin, *Je déballe ma bibliothèque*, Paris, Rivages, 2000, p. 14 も参照せよ。

(17)　W. Benjamin, lettres à Alfred Cohn (20 juillet 1940). および、Hannah Arendt (9 août 1940), *loc. cit*., p. 471 et 479 を参照せよ。

第23章

(1)　Quintilien, *Institution oratoire*, Paris, Les Belles Lettres, 1979, t. VI, p. 121 (X, III, 24) : « siluarum amoenitas et praeterlabentia flumina et inspirantes ramis arborum aurae uolucrumque cantus, et ipsa late circumspiciendi libertas ad se trahunt, ut mihi remittere potius uoluptas ista uideatur cogitationem quam intendere ». Trad. d'après Jean Cousin.

(2)　*Ibid*., p. 121-122 (X, III, 25) : « Ideoque lucubrantes silentium noctis et clausum cubiculum et lumen unum uelut tectos maxime teneat. » Trad. J. Cousin. Cité par Pétrarque, *La Vie solitaire* (*De vita solitaria*, 1346-1366), Grenoble, Millon, 1999, p.

125（I, VII, 7）.

（3）　Quintilien, *op. cit.*, p. 122（X, III, 26）: « cum tempora ab ipsa rerum natura ad quietem refectionemque nobis data, in acerrimum laborem conuertimus ». Trad. J. Cousin.

（4）　*Ibid.*（X, III, 27）: « abunde si uacet lucis spatia sufficiunt : occupatos in noctem necessitas agit ». Trad. J. Cousin.

（5）　Celse, *De medicina*, Londres, Heinemann, 1971, p. 46（I, II, 5）: « sin lucubrandum est, non post cibum id facere, sed post concoctionem ».

（6）　Quintilien, *loc. cit.* : « Est tamen lucubratio, quotiens ad eam integri ac refecti uenimus, optimum secreti genus. » Trad. d'après J. Cousin.

（7）　Gaston Bachelard, *La Flamme d'une chandelle*（1961）, Paris, Presses universitaires de France, 1984, p. 54-55.［ガストン・バシュラール『蠟燭の焰』、渋沢孝輔訳、現代思潮社、一九六六年、七五頁］

（8）　*Ibid.*, p. 108.［前掲書、一五〇頁］

（9）　*Ibid.*, p. 20.［前掲書、二九頁］

第24章

（1）　この事情については、*Le Monde*, 28 mars 1980, p. 27 および、下記の著作に依拠している。Louis-Jean Calvet, *Roland Barthes*, Paris, Flammarion, 1990, p. 292-302［ルイ＝ジャン・カルヴェ『ロラン・バルト伝』、花輪光訳、みすず書房、一九九三年、四九〇～五〇一頁］; Éric Marty, *Roland Barthes, le métier d'écrire*, Paris, Seuil, 2006, p. 102-105 ; Hervé Algalarrondo, *Les Derniers Jours de Roland B.*, Paris, Stock, 2006, p. 266-267.

（2）　「ヨハネによる福音書」（第十一巻第三十五節）

（3）　Roland Barthes, « Au séminaire »（1974）, dans *Œuvres complètes*, t. IV : *1972-1976*, Paris, Seuil, 2002, p. 508. I.「知、死」というタイトルがつけられたこの断章は次の著作で引用され、言及されている。Philippe Roger, *Roland Barthes, roman*, Paris, Grasset, 1986, p. 341-342.

（4）　この言葉は一九六〇年、あるいは一九六二年に発表されたものである。Amadou Hampâté Bâ, *Aspects de la civilisation africaine*, Paris, Présence africaine, 1972, p. 21（« Remarques sur la culture. La sagesse et la question linguistique en Afrique noire »）を参照せよ。

（5）　Tierno Bokar, cité *ibid*., p. 22.

（6）　Confucius, *Entretiens avec ses disciples*, trad. André Lévy, Paris, Flammarion, 1994, p. 67 (VIII, 17).［孔子『論語　増補版』、一八四頁（第八、第一七節）］

（7）　R. Barthes, « Au séminaire », p. 502-511 を参照せよ。

（8）　Sima Qian, *Mémoires historiques*, chap. 47, en annexe de Confucius, *op. cit*., p. 246.［司馬遷「孔子世家」、八八一頁、一部訳を改変した］を参照せよ。

（9）　R. Barthes, *La Préparation du roman*, Paris, Seuil / IMEC, 2003, p. 459 (résumé du cours pour l'annuaire du Collège de France, 1979).［ロラン・バルト『小説の準備（コレージュ・ド・フランス講義　1978-1979 年度と 1979-1980 年度［ロラン・バルト講義集成Ⅲ］）』、石井洋二郎訳、筑摩書房、二〇〇六年、五七八頁］

（10）　É. Marty, *op. cit*., p. 227-234 を参照せよ。またこのテーマをめぐって一九七七年スリジーで開催されたシンポジウムの議論については、Antoine Compagnon, dir., *Prétexte : Roland Barthes*, Paris, Bourgois, 2003, p. 242-243 を参照せよ。

（11）　Sima Qian, *op. cit*., p. 246.［司馬遷「孔子世家」、八八一頁］

（12）　R. Barthes, *La Préparation du roman*, p. 353 (séance du 16 février 1980).［ロラン・バルト『小説の準備』、四五三頁。強調はバルト］

（13）　Jacques Derrida, « Les morts de Roland Barthes », *Poétique*, n° 47, septembre 1981, p. 269-292.［ジャック・デリダ「ロラン・バルトの複数の死」『そのたびごとにただ一つ、世界の終焉　Ⅰ』、國分功一郎訳、岩波書店、二〇〇六年、七九〜一五九頁］

（14）　Devise visible dans une gravure de l'édition de Bernardino Corio, *Patria historia*, Milan, 1503 ; reproduite dans Dora Thornton, *The Scholar in His Study*, New Haven, Yale University Press, 1997, p. 7, fig. 7.

(15) R. Barthes, *La Préparation du roman*, p. 275-349 (séances du 19 janvier au 9 février 1980).〔ロラン・バルト『小説の準備』、三四四〜四四八頁（一九八〇年一月十九日〜二月九日の講義）〕を参照せよ。
(16) L.-J. Calvet, *op. cit.*, p. 299.〔ルイ＝ジャン・カルヴェ『ロラン・バルト伝』、四九七頁〕
(17) R. Barthes, *La Préparation du roman*, p. 275.〔ロラン・バルト『小説の準備』、三四四頁〕

参考文献

ADORNO Theodor Wiesengrund, *Prismes : critique de la culture et société* (*Prismen*, 1955), trad. Geneviève et Rainer Rochlitz, Paris, Payot, 2003. 〔Th．W・アドルノ『プリズム――文化批判と社会』、竹内豊治・山村直資・板倉敏之訳、法政大学出版局、一九七〇年、三～二六頁〕

ALAIN, *Les Passions et la Sagesse* (1960), éd. Georges Bénézé, préf. André Bridoux, Paris, Gallimard, « Bibliothèque de la Pléiade », 1972.

ALBERTI Leon Battista, *Avantages et inconvénients des lettres* (*De commodis litterarum atque incommodis*, 1430 env.), trad. Christophe Carraud et Rebecca Lenoir, préf. Giuseppe Tognon, Grenoble, Jérôme Millon, 2004.

—— *I libri della famiglia* (1433 env.), éd. Ruggiero Romano, Alberto Tenenti et Francesco Furlan, Turin, Giulio Einaudi, 1994.

ALGALARRONDO Hervé, *Les Derniers Jours de Roland B.*, Paris, Stock, 2006.

ANDLER Charles, *Nietzsche : sa vie et sa pensée*, t. I : *Les précurseurs de Nietzsche. La Jeunesse de Nietzsche*, Paris, Gallimard, « Bibliothèque des idées », 1979 (1re éd. : 1958).

ARISTOTE, *L'Éthique à Nicomaque*, éd. René Antoine Gauthier et Jean Yves Jolif, Louvain-la-Neuve, Peeters, 2002, 2 t., 4 vol.

—— *The Metaphysics*, vol. I, éd. Hugh Tredennick (1933), Cambridge (Massachusetts), Harvard University Press, « Loeb Classical Library », 1989.［アリストテレス『アリストテレス全集十二　形而上学』、出隆訳、岩波書店、一九六八年］

—— *The Nicomachean Ethics*, éd. H. Rackham (1926), Cambridge (Massachusetts), Harvard University Press, « Loeb Classical Library », 1990.［アリストテレス『ニコマコス倫理学（下）』、高田三郎訳、岩波文庫、一九七三年］

—— *Politique*, t. III, l. VII, éd. Jean Aubonnet, Paris, Les Belles Lettres, « Collection des universités de France », 1986.［アリストテレス「政治学」『アリストテレス全集十五　政治学・経済学』、山本光雄訳、岩波書店、一九六九年］

—— *Problèmes*, vol. III, éd. Pierre Louis, Paris, Les Belles Lettres, « Collection des universités de France », 1994.［アリストテレス『アリストテレス全集十一　問題集』、戸塚七郎訳、岩波書店、一九八八年］

ATHENEE, *Les Deipnosophistes*, livres I et II, éd. et trad. A. M. Desrousseaux et Charles Astruc, Paris, Les Belles Lettres, « Collection des universités de France », 1956.

—— *The Deipnosophists*, éd. et trad. Charles Burton Gulick (1927-1941), Londres, Heinemann, « The Loeb Classical Library », 1969-1971, 7 vol.

AULU-GELLE, *Les Nuits attiques* (*Noctes Atticae*), t. I : *Livres I-IV*, éd. et trad. René Marache, Paris, Les Belles Lettres, « Collection des universités de France », 1967.

BA Amadou Hampâté, *Aspects de la civilisation africaine*, Paris, Présence africaine, 1972.

BACHELARD Gaston, *La Flamme d'une chandelle* (1961), Paris, Presses universitaires de France, « Quadrige », 1984.［ガストン・バシュラール『蠟燭の焔』、渋沢孝輔訳、現代思潮社、一九六六年］

BAILLET Adrien, *La Vie de Monsieur Descartes*, Paris, Daniel Horthemels, 1691, 2 vol. ; réimpression : Hildesheim, Georg Olms, 1972.

BAILLY Jean-Christophe, *Adieu : essai sur la mort des dieux*, La Tour d'Aigues, Éditions de l'Aube, 1993.

BARKER Stephen, dir., *Excavations and Their Objects : Freud's Collection of Antiquity*, Albany, State University of New York

Press, 1996.

BARRES Maurice, *Huit jours chez M. Renan* (1886), Paris, Émile-Paul, 1913.

BARTHELEMY-SAINT-HILAIRE Jules, *M. Victor Cousin, sa vie et sa correspondance*, t. II, Paris, Hachette, 1895.

BARTHES Roland, *Comment vivre ensemble : simulations romanesques de quelques espaces quotidiens. Notes de cours et de séminaires au Collège de France, 1976-1977*, éd. Claude Coste, sous la direction d'Éric Marty, Paris, Seuil / IMEC, 2002.〔ロラン・バルト『いかにしてともに生きるか（コレージュ・ド・フランス講義　1976-1977年度［ロラン・バルト講義集成Ⅰ］）』、野崎歓訳、筑摩書房、二〇〇六年、一五六頁〕

—— *Œuvres complètes*, t. IV : *1972-1976*, éd. Éric Marty, Paris, Seuil, 2002.

—— *La Préparation du roman, I et II. Notes de cours et de séminaires au Collège de France, 1978-1979 et 1979-1980*, éd. Nathalie Léger, sous la direction d'Éric Marty, Paris, Seuil / IMEC, 2003.〔ロラン・バルト『小説の準備（コレージュ・ド・フランス講義　1978-1979年度と1979-1980年度［ロラン・バルト講義集成Ⅲ］）』、石井洋二郎訳、筑摩書房、二〇〇六年〕

BAUDOIN Jean, *Iconologie, ou, explication nouvelle de plusieurs images, emblèmes, et autres figures Hyerogliphiques des Vertus, des Vices, des Arts, des Sciences, des Causes naturelles, des Humeurs différentes, & des Passions humaines*, Paris, Mathieu Guillemot, 1644, 2 vol.

BENDA Julien, *La Fin de l'éternel* (1928), Paris, Gallimard, 1977.

—— *La Trahison des clercs* (1927), Paris, Grasset, « Les Cahiers rouges », 1995.〔ジュリアン・バンダ『知識人の裏切り』、宇京頼三訳、未來社、一九九〇年〕

BENJAMIN Walter, *Gesammelte Briefe*, t. VI : *1938-1940*, éd. Christoph Gödde et Henri Lonitz, Francfort, Suhrkamp, 2000.

—— *Je déballe ma bibliothèque : une pratique de la collection*, trad. Philippe Ivernel, préf. Jennifer Allen, Paris, Rivages, 2000.

La Bible de Jérusalem, édition de référence avec notes et augmentée de clefs de lectures, Paris, Fleurus / Cerf, 2001.〔「ネヘミヤ記」、『旧約聖書』、新共同訳、日本聖書協会〕

La Bible : écrits intertestamentaires, éd. sous la direction d'André Dupont-Sommer et Marc Philonenko, Paris, Gallimard, « Bibliothèque de la Pléiade », 1987.

BLONDEL Éric, *Nietzsche, le corps et la culture : la philosophie comme généalogie philologique*, Paris, Presses universitaires de France, « Philosophie d'aujourd'hui », 1986.

BONNEFIS Philippe et LYOTARD Dolorès, dir., *Pascal Quignard, figures d'un lettré*, Paris, Galilée, 2005.

BORGEN Robert, *Sugawara no Michizane and the Early Heian Court*, Cambridge, Harvard University Press, 1986.

BORGES Jorge Luis, *Livre de préfaces* (*Prólogos con un prólogo de prólogos*, 1975), suivi de : *Essai d'autobiographie* (*An Autobiographical Essay*, 1970), trad. Françoise-Marie Rosset et Michel Seymour Tripier, Paris, Gallimard, « Du monde entier », 1980.

—— *Obras completas*, t. II : *1952-1972*, éd. Carlos V. Frías, Barcelone, Emecé, 1989. ［J・L・ボルヘス「天恵の歌」『創造者』、鼓直訳、岩波文庫、二〇〇九年］

—— *Œuvres complètes*, éd. Jean-Pierre Bernès, Paris, Gallimard, « Bibliothèque de la Pléiade », 1993-1999, 2 vol.

BOROWSKI Ludwig Ernest, JACHMANN Reinhold Bernhard et WASIANSKI Ehrgott Andreas Christoph, *Immanuel Kant. Ein Lebensbild nach Darstellungen der Zeitgenossen : Jachmann, Borowski, Wasianski*, éd. Alfons Hoffmann, Halle, Hugo Peter, 1902.

—— *Kant intime*, trad. Jean Mistler, Paris, Grasset, 1985.

—— *Wer war Kant ? Drei zeitgenössiche Biographien von Ludwig Ernst Borowski, Reinhold Bernhard Jachmann und E. A. Ch. Wasianski*, éd. Siegried Drescher, s. l., Neske, 1974.

BOSSUET Jacques Bénigne, *Correspondance*, vol. I : *1651-1676*, éd. Ch. Urbain et E. Levesque, Paris, Hachette, « Les Grands Écrivains de la France », 1909.

BREM Anne-Marie de, *Tréguier et la maison d'Ernest Renan*, Paris, Monum – Éditions du patrimoine, 2004.

BRIGHT Timothy, *A Treatise of Melancholy. Containing the Causes Thereof, And Reasons of the strange effects it worketh in our minds and bodies : with the Physicke Cure, and spirituall consolation for such as haue thereto adioyned afflicted Conscience. The Difference betwixt it, and Melancholy, With diuers Philosophicall discourses touching actions, and affections of Soule, Spirit, and Body : the particulars whereof are to be seene before the Booke. By T. Bright Doctor of Physicke. Newly Corrected and amended*, Londres, William Stansby, 1613.

—— *Hygieina, id est, de sanitate tuenda, medicinae pars prima, auctore Timotheo Brighto, Cantabrigiensi, medicinae doctore, cui accesserunt de studiosorum sanitate libri III Marsilii Ficini*, Mayence, Nicolaus Heyll, 1647.

—— *Traité de la mélancolie* (*A Treatise of Melancholy*, 1586), trad. Éliane Cuvelier, Grenoble, Jérôme Millon, 1996.

BRISSETTE Pascal, *La Malédiction littéraire : du poète crotté au génie malheureux*, Montréal, Presses de l'Université de Montréal, 2005.

BURKE Janine, *The Sphinx on the Table : Sigmund Freud's Art Collection and the Development of Psychoanalysis*, New York, Walker, 2006.

BURTON Robert, *The Anatomy of Melancholy* (1621), éd. Thomas C. Faulkner, Nicolas K. Kiessling et Rhonda L. Blair, introd. J. B. Bamborough, Oxford, Clarendon Press, 1989-2000, 6 vol.

CALDER III William Musgrave, « The Wilamowitz-Nietzsche Struggle : New Documents and a Reappraisal », *Nietzsche-Studien*, Berlin, Walter de Gruyter, vol. 12, 1983, p. 214-254.

CALVET Louis-Jean, *Roland Barthes*, Paris, Flammarion, 1990.［ルイ＝ジャン・カルヴェ『ロラン・バルト伝』、花輪光訳、みすず書房、一九九三年］

CARLAT Dominique, *Témoins de l'inactuel : quatre écrivains contemporains face au deuil*, Paris, José Corti, « Les Essais », 2007.

CAUCHIE Maurice, « Nicole Jamin, la suivante de Mlle de Gournay, est-elle fille d'Amadis Jamin ? », *Revue des bibliothèques*, 32e année, n° 10-12, octobre-décembre 1922, p. 289-292.

CELSE, *De medicina*, trad. W. G. Spencer (1935), Londres, William Heinemann, « The Loeb Classical Library », 1971.

CHATEAUBRIAND François René de, *Vie de Rancé* (1844), éd. Fernand Letessier, Paris, Marcel Didier, « Société des textes français modernes », 1955, 2 vol.

CHATELAIN Jean-Marc, *La Bibliothèque de l'honnête homme : livres, lectures et collections en France à l'âge classique*, Paris, Bibliothèque nationale de France, 2003.

CHATELET Émilie du, *Discours sur le bonheur*, éd. Robert Mauzi, Paris, Les Belles Lettres, « Bibliothèque de la faculté des lettres de Lyon », 1961.

—— *Discours sur le bonheur*, préf. Élisabeth Badinter, Paris, Payot et Rivages, « Rivages poche / Petite Bibliothèque », 1997.

—— *Les Lettres de la marquise du Châtelet*, éd. Theodore Besterman, Genève, Institut et Musée Voltaire, 1958, 2 vol.

CHENG Anne, *Histoire de la pensée chinoise*, Paris, Seuil, 1997.

CHEVALIER Jean-Frédéric, « Albertino Mussato ou la renaissance de l'Humanisme à Padoue », dans Albertino Mussato, *Écérinide, Épîtres métriques sur la poésie*, *Songe*, éd. J.-F. Chevalier, Paris, Les Belles Lettres, 2000, p. XI-XLII.

CICERON, *Correspondance*, t. III, éd. et trad. L.-A. Constans (1936), Paris, Les Belles Lettres, « Collection des universités de France », 1971.［キケロー「縁者・友人宛書簡集Ⅰ」『キケロー選集十五　書簡Ⅲ』、高橋宏幸・五之治昌比呂・大西英文訳、岩波書店、二〇〇二年］

—— *Discours*, t. XII : *Pour le poète Archias* (*Pro Archia poeta*), *Pour L. Flaccus* (*Pro L. Flacco*), éd. et trad. Félix Gaffiot et André Boulanger (1938), revue par Philippe Moreau, Paris, Les Belles Lettres, « Collection des universités de France », 1989.［キケロー「アルキアース弁護」『キケロー選集二　法廷・政治弁論Ⅱ』、谷栄一郎訳、岩波書店、二〇〇〇年］

—— *De l'orateur* (*De oratore*), éd. et trad. Henri Bornecque et Edmond Courbaud (1922-1930), Paris, Les Belles Lettres, « Collection des universités de France », 1966-1985, 3 vol.［キケロー「弁論家について」『キケロー選集七　修辞学Ⅱ』、大西英文訳、岩波書店、一九九九年］

—— *La République* (*De re publica*), livre I, éd. et trad. Esther Bréguet, Paris, Les Belles Lettres, « Collection des universités de France », 2e éd. : 1989.［キケロー「国家について」『キケロー選集八　哲学Ⅰ』、岡道男訳、岩波書店、一九九九年］

—— *Traité des lois* (*De legibus*), éd. et trad. Georges de Plinval (1959), Paris, Les Belles Lettres, « Collection des universités de

France », 1968.［キケロー「法律について」『キケロー全集八　哲学Ⅰ』、岡道男訳、岩波書店、一九九九年］

—— *Tusculanes*, éd. et trad. Georges Fohlen et Jules Humbert (1931), Paris, Les Belles Lettres, « Collection des universités de France », 3e éd. :1968-1970, 2 vol.［キケロー「トゥスクルム荘対談集」『キケロー全集十二　哲学Ⅴ』、岩谷智・木村健治訳、岩波書店、二〇〇二年］

—— *Works*, t. XII : *Pro Sestio, In Vatinium*, éd. et trad. R. Gardner (1958), Cambridge (Massachusetts), Harvard University Press, « Loeb Classical Library », 1984.［キケロー「セスティウス弁護」『キケロー選集一　法廷・政治弁論Ⅰ』、宮城徳也訳、岩波書店、二〇〇一年］

CIERI VIA Claudia, « Il luogo della mente e della memoria », dans Wolfgang Liebenwein, *Studiolo : storia e tipologia di uno spazio culturale*, Modène, Panini, 1988 p. VII-XXX.

CLAIR Jean, dir., *Mélancolie : génie et folie en Occident*, Paris, Gallimard, 2005.

COMPAGNON Antoine, dir., *Prétexte : Roland Barthes. Colloque de Cerisy* (1978), Paris, Christian Bourgois, 2003.

—— *La Seconde Main ou le travail de la citation*, Paris, Seuil, 1979.［アントワーヌ・コンパニョン『第二の手、または引用の作業』、今井勉訳、水声社、二〇一〇年］

Confucius : à l'aube de l'humanisme chinois, Paris, Réunion des musées nationaux, 2003.

CONFUCIUS, *Analects* (*Lun yu*), *with selections from traditional commentaries*, trad. Edward Slingerland, Indianapolis, Hackett, 2003.

—— *Entretiens avec ses disciples* (*Lun yu*), trad. André Lévy, Paris, Flammarion, « GF », 1994.［司馬遷「孔子世家」『史記（世家下）　新釈漢文体系第八七巻』、吉田賢抗訳、明治書院、一九八二年］

—— *Les Entretiens de Confucius* (*Lun yu*), trad. Anne Cheng, Paris, Seuil, « Points Sagesses », 1981.

—— *Les Entretiens de Confucius* (*Lun yu*), trad. Pierre Ryckmans, préf. Étiemble, Paris, Gallimard, « Connaissance de l'Orient », 1989.

—— *Les Quatre Livres, avec un commentaire abrégé en chinois, une double traduction en français et en latin et un vocabulaire des lettres et des noms propres*, éd. Séraphin Couvreur (1895), Taipei, 1972.［孔子『論語　増補版』、加地伸行訳、講談社学術文庫、二〇〇九年、三六頁。訳者の加地伸行は本書で採録した読み下し文に、さらに現代語訳を添えている］

CORROZET Gilles, *Les blasons domestiques contenantz la decoration d'une maison honneste, & du mesnage estant en icelle : Inuention ioyeuse, & moderne*, Paris, Gilles Corrozet, 1539.

COURIER Paul-Louis, *Correspondance générale*, éd. Geneviève Viollet-le-Duc, Paris, Klincksieck, « Bibliothèque du XIXe siècle », 1976-1985, 3 vol.

—— *Œuvres complètes*, éd. Maurice Allem (1951), Paris, Gallimard, « Bibliothèque de la Pléiade », 1964.

DAMIANI Rolando, *All'apparir del vero. Vita di Giacomo Leopardi*, Milan, Arnoldo Mondadori, 1998.

DAUVOIS-LAVIALLE Nathalie, « Juste Lipse et l'esthétique du jardin », dans Christian Mouchel, éd., *Juste Lipse (1547-1606) en son temps. Actes du colloque de Strasbourg, 1994*, Paris, Honoré Champion, 1996, p. 215-232.

DAVIES J. Keith et BOTTING Wendy, « La bibliothèque de Freud », dans Eric Gubel, dir., *Le Sphinx de Vienne : Sigmund Freud, l'art et l'archéologie*, Bruxelles, Ludion, 1993, p. 198-201.

DAZZI Manlio, *Il Mussato preumanista (1261-1329) : l'ambiente e l'opera*, Vicence, Neri Pozza, 1964.

DERRIDA Jacques, « Les morts de Roland Barthes », *Poétique*, nº 47, septembre 1981, p. 269-292.［ジャック・デリダ「ロラン・バルトの複数の死」『そのたびごとにただ一つ、世界の終焉　I』、國分功一郎訳、岩波書店、二〇〇六年］

DESCARTES René, *Œuvres et Lettres*, éd. André Bridoux, Paris, Gallimard, « Bibliothèque de la Pléiade », 1953.［ルネ・デカルト『方法序説』、谷川多佳子訳、岩波文庫、一九九七年］

—— *Œuvres philosophiques*, t. I : *1618-1637*, éd. Ferdinand Alquié (1963), Paris, Garnier, « Classiques », 1992.

Description de l'Égypte ou recueil des observations et des recherches qui ont été faites en Égypte pendant l'expédition de l'armée française, Paris, Imprimerie impériale, puis royale, 1809-1828, 22 vol.

DOMENECH Fernando Benito, *Ribera 1591-1652*, Valence, Bancaja, 1991.

DOTTI Ugo, *Pétrarque* (*Vita di Petrarca*, 1987), trad. Jérôme Nicolas, Paris, Fayard, 1991.

DUBREUIL Léon, *Rosmapamon : la vieillesse bretonne de Renan*, Paris, Ariane, 1945.

DUPONT Florence, *Le Plaisir et la Loi. Du « Banquet » de Platon au « Satiricon »* (1977), Paris, La Découverte, « [Re] découverte », 2002.

Écrits apocryphes chrétiens, éd. sous la direction de François Bovon et Pierre Geoltrain, Paris, Gallimard, « Bibliothèque de la Pléiade », 1997.

EMPSON William, *Collected Poems*, San Diego, Harcourt Brace Jovanovich, 1956.

—— *Seven Types of Ambiguity* (1930), New York, New Directions, 1966.［ウィリアム・エンプソン『曖昧の七つの型』、岩崎宗治訳、研究社、一九七二年］

ENGELMAN Edmund, *La Maison de Freud, Berggasse 19, Vienne*, Paris, Seuil, 1979.

ERASME Didier, *Éloge de la folie, Adages, Colloques, Réflexions sur l'art, l'éducation, la religion, la guerre, la philosophie, Correspondance*, trad. Claude Blum, André Godin, Jean-Claude Margolin et Daniel Ménager, Paris, Robert Laffont, « Bouquins », 1992.

—— *Œuvres choisies*, trad. Jacques Chomarat, Paris, Librairie générale française, « Le Livre de poche », 1991.

—— *Opera omnia*, t. I, 3 : *Colloquia*, éd. L.-E. Halkin, F. Bierlaire et R. Hoven, Amsterdam, North-Holland Publishing Company, 1972.

ETIEMBLE René, *Confucius* (1re éd. 1956), Paris, Gallimard, « Folio essais », 1986.

FEO Michele, dir., *Petrarca nel tempo : tradizione lettori e immagini delle opere*, s. l., Comitato nazionale per le celebrazioni del VII centenario della nascita di Francesco Petrarca, 2003.

FICIN Marsile, *Three Books on Life* (*De vita*, 1489), trad. Carol V. Kaske et John R. Clark, Binghamton (New York), Center for Medieval and Early Renaissance Studies, 1989.

FOGEL Michèle, *Marie de Gournay : itinéraires d'une femme savante*, Paris, Fayard, 2004.

FRANCE Anatole, *Œuvres*, t. I, éd. Marie-Claire Bancquart, Paris, Gallimard, « Bibliothèque de la Pléiade », 1984.

FREUD Sigmund, *Briefe an Wilhelm Fliess, 1887-1904*, Francfort, Fischer, 1986. [『フロイト　フリースへの手紙　1887-1904』、ジェフリー・ムセイエフ・マッソン編、ミヒャエル・シュレーター ドイツ語版編、河田晃訳、誠信書房、二〇〇一年]

—— *Gesammelte Werke*, t. X : *Werke aus den Jahren 1913-1917*, Francfort, Fischer, 1973. [「喪とメランコリー」『フロイト全集十四』、伊藤正博訳、岩波書店、二〇一〇年]

—— *Œuvres complètes*, t. XIII : *1914-1915*, dir. André Bourguignon, Pierre Cotet et Jean Laplanche, Paris, Presses universitaires de France, 1994.

FRIEDEL Adrien Chrétien, éd., *Nouveau Théâtre allemand*, t. IV, Paris, 1782.

FUMAROLI Marc, *Exercices de lecture : de Rabelais à Paul Valéry*, Paris, Gallimard, « Bibliothèque des idées », 2006.

—— *L'École du silence. Le sentiment des images au XVIIe siècle*, Paris, Flammarion, « Idées et Recherches », 1994.

FURETIERE Antoine, *Dictionnaire universel, contenant généralement tous les mots françois, tant vieux que modernes, & les termes des sciences et des arts*, La Haye, 1727 ; rééd. Hildesheim, Georg Olms, 1972.

GAMWELL Lynn, « Les origines de la collection de Freud », dans Eric Gubel, dir., *Le Sphinx de Vienne : Sigmund Freud, l'art et l'archéologie*, Bruxelles, Ludion, 1993, p. 179-188.

GAMWELL Lynn et WELLS Richard, dir., *Sigmund Freud and Art : His Personal Collection of Antiquities*, Londres, Thames and Hudson, 1989.

GOURNAY Marie de, *Œuvres complètes*, éd. Jean-Claude Arnould, Paris, Champion, 2002.

Grand Dictionnaire universel du XIXe siècle, Paris, Larousse, 1866-1879.

GRIMAL Pierre, *Cicéron*, Paris, Fayard, 1986.

—— *Les Jardins romains*, Fayard, 1984.

GUBEL Eric, dir., *Le Sphinx de Vienne : Sigmund Freud, l'art et l'archéologie*, Bruxelles, Ludion, 1993.

HAFFENDEN John, *William Empson*, Oxford University Press, 2005-2006, 2 vol.

HEGEL Georg Wilhelm Friedrich, *Briefe von und an Hegel*, t. III : *1823-1831*, éd. Johannes Hoffmeister (1954), Hambourg, Felix Meiner, 1969.

—— *Correspondance* (*Briefe von und an Hegel*), t. III : *1823-1831*, éd. Johannes Hoffmeister (1954), trad. Jean Carrère (1967), Paris, Gallimard, « Tel », 1990.

HEIDEGGER Martin, *Chemins qui ne mènent nulle part* (*Holzwege*, 1950), trad. Wolfgang Brokmeier, Paris, Gallimard, 1980.

—— *Holzwege* (1950), Francfort, Klostermann, 1977.

HERACLITE D'ÉPHESE, *Fragments*, éd. Marcel Conche, Paris, Presses universitaires de France, « Épiméthée », 1986.

HERSANT Yves, « L'acédie et ses enfants », dans Jean Clair, dir., *Mélancolie : génie et folie en Occident*, Paris, Gallimard, 2005, p. 54-59.

—— *Mélancolies : de l'Antiquité au XXe siècle*, Paris, Robert Laffont, « Bouquins », 2005.

HIPPEL Theodor Gottlieb von, *Sämmtliche Werke*, t. X : *Kleinere Schriften*, Berlin, G. Reimer, 1828.

HIPPOCRATE, [*Œuvres*], t. IV, trad. W. H. S. Jones (1931), Cambridge, Harvard University Press, « Loeb Classical Library », 1992.

HOLZMAN David, « Les sept sages de la forêt des bambous et la société de leur temps », *T'oung Pao*, vol. XLIV, 1956, p. 317-346.

HUMMEL Pascale, *Mœurs érudites : étude sur la micrologie littéraire* (*Allemagne, XVIe-XVIIIe siècles*), Genève, Froz, 2002.

—— *Philologus auctor : le philologue et son œuvre*, Berne, Peter Lang, 2003.

L'Imitation de Jésus-Christ, trad. fr. Félicité Robert de Lamennais, introd. R. P. Chenu, O. P., Paris, Plon, « Bibliothèque spirituelle du chrétien lettré », 1950. [トマス・ア・ケンピス『キリストにならいて』, 大沢章・呉茂一訳, 岩波文庫, 一九六〇年]

JACOB Christian, « Athenaeus the Librarian », dans David Braund et John Wilkins, dir., *Athenaeus and His World : Reading Greek Culture in the Roman Empire*, Exeter, University of Exeter Press, 2000, p. 85-110.

—— dir., *Des Alexandries II : les métamorphoses du lecteur*, Paris, Bibliothèque nationale de France, 2003.

—— dir., *Lieux de savoir*, t. I : *Espaces et communautés*, Paris, Albin Michel, 2007.

Le Jardin du lettré : synthèse des arts en Chine, Boulogne-Billancourt, Musée Albert-Kahn, 2004.

JEAN CASSIEN saint, *Conférences*, t. II : *VIII-XVII*, trad. Dom Eugène Pichery, Paris, Éditions du Cerf, « Sources chrétiennes », 1958.

JEROME saint, *Lettres*, trad. Jérôme Labourt, Paris, Les Belles Lettres, « Collection des universités de France », 1949.

Journal officiel de la République française, 21e année, nº 160, 16 juin 1889, p. 2783-2786（« Assemblée générale du congrès annuel des sociétés savantes et des sociétés de beaux-arts de Paris et des départements, le 15 juin 1889, dans le grand amphithéâtre de la Sorbonne, sous la présidence de M. Fallières, ministre de l'instruction publique et des beaux-arts »）.

JUVENAL, *Satires*, éd. Pierre de Labriolle, François Villeneuve et J. Gérard, Paris, Les Belles Lettres, « Collection des universités de France », 1983.〔ペルシウス／ユウェナーリス『ローマ諷刺詩集』、国原吉之助訳、岩波文庫、二〇一二年〕

KANTOROWICZ Ernst Hartwig, *Œuvres : L'Empereur Frédéric II*（*Kaiser Friedrich der Zweite*, 1927）, *Les Deux Corps du Roi*（*The King's Two Bodies : A Study in Mediaeval Political Theology*, 1957）, postface d'Alain Boureau, Paris, Gallimard, « Quarto », 2000.〔エルンスト・H・カントーロヴィチ『王の二つの身体』、小林公訳、平凡社、一九九二年、二四頁〕

KLIBANSKY Raymond, PANOFSKY Erwin et SAXL Fritz, *Saturne et la mélancolie. Études historiques et philosophiques : nature, religion, médecine et art*（*Saturn and Melancholy : Studies of Natural Philosophy, Religion and Art*, 1964）, trad. Fabienne Durand-Bogaert et Louis Évrard, Paris, Gallimard, 1989.

KRIEGEL Blandine, *L'Histoire à l'âge classique*（*Les Historiens et la Monarchie*, 1988）, Paris, Presses universitaires de France, « Quadrige », 1996, 4 t.

KUSPIT Donald, « A Mighty Metaphor : The Analogy of Archaeology and Psychoanalysis », dans Lynn Gamwell et Richard Wells, dir., *Sigmund Freud and Art : His Personal Collection of Antiquities*, Londres, Thames and Hudson, 1989, p. 133-151.

LAHIRE Bernard, *La Condition littéraire : la double vie des écrivains*, Paris, La Découverte, 2006.

LANDOLFI Tommaso, *Sinon la réalité* (*Se non la realtà*, 1960), trad. Monique Baccelli, Paris, Christian Bourgois, 2006.

LAQUEUR Thomas Walter, *Le Sexe en solitaire : contribution à l'histoire culturelle de la sexualité* (*Solitary Sex : A Cultural History of Masturbation*, 2003), trad. Pierre-Emmanuel Dauzat, Paris, Gallimard, 2005.

LARUE Anne, *L'Autre Mélancolie : Acedia, ou les chambres de l'esprit*, Paris, Hermann, 2001.

LE GOFFIC Charles, *La Littérature française aux XIXe et XXe siècles : tableau général accompagné de pages types*, vol. II, suivi d'un appendice sur les *Écrivains morts pour la patrie*, par Auguste Dupouy, Paris, Larousse, 1919 [plutôt 1923].

LEGROS Alain, *Essais sur poutres : peintures et inscriptions chez Montaigne*, préf. Michael A. Screech, Paris, Klincksieck, 2000.

LEOPARDI Giacomo, *Lettere*, éd. Rolando Damiani, Milan, Arnoldo Mondadori, « I Meridiani », 2006.

—— *Zibaldone*, éd. Rolando Damiani, Milan, Arnoldo Mondadori, « I Meridiani », 1997, 3 vol.

—— *Zibaldone*, trad. Bertrand Schefer, Paris, Allia, 2004.

LEPENIES Wolf, *Melancholie und Gesellschaft*, Francfort, Suhrkamp, 1969.

—— *Sainte-Beuve. Au seuil de la modernité* (*Sainte-Beuve. Auf der Schwelle zur Moderne*, 1997), trad. Jeanne Étoré et Bernard Lortholary, Paris, Gallimard, « Bibliothèque des idées », 2002.

Lettres patentes du Roy, Qui confirment l'établissement des Academies Royales des Inscriptions & des Sciences. Avec les Reglemens pour lesdites deux Academies. Données à Marly au mois de Fevrier 1713. Registrées en Parlement le 3. May 1713, Paris, Chez la Veuve François Muguet & Hubert Muguet, 1713.

LI Chu-Tsing et WATT James C. Y., dir., *The Chinese Scholar's Studio : Artistic Life in the Late Ming period*, New York, Thames and Hudson, 1987.

LIEBENWEIN Wolfgang, *Studiolo : storia e tipologia di uno spazio culturale* (*Studiolo : die Entstehung eines Raumtyps und seine Entwicklung bis um 1600*, 1977), éd. Claudia Cieri Via, Modène, Panini, 1988.

LIPSE Juste, *Les Deux Livres de la Constance, Esquels en forme de devis familier est discouru des afflictions, et principalement des publiques, et comme il se faut résoudre à les supporter*, trad. anonyme (Tours, 1592), Paris, Noxia, 2000.

—— *Iusti Lipsi de constantia libri duo, Qui alloquium præcipuè continent in Publicis malis. Vltima editio, castigata*, Anvers, Plantin, 1599.

—— *Justi Lipsi V. C. opera omnia, postremum ab ipso aucta et recensita : nunc primum copioso rerum indice illustrata*, Wesel, André van Hoogenhuysen, 1675, 4 t.

Le Livre d'or de Renan, Paris, Joanin, 1903.

LUCIEN DE SAMOSATE, *Œuvres*, t. II : *Opuscules 11-20*, éd. et trad. Jacques Bompaire (1998), Paris, Les Belles Lettres, « Collection des universités de France », 2003.

LUCRECE, *De la nature* (*De rerum natura*), t. II : *Livres IV-VI*, éd. et trad. Alfred Ernout (1923), Paris, Les Belles Lettres, « Collection des universités de France », 1985. ［ルクレーティウス『物の本質について』、樋口勝彦訳、岩波文庫、一九六一年］

MABILLON Jean, *De monasticorum studiorum ratione ad juniores studiososque congregationis sancti Mauri monachos D. J. Mabillonius*. Suivi de *Questions proposées à tous les Religieux Bénédictins de la Congrégation de Saint Maur, par le Bureau de Littérature, établi à l'Abbaye de Saint Germain des Prés*, Paris, Valleyre l'aîné, 1767.

—— *Reflexions sur la réponse de M. l'Abbé de la Trappe, Au Traité des Etudes monastiques. Divisées en deux parties ; Par Dom Jean Mabillon, Religieux Benedictin de la Congregation de S. Maur. Seconde édition revûë & corrigée*, Paris, Charles Robustel, 1693, 2 vol.

—— *Traité des Etudes monastiques, divisé en trois parties ; avec une liste des principales Difficultes, qui se rencontrent en chaque siécle dans la lecture des Originaux ; & un Catalogue de livres choisis pour composer une Biblioteque ecclesiastique. Par Dom Jean Mabillon, Religieux Benedictin de la Congregation de S. Maur. Seconde édition revûë & corigée* (sic), Paris, Charles Robustel, 1692, 2 vol.

MACROBE, ［*Les Saturnales*］ *I saturnali* (*Saturnaliorum convivia*), éd. et trad. Nino Marinone (1967), Turin, Unione tipografico-editrice torinese, 1997.

MARCEL Antoine, *Le Jardin du lettré*, Paris, Alternatives, 2004.

MARINELLI Lydia, dir., *« Meine… alten und dreckigen Götter » : aus Sigmund Freuds Sammlung*, Francfort, Strœmfeld, 1998.

MAROLLES Michel de, *Suitte des Mémoires de Michel de Marolles, abbé de Villeloin. Contenant douze traitez sur divers Sujets Curieux, dont les noms sont imprimez dans la page suivante*, Paris, Antoine de Sommaville, 1657.

MARTY Éric, *Roland Barthes, le métier d'écrire*, Paris, Seuil, « Fiction & Cie », 2006.

MAUL Gisela et OPPEL Margarete, *Goethes Wohnhaus in Weimar*, Weimar, Stiftung Weimarer Klassik, 2002.

MICHEL Alain, « De Virgile à Juste Lipse : sagesse et rêverie dans le jardin », dans Jackie Pigeaud et Jean-Paul Barbe, dir., *Histoires de jardins : lieux et imaginaire*, Paris, Presses universitaires de France, « Perspectives littéraires », 2001, p. 85-95.

MINOIS Georges, *Bossuet : entre Dieu et le Soleil*, Paris, Perrin, 2003.

Le Monde, 28 mars 1980, p. 26-27 (« La mort de Roland Barthes »).

MONK Ray, *Ludwig Wittgenstein : The Duty of Genius*, Londres, Jonathan Cape, 1990.

MONTAIGNE Michel Eyquem de, *Essais*, éd. Pierre Villey, Paris, Presses universitaires de France, 1992. ［ミシェル・ド・モンテーニュ『エセー4』、宮下志朗訳、白水社、二〇一〇年／モンテーニュ『エセー5』、宮下志朗訳、白水社、二〇一三年／モンテーニュ『エセー　五』、原二郎訳、岩波文庫、一九六七年］

—— *Les Essais*, éd. Jean Balsamo, Michel Magnien et Catherine Magnien-Simonin, Paris, Gallimard, « Bibliothèque de la Pléiade », 2007.

MORFORD Mark, « The Stoic Garden », *Journal of Garden History*, vol. VII, nº 2, avril-juin 1987, p. 151-175.

NEUSNER Jacob, *A Life of Yohanan ben Zakkai* (*Ca. 1-80 C. E.*), Leyde, E. J. Brill, « Studia post-biblica », 2ᵉ éd. : 1970.

NIETZSCHE Friedrich, *Die Geburt der Tragödie* (1872), postf. Günther Wohlfahrt, Stuttgart, Reclam, « Universal-Bibliothek », 2002 (1ʳᵉ éd. : 1993).

—— *Introduction aux leçons sur l'*Œdipe-Roi *de Sophocle* [1870], *Introduction aux études de philologie classique* [1871], trad. Françoise Dastur et Michel Haar, La Versanne, Encre marine, 1994.

—— *Kritische Studienausgabe, 8 : Nachgelassene Fragmente 1875-1879*, éd. Giorgio Colli et Mazzino Montinari, Munich, Deutsche Taschenbuch Verlag, 1988.

—— *La Naissance de la tragédie*, trad. Philippe Lacoue-Labarthe (1977), Gallimard, « Folio essais », 2002 (1re éd. 1986). ［フリードリヒ・ニーチェ「自己批評の試み（一八八六年）」『悲劇の誕生』、秋山英夫訳、岩波文庫、一九六六年］

—— *Nietzsche Briefwechsel : kritische Gesamtausgabe*, t. II, vol. 4 : *Briefe an Friedrich Nietzsche : Mai 1872 - Dezember 1874*, éd. Giorgio Colli et Mazzino Montinari, Berlin, Walter de Gruyter, 1978.

—— *Œuvres philosophiques complètes. Considérations inactuelles, III et IV : Schopenhauer éducateur, Richard Wagner à Bayreuth. Fragments posthumes (début 1874 - printemps 1876)*, textes et variantes établis par Giorgio Colli et Mazzino Montinari, trad. Henri-Alexis Baatsch *et al.*, Paris, Gallimard, 1988.

—— *Querelle autour de « La Naissance de la tragédie » : écrits et lettres de Friedrich Nietzsche, Friedrich Ritschl, Erwin Rohde, Ulrich von Wilamowitz-Möllendorff, Richard et Cosima Wagner*, avant-propos de Michèle Cohen-Halimi, trad. M. Cohen-Halimi, Hélène Poitevin et Max Marcuzzi, Paris, Vrin, « Tradition de la pensée classique », 1995.

NISHITAKATSUJI Nobusada, *Dazaifu Tenman-gu*, trad. Chase Frank Richard, Fukuoka, Dazaifu Tenman-gu, 1982.

PANOFSKY Erwin, *La Vie et l'Art d'Albrecht Dürer* (*The Life and Art of Albrecht Dürer*, 1943), trad. Dominique Le Bourg, Paris, Hazan, 1987.

PAPY Jan, « Lipsius and His Dogs : Humanist Tradition, Iconography and Rubens's Four Philosophers », *Journal of the Warburg and Courtauld Institutes*, LXII, 1999, p. 167-198.

Les Pères du désert, textes choisis et présentés par René Draguet, Paris, Plon, « Bibliothèque spirituelle du chrétien lettré », 1949.

PEREZ SANCHEZ Alfonso E. et SPINOSA Nicola, *Jusepe de Ribera 1591-1652*, New York, Metropolitan Museum of Art, 1992.

PERRAULT Dominique, *Bibliothèque nationale de France, 1989-1995*, Bâle, Birkhäuser, 1995.

PETRARQUE, *Canzoniere / Le Chansonnier*, éd. et trad. Pierre Blanc, Paris, Bordas, « Classiques Garnier », 1989.

—— *Collatio laureationis*, dans *Opere latine di Francesco Petrarca*, éd. Antonietta Bufano *et al.*, vol. II (1975), Turin, Unione

tipografico-editrice torinese, 1987, p. 1257-1283.
—— *Lettera ai posteri* (*Posteritati*), éd. Gianni Villani, Rome, Salerno, 1990.
—— *Lettres de la vieillesse*, t. I : *Livres I-III*, éd. Elvira Nota *et al.*, Paris, Les Belles Lettres, 2002.
—— *Lettres familières* (*Rerum familiarum libri*), éd. Ugo Dotti, trad. André Longpré, Paris, Les Belles Lettres, 2002, 2 vol.
—— *Le « Senili » secondo l'edizione Basilea 1581* (*Epistolæ seniles*), éd. Marziano Guglielminetti, Savigliano, L'Artistica Editrice, 2006.
—— *La Vie solitaire* (*De vita solitaria*, 1346-1366), éd. et trad. Christophe Carraud, préf. Nicholas Mann, Grenoble, Jérôme Millon, 1999.
PIC DE LA MIRANDOLE Jean, *Conclusiones nongentae : le novecento tesi dell'anno 1486*, éd. Albano Biondi, Florence, Leo S. Olschki, 1995.
—— *De la dignité de l'homme* (*De hominis dignitate*), éd. Yves Hersant (1993), Paris, Éditions de l'Éclat, 2005.
—— *900 conclusions philosophiques, cabalistiques et théologiques*, éd. Bertrand Schefer, Paris, Allia, 1999.
—— *Œuvres philosophiques*, éd. Olivier Boulnois et Giuseppe Tognon, Paris, Presses universitaires de France, 1993.
PLATON, *Les Lois : livres III-VI*, texte établi et traduit par Édouard des Places, Paris, Les Belles Lettres, « Collection des universités de France », 1975.［プラトン「法律——立法について」『プラトン全集十三　ミノス・法律』、森進一・池田美恵・加来彰俊訳、岩波書店、一九七六年］
PLUTARQUE, *Dialogues pythiques*, éd. et trad. Robert Flacelière, Paris, Les Belles Lettres, « Collection des universités de France », 1974.
—— *Dialogues pythiques*, trad. Frédérique Ildefonse, Paris, Flammarion, « GF », 2006.
—— *Moralia*, t. V, éd. et trad. Frank Cole Babbitt (1936), Cambridge, Harvard University Press, « The Loeb Classical Library », 2003.［プルタルコス『モラリア５』、丸橋裕訳、京都大学学術出版会、二〇〇九年］
—— *Œuvres morales*, t. II : *Consolation à Apollonios, Préceptes de santé, Préceptes de mariage, Le Banquet des sept sages, De*

la superstition, éd. et trad. Jean Defradas, Jean Hani et Robert Klaerr, Paris, Les Belles Lettres, « Collection des universités de France », 1985. ［プルタルコス「健康のしるべ」「七賢人の饗宴」『モラリア２』、瀬口昌久訳、京都大学学術出版会、二〇〇一年］

—— *Propos de table*, dans *Œuvres morales*, t. IX, éd. et trad. François Fuhrmann, Françoise Frazier et Jean Sirinelli, Paris, Les Belles Lettres, « Collection des universités de France », 1972-1996, 3 vol. ［プルタルコス「食卓歓談集」『モラリア８』、松本仁助訳、京都大学学術出版会、二〇一二年］

—— *Vies*, t. XII : *Démosthène – Cicéron*, éd. et trad. Robert Flacelière et Émile Chambry, Paris, Les Belles Lettres, « Collection des universités de France », 1976. ［プルタルコス『プルタルコス英雄伝（下巻）』、村川堅太郎訳、ちくま学芸文庫、一九九六年］

POMMIER Édouard, « Notes sur le jardin dans la littérature artistique de la Renaissance italienne », dans Jackie Pigeaud et Jean-Paul Barbe, dir., *Histoires de jardins : lieux et imaginaire*, Paris, Presses universitaires de France, « Perspectives littéraires », 2001, p. 127-140.

PÖSCHL Viktor, « Nietzsche und die klassische Philologie », dans Hellmut Flashar, Karlfried Gründer et Axel Horstmann, dir., *Philologie und Hermeneutik im 19. Jahrhundert*, Göttingen, Vandenhoeck & Ruprecht, 1979, p. 141-155.

QUINTILIEN, *Institution oratoire*, t. VI : *Livres X et XI*, éd. et trad. Jean Cousin, Paris, Les Belles Lettres, « Collection des universités de France », 1979.

RABELAIS François, *Œuvres complètes*, éd. Mireille Huchon, Paris, Gallimard, « Bibliothèque de la Pléiade », 1994. ［フランソワ・ラブレー『ガルガンチュア（ガルガンチュアとパンタグリュエル１）』、宮下志朗訳、ちくま文庫、二〇〇五年］

RANCE Armand Jean Le Bouthillier de, *Réponse au Traité des études monastiques. Par M. l'Abbé de la Trappe*, Paris, François Muguet, 1692.

—— *De la sainteté et des devoirs de la vie monastique. Seconde Edition, reveuë & augmentée*, Paris, François Muguet, 1683, 2 vol.

Règlement Pour l'Académie royale des Inscriptions & Belles-Lettres. Du 22 Décembre 1786, Paris, Imprimerie royale, 1787.

RENAN Ernest, « Peut-on travailler en province ? » (1889), dans *Feuilles détachées*, in *Œuvres complètes*, éd. Henriette Psichari, Paris, Calmann-Lévy, 1948, t. II, p. 1005-1018.

REUTERSWÄRD Patrick, « The Dog in the Humanist's Study », *Konsthistorisk tidskrift*, vol. L, n° 2, 1981, p. 53-69.

REY Jean-Michel, *L'Enjeu des signes : lecture de Nietzsche*, Paris, Seuil, « L'Ordre philosophique », 1971.

RIFLANT Meury, *Le Miroir des melancholicques, décrit en la XXXᵉ section des « Problèmes » d'Aristote, concernant ce qui appartient à prudence, entendement et sapience, traduit de grec en français, par Meury Riflant*, [Rouen], Jehan Petit (imprimeur), Nicolas de Burges (libraire), 1543.

RIPA Cesare, *Iconologia overo Descrittione di diverse Imagini cauate dall'antichità, & di propria inuentione* (1593), Rome, Lepido Faeii, 1603.

ROBERTS Helen I., « St. Augustine in *St. Jerome's Study* : Carpaccio's Painting and Its Legendary Source », *The Art Bulletin*, vol. XLI, n° 4, décembre 1959, p. 283-297.

RODRIGUEZ MONEGAL Emir, *Jorge Luis Borges : biographie littéraire* (*Jorge Luis Borges, a Literary Biography*, 1978), trad. Alain Delahaye, Paris, Gallimard, 1983.

ROGER Philippe, *Roland Barthes, roman*, Paris, Grasset, 1986.

ROHDE Erwin, *Der Streit um Nietzsches « Geburt der Tragödie » : die Schriften von E. Rohde, R. Wagner, U. v. Wilamowitz-Möllendorff*, éd. Karlfried Gründer (1969), Hildesheim, Georg Olms, 1989.

Romans grecs et latins, trad. Pierre Grimal (1958), Paris, Gallimard, « Bibliothèque de la Pléiade », 1976.

RONSARD Pierre de, *Œuvres complètes*, t. II, éd. Jean Céard, Daniel Ménager et Michel Simonin, Paris Gallimard, « Bibliothèque de la Pléiade », 1994.

SANDRE Thierry, dir., *Anthologie des écrivains morts à la guerre (1914-1918)*, Amiens, Edgar Malfère, « Bibliothèque du Hérisson », 1924-1926, 5 vol.

SCHLANGER Judith, *La Mémoire des œuvres*, Paris, Nathan, « Le texte à l'œuvre », 1992.

SCHUSTER Peter-Klaus, « *Melencolia I* : Dürer et sa postérité », trad. Jeanne Étoré-Lortholary, dans Jean Clair, dir., *Mélancolie : génie et folie en Occident*, Paris, Gallimard, 2005, p. 90-103.

SEI SHONAGON, *Notes de chevet* (*Makura no sôshi*), trad. André Beaujard (1966), Paris, Gallimard / Unesco, « Connaissance de l'Orient », 1985.

SHAKESPEARE William, *Œuvres complètes : Tragicomédies II, Poésies*, éd. sous la dir. de Michel Grivelet et Gilles Monsarrat, Paris, Robert Laffont, « Bouquins », 2002.［シェイクスピア『あらし』（『夏の夜の夢・あらし』所収）、福田恆存訳、新潮文庫、一九七一年］

SCHECHTER Solomon et BACHER Wilhelm, « Johanan b. Zakkai », dans Isidore Singer, dir., *The Jewish Encyclopedia*, New York, Funk and Wagnalls, 1901-1906, t. VII, p. 214-217.

SLIWA Joachim, *Egyptian Scarabs and Seal Amulets from the Collection of Sigmund Freud*, Cracovie, Polska Akademia Umiejetnosci, 1999.

SOLE Robert, *Les Savants de Bonaparte* (1998), Paris, Seuil, « Points », 2001.

SPINOSA Nicola, *Ribera : l'opera completa*, Naples, Electa Napoli, 2003.

SPIRO Audrey, *Contemplating the Ancients : Aesthetic and Social Issues in Early Chinese Portraiture*, Berkeley, University of California Press, 1990.

STOCKREITER Karl, « Am Rand der Aufklärungsmetapher : Korrespondenzen zwischen Archäologie und Psychoanalyse », dans Lydia Marinelli, dir., *« Meine... alten und dreckigen Götter » : aus Sigmund Freuds Sammlung*, Francfort, Strœmfeld, 1998, p. 81-93.

SWIFT Jonathan, *Œuvres*, éd. Émile Pons (1965), Paris, Gallimard, « Bibliothèque de la Pléiade », 1988.［スウィフト『ガリヴァ旅行記』、中野好夫訳、新潮文庫、一九五一年］

TALLEMANT DES REAUX Gédéon, *Historiettes*, vol. I, éd. Antoine Adam, Paris, Gallimard, « Bibliothèque de la Pléiade », 1960.

[*Talmud. Abot de rabbi Natan*] *The Fathers According to Rabbi Nathan. An Analytical Translation and Explanation*, éd. Jacob Neusner, Atlanta, Scholars Press, « Brown Judaic Studies », 1986.

[*Talmud. Michna. Seder Nashim. Gittin*] *Hebrew-English Edition of the Babylonian Talmud*, t. XIV, dir. Isidore Epstein, trad. Maurice Simon (1936), Londres, Soncino, 1990.

TERVARENT Guy de, *Attributs et Symboles dans l'art profane : dictionnaire d'un langage perdu (1450-1600)*, Genève, Droz, 1re éd. : 1958, 2e éd. : 1997.

THIBAUDET Albert, *La Campagne avec Thucydide* (1922), dans Thucydide, *Histoire de la guerre du Péloponnèse*, Paris, Robert Laffont, « Bouquins », 1990, p. 1-140.

THORNTON Dora, *The Scholar in His Study : Ownership and Experience in Renaissance Italy*, New Haven, Yale University Press, 1997.

TRIANDAFILLIDIS Alexandra, *La Dépression et son inquiétante familiarité : esquisse d'une théorie de la dépression dans le négatif de l'œuvre freudienne*, Paris, Éditions universitaires, 1991.

VIGNY Alfred de, *Stello*, *Daphné*, éd. François Germain, Paris, Garnier, « Classiques », 1970.

VIRGILE, *Énéide, livres V-VIII*, éd. Jacques Perret, Paris, Les Belles Lettres, « Collection des universités de France », 1989. [ウェルギリウス『アエネーイス（上）』、泉井久之助訳、岩波文庫、一九七六年]

WILAMOWITZ-MÖLLENDORFF Ulrich von, *Qu'est-ce qu'une tragédie attique ? Introduction à la tragédie grecque* (*Was ist eine attische Tragödie ?* , 1889), trad. Alexandre Hasnaoui, introd. Caroline Noirot, Paris, Belles-Lettres, 2001.

WILKINS Ernest Hatch, *The Making of the « Canzoniere » and Other Petrarchan Studies*, Rome, Storia e Letteratura, 1951.

—— *Vita del Petrarca* (*Life of Petrarch*, 1961), trad. Remo Cesarani (1964), Milan, Feltrinelli, 1990.

WOOLF Virginia, *A Room of One's Own* (1929), *Three Guineas* (1938), éd. Morag Shiach, Oxford, Oxford University Press, « The World's Classics », 1992. [ヴァージニア・ウルフ『自分だけの部屋』、川本静子訳、みすず書房、一九九九年]

—— *Une chambre à soi* (*A Room of One's Own*), trad. Clara Malraux (1977), Paris, 10-18, 1996.

ZILSEL Edgar, *Le Génie : histoire d'une notion de l'Antiquité à la Renaissance* (*Die Entstehung des Geniebegriffes : ein Beitrag zur Ideengeschichte der Antike und des Frühkapitalismus*, 1926), trad. Michel Thévenaz, Paris, Minuit, 1993.

ZWEIG Stefan, *Briefwechsel mit Hermann Bahr, Sigmund Freud, Rainer Maria Rilke und Arthur Schnitzler*, éd. Jeffrey B. Berlin, Hans-Ulrich Lindken et Donald A. Prater, Francfort, Fischer, 1987.

人名索引

ア行

アウグストゥス（Auguste） 81, 203
アウルス・ゲッリウス（Aulu-Gelle） 100
アエミリアヌス（Émilien） 160, 162
アシニウス・ポリオ（Asinius Pollion） 203
アポロニウス（Apollonios de Tyane） 194
アラン（Alain） 208, 210
アリストテレス（Aristote） 131-2, 134-8, 140
アリストファネス（Aristphane） 180
アルベルティ、レオン・バッティスタ（Leon Battista Alberti） 99-100, 138, 216
アレクサンドリアのヒュパティア（Hypatie d'Alexandrie） 40
アンティステネス（Antisthène） 97
アントニウス（Antoine） 202
アントネロ・ダ・メッシーナ（Antonello de Messine） 75
イアンブリコス（Jamblique） 184
イエス（Jésus） 151, 153, 155, 157, 163, 196, 232
イブン・スィーナー〔アウィケンナ〕（Avicenne） 184
インノケンティウス八世（Innocent VIII） 185
ヴァーグナー、リヒャルト（Richard Wagner） 174-5, 177-8
ヴァレリー、ポール（Paul Valéry） 140, 303
ウァロ（Varron） 81

ヴィトゲンシュタイン、ルートヴィヒ（Ludwig Wittgenstein） 208
ヴィニー、アルフレッド・ド（Alfred de Vigny） 124, 205
ヴィラモヴィッツ＝メレンドルフ、ウールリヒ・フォン（Ulrich von Willamowitz-Möllendorff） 177
ウェスパシアヌス（Vespasien） 203
ウェルギリウス（Virgile） 80-1, 88, 100, 157, 203, 206-8, 215, 217, 220
ヴォルテール（Voltaire） 37, 41
ウルフ、ヴァージニア（Virginia Woolf） 36, 39-40
エイセビオス（Eusèbe de Césarée） 163
エズラ（Esdras） 23-4, 26
エティエンヌ、アンリ（Estienne Henri） 106
エピクロス（Épicure） 97, 128
エピテルセス（Epthersès） 160-2
エラスムス（Érasme） 100, 140, 197
エンゲルマン、エドムント（Edmund Engelman） 73, 75
エンプソン、ウィリアム（William Enpson） 118-22
王維 69
オクタヴィアヌス（Octave） 202

カ行

カエサル（César） 81, 201, 205
カティリナ（Catilina） 201
カルノー、サディ（Sadi Carnot） 91
カルパッチョ、ヴィットーレ（Victor Carpaccio） 75, 111-2
カント、エマヌエル（Emmanuel Kant） 44-5, 125-7, 197
カントロヴィチ、エルンスト（Kantorowicz Ernst） 27
キケロ（Cicéron） 21, 24, 26, 33, 38, 48, 72, 81, 97, 99-100, 134, 160, 201-3
清原元輔 41
クィンティリアヌス（Quintilien） 226-8, 230
クーザン、ヴィクトール（Victor Cousin） 44-6, 124-5
クーリエ、ポール＝ルイ（Paul-Luois Courier） 205
クセノフォン（Xénophon） 100, 128, 205
クライスト、ハインリヒ・フォン（Heinrich von Kleist） 205
クラッスス（Crassus） 97-8
クリスチーヌ・ド・ピザン（Christine de Pisan） 40
グルーサック、ポール（Paul Groussac） 34
グルネー、マリー・ド（Marie de Gournay） 105-10, 114
嵇康 72
ゲーテ、ヨハン・ヴォルフガング・フォン（Johann Wolfgang von Goethe） 223

ゲミストス・プレトン、ジョルジュ（Georges Gémiste Pléthon） 187
ケルスス（Celse） 30-2, 227
孔子 21, 24-6, 29-30, 62, 69, 172, 197-9, 234-5
コーラ・ディ・リエンツォ（Cola di Rienzo） 215
コリオ、ベルナルディーノ（Corio Bernardino） 236
コローゼ、ジル（Gilles Corozzet） 75
コロンナ、ジョヴァンニ（Giovanni Colonna） 213
コロンナ、ステファーノ（Colonna Stefano） 215
コンヴェネヴォーレ・ダ・プラト（Convenevole da Prato） 216, 218

サ行

サン＝ランベール、ジャン・フランソワ・ド（Jean Framçois de Saint-Lambert） 37
サント＝ブーヴ、シャルル・オーギュスタン（Cahrles Augstin Sainte-Beuve） 127
シェイクスピア、ウィリアム（Shakespeare William） 36, 121, 136, 224-5
司馬遷 29-30
ジダン、ジネディーヌ（Zinedine Zidane） 132
シモン、リシャール（Richard Simon） 148
シャトーブリアン、フランソワ・ルネ・ド（François René de Chateaubriand） 144
シャトレ、エミリー・デュ（Émilie du Châtelet） 37-9, 41
ジャマン、アマディス（Amadis Jamin） 108
ジャマン、ニコール（Nicole Jamin） 108-9
シャルルマーニュ（Charlemagne） 146, 203
修道女セレヌス（abbé Serenus） 124
ショーペンハウアー、アルトゥル（Arthur Schpenhauer） 174, 178
スウィフト、ジョナサン（Jonathan Swift） 221
菅原道真 61-5, 200
スキピオ（Scipion） 25, 97-9
スタティウス（Stace） 213
スタンダール（Stendhal） 205
スピノザ、バルーフ（Baruch Spinoza） 148
聖アウグスティヌス（saint Augustin） 75, 78, 112, 143, 157
聖アタナシオス（saint Atanase） 157
聖ゲオルギオス（saint Georges） 112
清少納言 40-1
聖ヒエロニュムス（saint Jérôme） 75, 78, 87-8, 111-2, 114, 123-4, 143, 151-2, 171
聖ベネディクト（saint Benoît de Nursie） 146

聖ベルナール（saint Bernard de Clairvaux） 92
聖ヨハネス・カッシアヌス（saint Jean Cassien） 124
セネカ（Sénèque） 99
ソクラテス（Socrate） 28-9, 63, 97-8, 106, 128, 133
曾点 198

タ行

ダ・ヴィンチ、レオナルド（Léonard de Vinci） 209
大カトー（Caton l'Ancien） 25
大プリニウス（Pline L'Ancien） 81
タルクィヌス（Tarquin de Superbe） 207
タルマン・デ・レオー、ジェデオン（Gédéon Tallemand des Réaux） 107
ダンテ（Dante） 155, 216, 218
中宮定子 40-1
ツヴァイク、ステファン（Stefan Zweig） 74
ティトゥス・リウィウス（Tite-Live） 81
ティボーデ、アルベール（Albert Thibaudet） 206, 208, 210
テーヌ、イポリット（Hipolyte Taine） 127
デカルト、ルネ（René Descartes） 53-5, 106, 209-11
デメトリオス（Démétrios） 195
デモステネス（Demosthène） 227
デューラー、アルブレヒト（Albrecht Dürer） 78, 87, 136
デリダ、ジャック（Jacques Derrida） 235
ド・ゴール、シャルル（Charles de Gaulle） 205
トゥキュディデス（Thucydide） 206-8
ドー、ジョヴァンニ（フアン）（Giovanni(Juan) Do） 50, 59
ドミティアヌス（Domitien） 158, 194, 213

ナ行

ナポレオン〔・ボナパルト〕（Napoléon Bonaparte） 205
ニーチェ、フリードリヒ（Friedrich Niezsche） 140, 163, 165, 172-181
ニュートン、アイザック（Isaac Newton） 37, 41
ネロ（Neron） 158, 194

ハ行

バー、アマドゥー・ハンパテ（Amadou Hampâté Bâ） 233
バートン、ロバート（Robert Burton） 136, 138-40
ハイデッガー、マルティン（Martin Heidegger） 70, 95
パイドロス（Phèdre） 97-8
バシュラール、ガストン（Gaston Bachelard） 228-9
パノルミータ、アントーニオ（Antonio Panormita） 187
バルディ、ロベルト・デ（Roberto dei Bardi） 213

バルト、ロラン（Roland Barthes） 232-6
バレス、モーリス（Maurice Barrès） 94
バンダ、ジュリアン（Julien Banda） 84, 196-7
ピエトローニ、ピエトロ（Pietro Pietroni） 143
ピコ・デッラ・ミランドラ、ジャン（Jean Pic la Mirandole） 182-3, 190
ヒッポクラテス（Hippocrate） 43
ピピン（Pépin Le Brief） 146
ファリエール、アルマン（Armand Fallières） 91
フィチーノ、マルシリオ（Marsile Ficin） 135-7, 140, 187
フーコー、ミシェル（Michel Foucault） 132
ブライト、ティモシー（Timothy Bright） 138
プラトン（Platon） 33, 47, 97, 128-30, 133, 187, 194, 233
フランス、アナトール（Anatole France） 18, 124
フリア（Furia） 123
フリース、ヴィルヘルム（Wilhelm Fliess） 73
プルースト、マルセル（Marcel Proust） 18
ブルクハルト、ヤーコプ（Jakob Burckhardt） 177
プルタルコス（Plutarque） 21, 81, 128, 130, 158-60, 162-9, 203
フロイト、ジークムント（Sigmund Freud） 73-6, 77-8
フロベール、ギュスターヴ（Gustave Blaubert） 127, 160
ベアトリーチェ（Béatice） 155
ヘーゲル、ゲオルク・ヴィルヘルム・フリードリヒ（Georg Wilhelm Friedrich Hegel） 124-5, 163
ペトラルカ（Pétrarque） 99-100, 114, 143, 212-221
ヘラクレイトス（Héraclite） 168, 181
ベルフォン元帥（Bernardin de Bellefonds） 85-6
ヘルメス・トリスメギストス（Hérmes Trismégiste） 184
ペロー、ドミニク（Dominique Perrault） 94
ヘロドトス（Hérodote） 26
ベンヤミン、ヴァルター（Walter Benjamin） 140, 225
ボエティウス（Boèce） 200
ボードレール、シャルル（Charles Baudelaire） 113
ボードワン、ジャン（Jean Baudoin） 56-7
ボカール、ティエルノ（TiernoBokar） 233
ボシュエ、ジャック・ベニーニュ（Jacques Bénigne Bossuet） 84-7
ボッカッチョ（Boccace） 143, 218
ホメロス（Homère） 129, 157
ホラティウス（Horace） 99-100, 203, 206
ボルヘス、ホルヘ・ルイス（Jorge Luis Borges） 33-4
ボロウスキー、ルートヴィッヒ・エルネスト（Ludwig Ernest Borowski） 125, 127
ボワロベール、フランソワ・ド（François de Boisrobert）

108-110
ポンターノ、ジョバンニ（Giovanni Pontano） 187

マ行
マクロビウス（Macrobe） 128
マザラン、ジュール（Jules Mazarin） 106
マゾン、ポール（Paul Mazon） 233-4
マヌティウス、アルドゥス（Alde Manuce） 187
マビヨン、ジャン（Jean Mabillion） 143, 145, 148-52
マリー〔・ボナパルト〕（Marie Bonaparte） 74
マリーニ、ガエターノ（Marini Gaetano） 205
マルクス・アウレリウス（Marc Aurèle） 160
マルモル、ホセ（José Marmol） 34
マレルブ、フランソワ・ド（François de Malherbe） 106-7
ミケランジェロ（Michel-Ange） 209
ムソニウス・ルフス（Musonius Rufus） 194
ムッサート、アルベルティーノ（Albertino Mussato） 216
モア、トマス（Thomas More） 139, 200
モリエール（Molière） 35, 144
モンテーニュ、ミシェル・ド（Michel de Monteigne） 105-7, 110, 165, 167, 206-8, 221-4
モンバゾン、マリー・ド（Marie de Montbazon） 144
モンリュック、ブレーズ・ド（Blaise de Monluc） 205

ヤ行
ユウェナリス（Juvénal） 80
ユルスナール、マルグリット（Yourcenar Marguerite） 160
ヨハナン・ベン・ザカイ（Yohanan Ben Zakkai） 155, 159

ラ行
ライプニッツ、ゴットフリート・ヴィルヘルム（Gottfried Wilhelm Leipniz） 37
ラエリウス（Lélius） 98
ラクタンティウス（Lactance） 163
ラファエロ（Raphaël） 209
ラブレー、フランソワ（Rabelais François） 30, 47, 116, 160, 162-3
ランギウス、シャルル（Charles Langius） 102-3
ランセ、アルマン・ジャン・ド（Armand Jean de Rancé） 86-7, 106, 124, 143-4, 148-151, 153
リーパ、チョーザレ（Cesare Ripa） 57-8
リゴー、イアサント（Hyacinthe Rigaud） 87
リシュリュー、アルマン・ジャン・ド（Armand Jean de Richelieu） 106, 108, 110

リチャーズ、アイヴァー・アームストロング（Ivor Armstrong Richards） 118-9
リッチュル、フリードリヒ（Friedrich Ritschl） 176
リプシウス、ユストゥス（Juste Lipse） 101-2, 104, 106
リベラ、フセペ・ド（Jusepe de Ribera） 50-52, 54, 59
ルーベンス、ピエール・ポール（Pierre Paul Rubens） 101
ルキアノス（Lucien de Samosate） 81, 128
ルクレティウス（Lucrèce） 100
ルソー、ジャン＝ジャック（Jean-Jacques Rousseau） 33
ルナン、エルネスト（Ernest Renan） 90-4, 127, 197
ルフィヌス（Rufin d'Aquilée） 171
レオパルディ、ジャコモ（Leopardi Giacomo） 13, 31-3, 127, 140
レー枢機卿（cardinal de Retz） 225
レト、ジュリオ・ポンポーニオ（Giulio Pomponio Leto） 187
老子 70
ローデ、エルヴィーン（Erwin Rohde） 177-80
ロベール・ダンジュー（Robert d'Anjou） 213-4, 216
ロンサール、ピエール・ド（Pierre de Ronsard） 47, 106, 108-9

日本語版へのあとがき——文人の国にて

かくして『文人伝』は、本書の発想の源ともなったこの国に帰還を果たすことになりました。この世に文人を送り出し、彼らに活躍の場を与えてきた、世界の片隅の日本という国にです。実際二十年前のことになりますが、わたしは日本に滞在し、この日本で書斎や文房具、蒐集品、貴重な巻物、繊細な庭園を訪ね回るなかで、極東の文人たちの生活を発見したのです。中国とともに日本は、わたしにとって文人という生き方の精髄を体現していると思われました。まさにこの地で、彼ら文人の特異な生き方が、啓示のごとくわたしに顕現したのです。

わたしが文人の神様に出会ったのもこの地です。もちろん、文人たちにも守り神は存在します。ですから、本書の巻末で、この神様のおかげで西洋のひとりの文人として存在できたという感謝の念を畏れと崇敬の念をもって捧げつつご加護を祈ることは、わたしにとってきわめて重要なことになるわけです。この文人の神様とは、ほかでもない天神様のこと、すなわち菅原道真のことです。わたしは京都から福岡まで、いたるところに祀られている天神様の神社を入念に訪ね歩きました。そうした聖域にいると、感情がこみ上げるのを抑えられなくなったものです。最近では、奈良の手向山八幡宮を訪ねました。そこで道真は岩の上に腰かけ、彼のもっとも有名な和歌のひとつを詠んだといわれています。雨が降る夕暮れ時の神社には人気はありませんでした。わたしはこの場所で、穏やかに道真の霊の出現を待つことができたのです。わたしはその地に、この訳書を捧げ物として謹んで捧げたいと思います。

本書の日本への帰還は、他の文人の協力がなければ実現しませんでした。まずは、困難な仕事を成し遂げた翻訳者の本田貴久さんに謝意を捧げたいと思います。翻訳者という存在もまた、文人の典型だといえるでしょう。異なる言語、異なる文化、異なる時代を受け渡すパサーなのです。文人の仕事の本質は、この受け渡すという仕事に宿っているのです。文人とは、翻訳者であり、解釈者なのです。

この解釈者（herméneute）という語にギリシア神話の神ヘルメスの名が含まれていることを喚起しておかなくてはならないでしょうか。ヘルメスは、旅の神であり、交差・交通の神であり、生者を死者の国へと導く神です。読み、伝え、訳し、解釈し、文人として本を作ること、これは現存と不在とが、生者と死者とが往来しあうようにすることなのです。厳密に言えば、これは、人類《ユマニテ》というものを、すなわち、言語や文化、時代の障壁を超越した共同体という存在を出現させることなのです。

文人とは孤立して存在するものではありません。文人の先達に多くを負いつつ作品を追い続けるというのが文人なのです。たとえば、翻訳者の本田さんは、古典古代のギリシア語の引用を訳す際に、日本語の既訳、すなわち日本の文人の仕事がなければ完成しなかったとわたしに語ってくれました。また、わたし自身も翻訳を通して知ったのですが、漢文で書かれた菅原道真の引用も、この時代の専門家や文献学者の知恵を動員しなくては翻訳できなかったというのです。いいかえるならば、この訳書のように翻訳とは、生きていようが死んでいようが、互いに知ることもない、そしてなんらかの資格でテクストを綿密に確定することに貢献してきた、日本や外国の文人たちの仕事の総体が織りなす資産を作動させることなのです。

ゆえに本書は、文字通り、そして語源通り、すなわち記憶を永続化させるために捧げられた場所という意味で、記念碑《モニユマン》なのだといえるでしょう。ほとんどの場合、注目を浴びることなく、気づかれることさえありませんが、無数の文人たちの貢献が綿密に関連しあった結果、読者が手にしているこの書物となりました。この記念碑は、彼ら文人たちが築き上げてきた共同体の、かたちを成した具体的な証言であるといえるのです。

したがって本書で読まれることになるのは、本書を作り上げてきた文人たちの人生そのものだということになるでしょう。

ウィリアム・マルクス

訳者あとがき

本書は、William Marx, *Vie du lettré*, Éditions de Minuit, 2009 の全訳である。

洋の東西を問わず文学や知という営為に人生を捧げたひとびとを、文人という概念で系譜化したのが本書の試みである——。これが無謀な試みであるにもかかわらず、このように無邪気にも断言できるのは、洗練した構成と文体を備えた本書が、高い説得力をもっているからであろう。

そもそも本書でマルクスが可視化した文人（lettré）という概念自体、これまで文学史において明白に定義されることはなく、その限りで厳密な指示対象を持っているわけではない。むろん、直接的な語源である lettre という語は、文字や手紙のみならず、現代ではやや古風な表現とはみなされるものの複数形（lettres）となることで文学、哲学、文献学、歴史学など人文学全般を意味していることからもわかるとおり、マルクスが文人というとき、この広義の西洋的な文学観が念頭にあるということはごく自然に理解できる。ところが、マルクスの文人の概念は、この西洋的人文学の伝統を喚起させるだけではない。東洋的な文人、いわゆる詩歌や書画に秀でた芸術志向の強い知識人も文人(lettré)として言及される。知的伝統が異なる諸文明では、自ずと文人のあり方に違いも出てこよう。そこには同じ文人の語ではくくれない根源的な差異が存在するという疑念の余地さえおそらくあるであろう。

しかし、マルクスは文人のあり方の文明的差異の先に共通してみられる、ある精神的な構えの存在を、さほど困難もなく見いだしてしまう。それは、緒言にも書かれているとおり、簡潔にいってしまえば書物を誠実に読むという態度にほかならない。

テクストや書物のなかに生き、それを糧とし、それに命を与えること、そしてとりわけそれを読むことに人生を費やすこと。

知的営為において読書・書物からの知識をことのほか重視する態度こそがマルクスにとって文人たる条件なのであり、このことを踏まえていれば、時代の差異、文明の差異へのこだわりは後景へと退くことになるだろう。こうして、著者は、膨大な書物を渉猟しつつ、文人たちを発掘していくことになる。しかし、素直に考えれば、これほど無謀なことはないだろう。ごく簡潔に定義される文人の概念は理解できる。しかし、そもそもいったいだれのどの本から手をつければよいのだろう? 途方もない数の書物を前にしてだれもが怖じ気づくだろう。文人の末端に位置するということは、すべての文人たちを知るということなのだから。しかし、誤解を恐れずにいえば、マルクスにはこのような躊躇とか尻込みというものは見られない。これは、圧倒的な知識・読書量がもたらす自信なのか、それともすべてを把握すること自体をあきらめているからこそ出てくる知的な謙虚さなのか。おそらくこのいずれもが正しいのである。原書で二〇〇ページにおよばない本書で言及される文人は、少なくないものの、実際には相当絞り込まれており、その選択は当然のことながら恣意的なものと読者の眼には映るにちがいない。しかし、この恣意的選択をあたかも必然的な選択であるかのように思わせる説得力が本書にはある。

読書の楽しみを奪わないために、ひとつだけ例を挙げると、この説得力は構成の点から指摘できる。本書は24章からなっているが、目次にもあるとおり、「誕生」にはじまり「死」をもって終結する。ようするに本書の構成は、ゆるやかにではあるが、人生のはじまりからおわりという時系列をたどっていることになる。前半はどちらかというと実存の個人的な側面に焦点が合わせられ、後半は社会的な側面に焦点が合わせられている点もまた、そのような見方を許すだろう。また、24という数字からもおわかりのとおり、一日の24時間を表現することになるだろう。たとえば「夜」と題された第23章は、次末に置かれる。この章で描かれる、文人が読書や書き物をする夜の静謐な空間は、本書のこの位置に配置されることで、ひときわその存在感を放つことになる。さらに、描かれる文人の時代も、やはりゆるやかにではあるが、古代から現代へと流れていくことになる。ゆえに隣接する章は、時代も近く、言及される人物が重なり合うということになる。おそらく、ここに挙げた三つの時間が——時間とはそもそも連続的に流れる——読書を大切にしたという一点ゆえに集められた、時代も場所も異なる文人たちに一種の連続性なり統一感を与えているのである。

この時間というものが本書をよりよく理解するキーワードのひとつであることはいうまでもないだろう。マルクスはやはり緒言で、本書で描こうとするのは、「この世に現れた文人たちを題材とした想像上の文人の人生、あるいは一日の道程となる。(……)あるいは文明の起源の神話からエクリチュールへといたる道程でもある」と述べ、この三つの時間の融合を果たそうとすることを明言している。こうした目的を考慮すると、原題の文人が単数の定冠詞つきの文人(le lettré)となっているのも頷ける。フランス語文法では、ある単語が、単数の定冠詞で表現される場合、その語の一般的な概念を表すことがある。すなわち、本書では文人たち(lettrés)の人生が多数描かれているにもかかわらず、原題で単数の文人となっているのは、ここで描こうとする文人たちをひとつの概念として表現したいという著者の願いが込められているということなのだ。生物学に、「個体発生は系統発生を繰り返す」という反復説というものがある。これはドイツのヘッケルが唱えた古い学説であり、また人種差別の科学的根拠として曲解されたこともあって、実際に生物進化に適用するには慎重を要する学説ではある。しかし、これまで営まれてきた文人の成果が、現在の文化の多様性として実現されていると考えるとき、この学説はよりよい見通しを与えてくれるだろう。

文化というものは、ひとつの原理の押しつけを拒否する多様性を抱えている。対立・断絶・融合を繰り返しながら、文化は全体として異質性をこれまで共存させてきたのである。そしてミクロの水準では、本書に登場する様々な文人たちがなしてきたように、数多くの無名の人々がテクストを読み伝えることで個々の文化を反復し、テクストとともにこれらの異質性を全体として保存してきたということがいえるのではないか。マルクスはあらゆる時代の個体発生を丹念に掘り起こしつつ、系統発生を立ち上げたのだと、あくまでも比喩的にだが、いえるのではないだろうか。

*

著者のウィリアム・マルクスは高等師範学校《エコール・ノルマル・シュペリウール》を卒業し、現在はパリ郊外のパリ＝ナンテール大学で比較文学を講じる気鋭の文学研究者である。古典文学で教授資格を得ていることからもわかるように、フランス語、英語、ドイツ語、イタリア語といった現代語のみならず、古典古代の文献もその研究の対象となる。また日本とも縁が深く、一九九七年から一九九九年にかけて京都大学で教鞭をとっていたという。本書の第6章では菅原道真の生が扱われるが、こうした日本の文人に関する着想はこのとき以来あたためていたものであろうか。もともとは、ポール・ヴァレリーやT・S・エリオットといった二十世紀の詩人の研究から研究活動をスタートしているが、その後、研究領域を拡大していく。先に挙げた言語の文学作品の個別研究のみならず、より高次のパースペクティヴからの比較研究こそが彼の研究にみられる特徴といってもよいだろう。著書は、タイトルを挙げるにとどめるが、

『文学との訣別（*Adieu à la littérature*）』（二〇〇五年）、『オイディプスの墓（*Le Tombeau d'Œdipe*）』（二〇一二年）、『文学への憎悪（*La Haine de la littérature*）』（二〇一五年）といった意欲作を本書とあわせてほぼ三年おきにいずれもミニュイ社から公刊している。これらの翻訳も水声社から公刊が予定されているので、主著の多くは日本語で読めるという状況がいずれ整うであろう。

二〇一六年十一月に著者本人が来日し、日仏会館にて本書に関する『文人の生、孔子からバルトまで』と題する講演を行い、本書には直接言及されなかった『文人伝』に込めた現代的意義について力説した。『文人伝』という計画がなぜ今書かれたのかと自問しつつマルクスは、現代は、技術の危機（研究の効率化）、大学の危機（市場原理の大学への導入、短期的な利益・効用の追求）、そして文化の危機にさらされているという。ようするに、娯楽以外の文化は効率的でないのみならず反生産的であるとされていて、これまで脈々と続いてきた、文化の伝達という、だれもが疑わなかった文化の営みがいま危機に瀕しているというわけである。文化の伝達の糸をそれでもつむぎ続けること、これが講演の主題であった。

同じ危機を共有する者にとって、彼の言葉が力強く響いたことはいうまでもない。本書は完璧といってもよい構成と簡潔な文体を備えた、いわゆる古典的な美を体現し、読者がだれであろうと魅惑せずにはいられないような普遍性さえ備えている。しかし、それにとどまらず、現代の人文学が抱えている危機への直接的な応答として、本書は「文化を受け渡す人（passeur）」たろうという謙虚ではあるが途方もない野心をもっている。

文化を受け渡す人。これもまた本書『文人伝』を象徴する語である。文人たちは、古代から連綿と過去のテクストを保存してきたのである。象徴的なエピソードは、プルタルコスの存在であろう。プルタルコスが生きた時代、その当時の知識を伝える者で現在残っているのはプルタルコスしかいないという。ゆえに、文人たちが残してきたテクストは、書庫にひっそりと眠っているだけの存在なのではない。想像を絶するほどの険しい道程を経てわたしたちにつながろうとしていることになる。

というわけで、本書で引用された著者たちの著作や翻訳を探すこと、これこそが一介の翻訳者に過ぎない訳者の仕事となった。驚くことに、多くの書物に翻訳がすでに存在していた。とくに、古典古代の文人の本の多くが、昭和の時代から現代まで脈々と、読むにたえうる力強い日本語で翻訳され続けているのである。フランス語は訳者自身の訳になるが、マルクスが縦横無尽に引いてくる、ドイツ語、ギリシャ語、中国語、イタリア語、ラテン語、英語の多くのテクストが、日本の現代の文人（翻訳者）たちを通して、手元に簡単に手に入るようになっている。素直にこの状況をよろこびたいと思う。

日本人の読者にとって、菅原道真が登場する章は興味深い対象であろう。しかし、恥ずかしながら、この学問の神様について、わたしはなにひとつといってもよいほど知らなかった。当然、彼の書く漢詩も読むことはできない。菅原道真の漢詩や文章を掲載した現代の註釈書には旧字体で記されていたため、漢字さえ同定できない。註釈書はあっても、口語の対訳を結局見つけることはできなかった。ところがこの漢詩には、ロバート・ボーゲンによる、*Sugawara no Michizane and the Early Heian Court*

に英訳があり、原註にもあるようにマルクスはそれを引用している。道真の漢詩は、英語から、フランス語を経て、訳者のもとにようやく理解できるテクストとしてあらわれたのである。ある遠い西洋の文人が、訳者が読み解けないすぐ近くのテクストを正確に翻訳して伝えてくれている——。「受け渡す人」の仕事とはこのように地味なエピソードに還元されるものかもしれないが、それを受け取る立場になったときの悦びははかりしれないものがある。むろん、最後は、同僚で中国文学を専門とされる子安加余子氏に、原文と英訳・拙訳を比較していただき、助言をいただいた。ここに深く感謝を申し上げたいと思う。

本訳書は、見知らぬ文人たちの仕事に支えられたといえるだろう。マルクスは、過去の文人たちとともに一冊の本を作り上げた。訳者は、書誌に日本語訳を作り上げた数多くの翻訳者の名前を添えることで、文人たちの仕事に謝意を表したいと思う。

原書を一読して本書の魅力にとりつかれたものの、訳出の作業は困難をきわめた。フランス語は簡潔で明快このうえない。それなのに、訳者から出てくる訳文は無骨きわまりなく、読めたものではなかった。つかずはなれずこれまでつきあいの続いてきた校正者の尾澤孝氏に泣きつき、綿密に訳文を校正していただいた。彼にはとてつもなく大きな負債を負うことになってしまったが、むしろ負うことの悦びも感じることとなった。日々、彼の返信が待ち遠しかったからである。

最後になるが、本書の企画から実現まであらゆる局面で、水声社の井戸亮氏の適宜適切なるサポートがなければこの訳書は完成しなかったであろう。いくど原稿のやりとりをしたかもう覚えていないが、適切な指摘を踏まえて原稿を直すたびにテクストに生気がよみがえるかのようであった。彼のこのテクストに対する愛着がこの訳書を生んだといっても過言ではない。

二〇一七年二月

本田貴久

装幀——長澤均（パピエ・コレ）

著者／訳者について——

ウィリアム・マルクス（William Marx）　一九六六年、ヴィルヌーヴ゠レザヴィニョンに生まれる。パリ第十大学教授。専攻、比較文学。著書に、『文学との訣別』（*L'Adieu à la littérature*, Minuit, 2005）、『オイディプスの墓』（*Le Tombeau d'Œdipe*, Minuit, 2012. 以上は水声社より近刊）、『文学への憎悪』（*La Haine de la littérature*, Minuit, 2015）などがある。

＊

本田貴久（ほんだたかひさ）　一九七五年、東京都に生まれる。東京大学大学院人文社会系研究科博士課程修了。博士（文学）。現在、中央大学准教授。専門は、両大戦間期のフランス文学。主な訳書に、フランソワ・キュセ『フレンチ・セオリー』（共訳、NTT出版、二〇一〇年）、『フランス民話集』Ⅲ〜Ⅴ巻（共訳、中央大学出版部、二〇一四〜一六年）などがある。

文人伝　孔子からバルトまで

二〇一七年三月二〇日第一版第一刷印刷　二〇一七年三月三〇日第一版第一刷発行

著者――ウィリアム・マルクス

訳者――本田貴久

発行者――鈴木宏

発行所――株式会社水声社
東京都文京区小石川二―一〇―一　いろは館内　郵便番号一一二―〇〇〇二
電話〇三―三八一八―六〇四〇　FAX〇三―三八一八―二四三七
郵便振替〇〇一八〇―四―六五四一〇〇
URL : http://www.suiseisha.net

印刷・製本――精興社

ISBN978-4-8010-0180-0